‹ SÉRIE QR ›

Nº 191

DU MÊME AUTEUR
CHEZ LE MÊME ÉDITEUR

*Le livre de bois*, 2017
*Le chemin d'en haut*, 2022

—

AU NOROÎT
*Comment finissent les arbres*, 2017

*    *    *

# VOYAGE À LA VILLA DU JARDIN SECRET

*

L'auteur remercie
le Conseil des arts du Canada
de son soutien.

—

Le Quartanier remercie de leur soutien financier
le Conseil des arts du Canada (CAC)
et la Société de développement des entreprises
culturelles du Québec (SODEC).

Gouvernement du Québec – Programme de crédit d'impôt
pour l'édition de livres – Gestion SODEC.

Le Quartanier reconnaît l'aide financière
du gouvernement du Canada.

Canadä

—

Diffusion au Canada : Dimedia
Diffusion en Europe : Harmonia Mundi Livre

—



Dépôt légal, 2024
Bibliothèque et Archives nationales du Québec
Bibliothèque et Archives Canada

ISBN 978-2-89698-476-3

J. P. CHABOT

# VOYAGE À LA VILLA DU JARDIN SECRET

*

AVEC L'AIDE DE

AUDREY-ANN BÉLANGER

*   *   *

*roman*

*

LE QUARTANIER

Le Quartanier Éditeur
C.P. 47550, CSP Plateau Mont-Royal
Montréal (Québec) H2H 2S8
www.lequartanier.com

*Voyage à la villa du jardin secret*

*Ce livre a été écrit avec l'aide d'Audrey-Ann Bélanger.*
*En plus de ses commentaires, insérés au fil du texte,*
*il contient un témoignage, des messages*
*et des extraits d'un journal*
*dont elle est l'autrice.*

*  *
*

Akemi Nishida : « Qu'est-ce que ça signifie pour des personnes de désirer s'entremêler les unes les autres dans leurs dépendances désordonnées, ce qui s'oppose à tout ce que valorise et exige une société néolibérale ? » (*Just Care : Messy Entanglements of Disability, Dependency, and Desire*)

19 janvier 2023. Il y a une dizaine de jours, dans l'autocar entre Rimouski et l'aéroport de Montréal, Audrey-Ann s'est détournée du paysage et m'a demandé :

— Est-ce que t'as des questions pour moi ?

Je n'ai pas immédiatement compris de quoi elle parlait. La route enneigée défilait dans la fenêtre derrière elle. L'hiver qu'on fuyait. J'ai fini par déduire qu'elle avait vu sur l'insignifiante tablette de l'Orléans Express un manuscrit spiralé que j'avais sorti de mon sac. Elle se disposait à me fournir des précisions sur certaines scènes de sa vie, pour alimenter l'écriture. On avait déjà eu des entretiens dans le genre, formels ou informels, agréables, en parfaite continuité du quotidien. Sauf que c'était le roman de quelqu'un d'autre que j'avais préparé devant moi, avec mes stylos multicolores, je devais travailler. Un regret m'a envahi. Son histoire à elle, je… j'avais suivi un détour, je m'étais perdu, je ne savais plus si j'en reviendrais. Je patinais, je dois m'être dérobé grâce à une blague. Audrey-Ann n'a pas insisté. Elle s'est laissé bercer par le ronron de l'autoroute.

C'est qu'il existe entre elle et moi une entente selon laquelle j'écrirai sur nous des pages que je publierai. Les termes n'en sont pas très clairs. Audrey-Ann espère que ça lui permettra de « laisser sa trace », de vivre au-delà de la mort. Si j'avais la capacité de lui inventer ce royaume, sur terre ou ailleurs, je m'y attellerais sans relâche. Je ne l'ai pas. Je ne sais pas si j'ai cru l'avoir. J'ai toutefois découvert le risque de divulguer à l'avance ses intentions quand on écrit, à plus forte raison lorsqu'une amie peut y voir une promesse. Audrey-Ann ressent une urgence à laquelle j'ai tenté de répondre du mieux que j'ai pu. Assez mal, en fait. Je ne suis ni bio- ni hagiographe ; j'ai écrit trop librement. Je suis pris avec un texte grotesque, ma honte. Je repousse le moment où je le lui lirai. J'essaie autant que possible d'éviter le sujet avec elle.

Je suis assis à un bureau de bois, entre deux armoires de bois, en face d'un grand miroir mural que j'ai tenté de cacher avec les livres que j'ai apportés et les autres, gondolés, poussiéreux, que j'ai achetés par aumône dans une bouquinerie de San José. Je fixe une cucaracha sur la céramique, près de la porte de ma chambre. Elle ne bouge pas. C'était hier, Audrey-Ann a roulé un peu au-delà du seuil, à côté de la grande armoire. Elle a écrabouillé sans le vouloir la cucaracha, comme pour marquer l'emplacement d'une scène appelée à se rejouer au théâtre. (L'insecte avait peut-être déjà succombé au poison que Nelson, l'homme engagé, répand sous le réfrigérateur et le lavabo de la salle de bain.) Et la scène, fort brève : Audrey-Ann m'a demandé à nouveau si j'avais des questions à lui poser. Je lui ai répondu que je n'en avais toujours pas. Elle est ressortie et j'ai noté dans mon journal : je ne pourrai pas différer à jamais le moment où je la décevrai. Qu'est-ce qu'elle ne sait donc pas m'avouer directement ; et qu'ai-je écrit que je n'ose lui lire.

Je dégage une pile de livres de Carmen Lyra. Le miroir apparaît. J'attrape les *Lettres à Felice,* l'édition Gallimard de 1972 dans la « Blanche », à l'époque où les couvertures présentaient encore deux rabats. C'est dans ces rabats que je range les timbres de fentanyl. Kafka était très malade, ça ne l'embête pas trop.

On loue une maison non loin du village de Guapinol, dans la province de Puntarenas, au Costa Rica. *Guapinol* est le nom local du courbaril, un arbre produisant une gousse que les Guyanaises appellent « caca-chien ». En anglais, on dit « stinking toe ». Je crois que ça pue, mais je n'en ai jamais senti. À vrai dire, le guapinol n'a fourni à l'histoire qui va suivre qu'un repère géographique et le bois pour fabriquer les meubles. On séjourne dans une vallée de terre rouge, entre des pâturages et un terrain de disque-golf, quelque part au sommet d'une route en lacets qui traverse des plantations de cocotiers. Brian, un Américain devenu invalide dans un accident de travail, et congédié pour cette raison, s'est inventé ici un domaine où il exerce la permaculture. Il a pris femme (Jazmín, la moitié de son âge) et pays (des terres), il a fait construire quelques maisons de tourisme. La nôtre se nomme Secret Garden Villa. Elle n'est pas vaste. Elle compte trois pièces : deux chambres identiques, situées de chaque côté de la cuisine.

Je retrouve Audrey-Ann près de son bureau encombré de sacs refermables où elle a empaqueté des élastiques à cheveux et des pots de lotion. Elle dépose son cellulaire (elle le lance au sol). Je le ramasse et le coince entre ses cuisses. Je retire le pansement hydrofuge qui recouvre le timbre de fentanyl sur son omoplate. J'applique un nouveau timbre, un nouveau pansement, une certaine pression. Trente secondes de pression. Elle avale ses pilules habituelles. Ensuite je l'aide à se mettre au lit, je la crème et elle me réclame des ativans. Ça m'inquiète qu'elle en prenne tous les jours depuis notre départ. Je lui demande ce qui se passe, combien de temps ça fait qu'elle s'accroche à cette merde-là. Elle m'explique que ç'a commencé pour dormir, mais elle admet qu'elle en a augmenté la fréquence « depuis les problèmes » à sa résidence. Et les déménagements, les changements. Une fois l'année dernière, alors qu'elle était hospitalisée, la médecin traitante lui en a signé une prescription ouverte. Il paraît que l'anxiolytique peut atténuer la douleur et la spasticité.

— T'es-tu certaine que tu veux pas sauter un soir ?

Elle se serait bien sûr passée de cette recommandation, dont je sens tout de suite la tyrannie. Elle se renfrogne. Pour qui je me prends, à me mêler de sa médication, j'aurais dû me taire et lui donner les pilules. Elle les refuse maintenant que je les lui tends. Je ne suis parvenu qu'à raffermir chez elle la crainte de l'insomnie.

Je suis devant mon bureau et un bric-à-brac à réviser qui m'enlève le goût de ce métier de pigiste. Si seulement c'étaient mes propres pages, je pourrais les mettre aux poubelles. Vers vingt-deux heures, Audrey-Ann me texte à la blague de prêter attention aux bruits de la faune. Les geckos couinent en se chassant sur les murs et dans les rideaux. Trois quarts d'heure plus tard, elle me réécrit pour savoir comment vont mes affaires « aux chiottes ». Pas d'intimité possible. La salle de bain, attenante à la cuisine, est mitoyenne à nos deux chambres. À vingt-trois heures vingt-quatre, elle m'écrit : « Il est-tu trop tard pour me mettre sur le côté. »

Je la rejoins dans sa chambre. On s'échange quelques mots. Elle n'arrive pas à dormir, me confie-t-elle. Elle s'informe de l'avancement de mon travail. J'ai terminé, mais l'internet trop lent refuse de me laisser renvoyer les documents à mon employeuse. Faudra sûrement que je descende au rancho, plus près du routeur, et que je glande toute la nuit avec les chauves-souris. On la tourne de sa position semi-assise sur le côté, on la cale avec des oreillers. Elle utilise un système d'assistance ventilatoire. La machine s'appelle BIPAP, ce qui m'inspire toujours *Julie des Colocs*. Mais le masque s'est brisé et lui irrite le nez. Audrey-Ann ne le remettra pas.

Quatre heures cinquante-neuf. Elle opte cette fois pour l'autodérision : « Salut, c'est ton amie de trente ans qui fait pas encore ses nuits et qui est dépendante de toi. J'ai encore trop mal. Deux statex pis une montagne ? » La stratégie rhétorique me paraît drôlement triste. « Statex » désigne un alcaloïde d'opium qui lui procure un soulagement relatif. « Une montagne » signifie : amonceler les oreillers afin de revenir à la position semi-assise. Je traverse la cuisine et m'assois à côté d'elle dans son lit. On la tourne sur le dos, la redresse et la retient. On attrape sa bouteille d'eau d'une main, sa morphine dans la paume de l'autre. Elle met sa paume contre ses lèvres et la morphine dans sa bouche. Elle suce la paille de sa gourde. Quelques grandes gorgées sonores. À la réflexion, elle préfère s'installer dehors dans la chaise longue.

Je vais chercher la chaise de l'autre côté de la piscine pour l'approcher de la porte-patio. La chaleur a relâché, on est bien. Je rentre et me penche sur Audrey-Ann. On se prend dans nos bras. On franchit les quelques pas qui nous séparent de la chaise, où je la dépose. Le soleil va se lever, rose d'absence derrière la Modern Tree House (qui perche sur une citerne d'eau désaffectée). Les palmiers et les bananiers s'imprimeront en noir contre l'horizon. Ce sera d'une beauté simple et objective. Je me demande s'il faut qu'on commence à lire *Aux aurores,* pour l'écho au titre, pour la citation de Chloé Cooper Jones, pour l'image pittoresque que je pourrai ensuite en tirer, les sons d'oiseaux et ceux de l'iguane stressé qui crèche sous le poteau de la corde à linge et arf.

Trop fatigué pour l'enchantement, je suis trop désenchanté par les livres.

J'abrille Audrey-Ann avec son drap, je lui donne sa gourde, ses lunettes et son cellulaire. Je rentre me coucher. Et maintenant j'ai Mylène Farmer dans la tête.

Elle est toujours dans sa vilaine chaise de toile quand je me relève vers sept heures et demie. Le contraire m'aurait effrayé. On lui met sa veste de flottaison avant de l'enchâsser dans sa chambre à air, les bras par-dessus et les jambes dans l'eau. Vogue, matelot ! D'une poussée je la rends aux desseins de Poséidon. J'entre me faire un café. ♫ Tous mes idéaux : des mots abîmés. ♫ Deux petits bassins s'écoulent en chutes dans la piscine, le café goutte du panier dans le silex, le temps fuit. Je me verse une tasse, que je reviens boire sur le bord du bassin gauche (côté jardin, puisqu'on regarde depuis la maison de feuilles). Audrey-Ann me raconte que Brian, le dueño du domaine, est venu lui parler « de tout et de rien » pendant que je dormais. Ensuite Nelson. La première parle français, le deuxième anglais, le troisième espagnol. Ça me semble babélique, mais je tends à surestimer le pouvoir des mots. Audrey-Ann a cet entregent magnétique qui lui permet de se lier aux inconnues. Elle communique au-delà du langage.

— C'est un beau matin ! crie-t-elle.

Et de fait c'en est un. Elle se laisse dériver dans la piscine, le menton appuyé sur la chambre à air, les lunettes fumées sur le nez, la casquette sur le crâne. « L'eau, c'est le seul endroit où mon corps est bien », écrit-elle dans son journal. Aussi écrira-t-elle dans cinq jours : « Personne ne peut se douter de comment l'eau me fait du bien. » Le soleil ne tardera cependant pas à la menacer. Elle a découvert à ses dépens que la paillote n'offre qu'une ombre imparfaite. Ses cuisses ont rougi, cuit, cloqué. Nelson s'est empressé de nous récolter une gigantesque branche d'aloès.

— Je vais aller faire à déjeuner. Meurs pas.

Bruits de moustiquaire qu'on roule sur un rail.

— Ou paisiblement.

Je m'installe à la table de manière à garder un œil sur la piscine, je coupe des fruits et du curcuma, qui me jaunit les doigts. Audrey-Ann passe d'un bord à l'autre de la porte-patio. Lentement, trois mètres devant moi. Je broie des smoothies. Je mélange du laxatif dans son gobelet de plastique, j'enfile la paille dans le couvercle et je referme tout. Un autre café puis on sort de la piscine, on se sèche, on rentre. Je grille un muffin anglais et tranche un avocat. Elle mange sans se mordre la langue, je taponne dans ce texte. On prend ses médicaments : acétaminophène, célécoxib, duloxétine, gabapentine, vitamine B12. Ils sont durs à déglutir, dernièrement.

Je lui demande si elle veut siester dans ma chambre.

Elle veut.

On l'installe « en sens inverse dans le petit lit aux draps vert pomme » – j'oublie pourquoi en sens inverse, ce qu'elle note toutefois. Peut-être pour que le ventilateur pivotant lui souffle de l'air chaud. On s'engage dans « une sieste en équipe », forme d'activisme au lit.

Elle s'endort. Je continue de préparer ma lecture.

Elle commence à remuer, ses cheveux pâles rabattus dans le visage. Rai jaune sur la kératine. Elle se réveille, plisse les yeux et la bouche. Elle bâille et étire les bras, précisément comme un personnage de dessin animé.

Je sais que ç'a assez duré.

J'évoque la possibilité qu'on lise le premier jet de mon manuscrit.

Ça lui tente.

On va pisser. On brosse ses dents. On la transfère dans le grand lit. J'attrape une canette d'Imperial Cero dans le frigo et m'assois à côté d'elle. Je rembobine le document sur mes cuisses et démarre le dictaphone de mon cellulaire. La vie se dédouble. J'entends au pschitt ! sur l'enregistrement que j'ouvre la canette.

— L'application me localise à Parrita. Je vais t'expliquer comment c'est structuré. Tout ce que tu penses, je veux le savoir. Si t'as des commentaires, je les veux. Je vais nous enregistrer parce que j'aimerais être capable d'en insérer à travers le texte.

Audrey-Ann pousse un han ! émerveillé.

— Ça va être un livre assez long. Je t'ai déjà dit que ça parle pas juste de toé.

La gêne amplifie ma prononciation d'aristocrate. Je n'arrive pas à m'enlever l'impression de la trahir.

— Ça commence de mon point de vue, dans la classe de français –

— OK.

Son « OK » vaut un noté vaut un oui vaut un next. Je lui explique tortueusement que j'ai séparé le texte en parties, que j'appelle des livres, comme dans la Bible, et je me dépêche d'ajouter :

— La troisième partie, c'est ton récit au complet. Je suis peut-être rendu aux trois quarts, je le revire de bord et je le réécris. Le quatrième livre, c'est l'année et demie, les deux dernières années, où on était plus proches. Faque au début, t'es là mais à l'arrière-plan. Je trouverais ça cool, si t'as des choses à dire, que ça puisse interrompre l'histoire, devenir une discussion. On va voir comment ça se passe. Ça te va-tu ?

— Si j'ai à t'interrompre, je t'interromps de même ? J'ai pas à... Je peux même pas (*inaudible*), ça t'insultera pas ?

— Ben non, c'est ça le but.

— OK.

— Pis tsé, tout peut changer. Y a pas de problème.

— Je veux juste dire que je trouve ça cool : quand c'est ton travail, t'es capable de dire qu'est-ce tu veux pis qu'est-ce t'aimes, c'est quoi t'attends. Parce que, dans vie, je pense, ben... je te vois pas souvent me le nommer.

Je ris et elle résume :

— C'est cool.

— Il manque juste une petite table pour mettre ma bière.

Le bruit du ventilateur veloute le silence et nos voix.

— Donc ça s'appelle *Aux aurores ou Le dernier cours.* Commentaires ?

Elle n'a pas de commentaires.

— Premier livre : *La passion.* Y en a, des titres. Plus tu mets de titres, plus ç'a l'air sérieux. Des titres pis des exergues.

— C'est quoi, des exergues ?

— Des exergues, c'est ça, ici, les citations que tu mets en début de chapitre... tu vois-tu l'écran ? ou tu vas plus écouter ?

— Est-ce que ç'a rapport, les exergues ?

— Ça fait écho à ce qui va être dit ou ça fait résonner des choses qui sont pas dites.

— OK.

— Donc y a bell hooks, qui dit – c'est une théoricienne américaine, qui a beaucoup parlé d'enseignement.

À nouveau elle lâche un han ! émerveillé.

— Tu la connais ?

— Oh ! Oui, je la connais.

— Tu l'as connue en psychosocio ?... Elle dit : « J'en suis venue à la théorie parce que j'avais mal – la douleur en moi était si intense que je ne pouvais plus continuer de vivre. C'est désespérée que j'en suis venue à la théorie, j'avais envie de comprendre, de saisir ce qui se passait autour et en moi. Je voulais avant tout chasser la souffrance. Je voyais la théorie comme un lieu de guérison. » C'est dans *Teaching to Transgress.*

Je crois que tout a débuté à l'automne 2017 au cégep de Rimouski. L'ambiance était un rien provinciale. L'odeur des champs s'infiltrait dans la ville et se mêlait à l'âcreté du sel. Le local D-216 offrait deux murs de brique percés de fenêtres qui donnaient sur les arbres séculaires du parc et de l'archevêché. C'était selon moi le plus beau local de la bâtisse, et le plus agréable, l'angle des fenêtres permettant d'aérer un espace autrement pas ventilé. On comprend pourquoi la direction tiendrait bientôt à le récupérer pour y aménager les bureaux d'un nouveau service des communications.

J'attendais un petit groupe de *Littérature québécoise* (le 103), dix-huit élèves en session décalée. Ce cours, chez nous le dernier de la formation générale, on le suit ordinairement à l'hiver. Arriver dans un cours d'hiver à l'automne, c'est laisser entendre qu'on s'est embrouillée dans les saisons, qu'on a déjà échoué à un cours de français ou en tout cas que « quelque chose » a troublé son parcours. Ça n'a rien de gênant, mais d'aucunes ressentent quand même un malaise. On a beau demander qui s'embarque pour un deuxième tour de ce manège, peu l'avouent en public ; on l'apprend mieux en enquêtant sur ce qu'elles ont lu en dernier pour l'école. Le chœur répond avec un livre de 103 (*Kuessipan*), une soliste avec un livre de 102 (*Rhinocéros*) et trois ne s'en souviennent pas parce qu'elles ne l'ont pas lu (le dernier livre qu'elles ont lu). La composition du groupe semble ainsi mise au jour.

J'aimais penser que ces élèves et moi possédions des expériences complémentaires de la précarité. Mes élèves avaient été (et certaines seraient encore) des « étudiants à risque », selon l'expression qu'utilise Omnivox, notre plateforme interne, pour désigner celles dont la moyenne est inférieure à soixante pour cent.

— Ah ouin !... m'interrompt Audrey-Ann.

Il y a un arrière-plan d'oiseaux tropicaux. Le son, comme l'image comme les mots, superpose des strates. C'est une intuition.

— Pourquoi « à risque » ?

— À risque d'échouer.

— Parce qu'on a échoué un cours ?

— Quand ta moyenne est en dessous de soixante, t'es comptabilisée sous le titre « étudiants à risque ».

— Juste en français, ~~en bas de soixante~~ ?

— Dans tous les cours, dès que t'es à risque d'échouer, on reçoit l'alerte.

Je n'ai pas compris sa question, à laquelle il aurait fallu répondre que chaque enseignante reçoit l'alerte liée à son cours.

— Ben, j'ai pas une moyenne en bas de soixante ! laisse-t-elle tomber avec une pointe d'indignation.

Je suis pris d'un moment de confusion.

— Euh... Non, mais beaucoup d'élèves dans ce cours-là.

— OK.

— Toi, t'étais décalée, t'avais annulé un cours, t'as fait ton DEC sur huit ans. Normalement tu finis ton cégep en deux ans, quatre cours de français : le premier, le deuxième, le troisième, pis ça, le quatrième, c'est le dernier.

Où l'on voit que je sais compter jusqu'à quatre.

— Mais en haut, là. C'est vrai que l'admin va reprendre le local ?

— Ils l'ont déjà repris. On est dans le passé.

— C'était beau. À l'automne, les arbres orange... (*Inaudible.*)

Un oiseau pousse un sifflement de drague. Quoi dire de plus.

— J'étais même pas au courant.

Ma gorgée désaltérante se change en bruit de corps. Quelle dégueulasserie.

Quant à moi, j'étais « un précaire », membre d'une sorte de club-école du milieu collégial. On m'avait repêché cinq ou six ou huit sessions plus tôt à Val-d'Or, après que j'avais couvert la province de CV et moffé trois entrevues, et chopé deux contraventions pour excès de vitesse en route vers icelles (une à Cap-Chat, une dans la réserve faunique La Vérendrye). Au retour du cégep de Gaspé, je n'étais pas arrivé chez moi à Sainte-Hélène-de-Kamouraska, mon téléphone avait sonné. Sur l'autoroute 20 à la hauteur de Cacouna, une secrétaire anonyme m'annonçait que le comité ne retiendrait pas mes services. Je vous remercie de votre réponse rapide, c'est très aimable à vous, si vous avez des suggestions pour que je m'améliore vous avez mon courriel, et le reste du baratin auquel je dois dire que je croyais un peu, entre quelques tabarnac que je n'avais plus la force de prononcer. J'étais fatigué d'aller acheter mon vin au marché Ami tous les matins ; zombie entre quatre maisons de colon et le parvis de l'église, en route pour acheter mon vin. Et ça m'avait vidé, ce soir-là, de me voir contraint de descendre l'escalier de mon appartement pour une ou deux bouteilles de beaujolais.

Ma chance tournerait à la faveur d'un remplacement à douze heures de route de chez moi, au pays des terrils et des coupes à blanc, et cette petite expérience – combien plus valable, de l'avis des enseignantes affectées au recrutement, que des milliers d'heures sur les bancs d'école – m'avait permis d'être échangé à Rimouski pour un cours d'été, embauché à défaut de mieux, second sur deux, n'en exigeant pas plus pour troquer ma casquette des Foreurs contre un maillot de l'Océanic.

Une élève est arrivée, une autre, et en voici un. On finirait bien par avoir le compte. Beaucoup entraient dans cette salle avec la certitude que je les ferais passer, ou échouer. Elles avoueraient cette préoccupation au fil d'une discussion, après le cours ou lors d'une rencontre, quand ça n'irait plus du tout. Force est d'admettre la logique de cette théorie du faire échouer : aux yeux des élèves comme à ceux du ministère, je transmets des compétences dont je valide ensuite l'acquisition ; c'est moi-même et ma vision de la réussite que je sanctionne à travers le prisme de la classe. Pour ces fatalistes – qui n'ont pas tort de l'être –, mon rôle consiste à classer. Plusieurs d'entre elles sont abattues, sans projet. On a manqué de patience en amont pour donner du prix à une idée qui leur aurait tenu à cœur, quelle qu'elle soit, probablement sans lien avec le français ou la littérature, une question qui aurait amorcé un grand mouvement de traction vers l'avant.

Je dois tout de suite reconnaître qu'à titre d'enseignantes, on élude souvent l'apparente contiguïté de l'ignorance et de l'assurance dans la correction d'une copie. Notre parcours scolaire nous confirme dans le champ où l'on exerce désormais une petite autorité qu'on ne boudera pas. Dans les mains de l'élève ou sur le coin de son bureau, à l'envers par respect, l'examen qu'on remet arrive beurré de signes verts (parce que le rouge, c'est trop violent), plus qu'il n'en faut pour opprimer la page. L'élève ne viendra pas nous embêter. Il est trop tard pour qu'elle réclame des explications, beaucoup trop tard après que l'échec s'est insinué dans sa conscience jusqu'à former une part de son identité. Il n'y a que celles qui obtiennent quatre-vingt-treize pour cent de moyenne pour réclamer deux points de plus, c'est pour leur cote R, pour entrer en médecine, suivant les traces de leur mère. J'éprouve une sympathie particulière à l'endroit de celles qui envisagent les sciences vétérinaires, j'écoute leurs doléances avec plus d'attention que j'en prête aux futures dentistes, fourbes par essence. Crapules insolubles dans l'eau de la réhabilitation[1].

Si certaines de ces élèves ont le don de me faire sortir le Grevisse ou de mes gonds, aucune étudiante à risque n'y est parvenue jusqu'ici. Au cégep, les cancres abandonnent, trouvent que la grammaire n'a pas de sens et, parfois, ont raison. Quand on les voit apparaître, timides ou bravaches dans le cadre de porte, on peut les bourrer de menteries,

1 À sa relecture, Audrey-Ann écrit : LOL.

raconter n'importe quoi sur l'accord du complément du nom introduit par une préposition, suffit de revenir aux classes de mots, aux fonctions et hop ! le tour est joué, à plus forte raison si l'on insiste sur l'utilisation de la virgule, on peut inventer toutes sortes de règles au sujet des virgules, Grevisse n'en contredira presque aucune (il est mort) et personne n'a lu Drillon (injustice pour un gars qui, un quart linguiste mais bien plus polisson, nous arrache un fou rire avec des commentaires grammaticaux) ; oui l'on peut se revendiquer des grammairiennes, explétives en soi, alors qu'en vérité on n'a jamais suivi de cours de grammaire à l'université et qu'on s'autorise surtout d'un certain sentiment de la langue que légitimerait un baccalauréat en lettres, quelque expérience des grandes autrices. Et encore. Après que l'enseignement a commencé à nous mouliner la tête, à occuper tous les interstices d'une vie grillagée dans l'emploi du temps, on est beaucoup à cesser tout bonnement de « lire pour le plaisir » sans que l'assurance s'amenuise. On corrige un peu à l'oreille. Alors les élèves finissent par nous demander si, comme Dieu, nous les profs on les fera passer. L'absence de réponse à cette question les plonge dans la béatitude, qui est un état de soumission sereine. Un chemin de souffrance y conduit. Les cours de français peuvent être une expérience christique. Nous les profs on ne songerait pas à le nier. C'est de là qu'on tire notre transcendance.

J'arrête de lire pour déplacer des paragraphes, qu'à la réécriture je déplacerai une bonne dizaine de fois de plus. S'il persiste un sentiment de continuité dans ce texte, il n'est qu'un artifice.

Audrey-Ann a le cou cassé et les jambes en V. Son regard fixe droit devant. Il y a deux mètres de chambre, une porte-patio à quatre pans et, de l'autre côté du verre quand on voit, la grande piscine carrelée. Il y a des palmiers derrière et des arbres fruitiers qu'on interprète mal, dont on voudrait cueillir trop tôt les fruits, ronsardiennes ou impatientes – dont une guanábana, qu'Audrey-Ann a confondue avec une pitaya. Après c'est une allée rocailleuse qui passe de gauche à droite et, après encore, le rancho, sorte de gros gazebo où l'on peut jouer au billard, lancer des haches, cuisiner, &c. Un chien, sorti des citronniers où je jette le compost, s'approche de la maison. Je remarque :

— Il a vraiment des drôles d'oreilles, hein.

— On le laisse-tu rentrer ou il va nous croquer ? Il m'a pas croquée par malice, là... C'est juste que c'est dans la (*inaudible*).

Hier, le chien est monté sur elle dans sa chaise longue. Il s'est couché. Elle a voulu le flatter et il l'a snappée. J'ouvre la moustiquaire à ce monstre terrifiant.

— ¡Hello perrito! ¿Cómo estás?

J'attrape une nouvelle canette d'Imperial Cero dans le frigo. Le chien explore la chambre. C'est un chihuahua brun doué d'embonpoint et d'oreilles disproportionnées.

— ¿Qué tal?

J'épuise mon español pour rien, il ne répond pas. Il s'approche d'Audrey-Ann, à la tête du lit. On l'entend renifler dans le cellulaire. Je le flatte et il gémit en se réfugiant sous le sommier. Elle rit.

— Il t'a-tu croqué ?

— Non, je pense que j'y ai fait mal.

— Comme Toto. Toto il avait les oreilles sensibles.

Page d'homonymie Wiki : Toto est un personnage de fiction joué par Terry ; Toto est le nom du groupe qui interprète *Africa* ; Toto est le diminutif de Tomiko, le chien-guide d'Audrey-Ann. Je me rassois à côté d'elle. Le chihuahua disparaît dans la cuisine.

— Ça va toujours ? C'était-tu mélangeant comme petit bout ?

— Non.

— J'ai pas réussi à te perdre ?

— Ben, un peu, mais ça m'intéresse tellement.

J'avais pris l'habitude de commencer la session en réaffirmant l'importance de ma matière. Ça me semblait d'autant plus nécessaire que le ministère la dépeignait comme un empêchement à la diplomation. Et puis j'aimais cette position agonistique, vendre ma salade. Convaincre des élèves qu'il faut se donner une chance avec la littérature, qu'une vie sans elle échappe forcément quelque chose de l'autre, que les mots importent. Ma peine devenait kérygme, et quand ça se produisait (ça n'arrivait pas toujours) je me sentais parler de plus loin que moi. Les idées prenaient sans moi leur forme, le sens se mettait à exister. J'étais le tableau, le plafond suspendu, cerné, la poubelle. Une parole m'animait et je n'étais plus rien, ataraxique, dissous dans une étrange unité, sensation qu'en de rares extases je traînais jusqu'au coin de la rue, en rentrant à la maison.

J'étais de ces novices idéalistes et volontaires qui veulent tout changer, une conviction me traversait, discernable aujourd'hui chez mes plus jeunes collègues, dans l'implication militante de Sarah, dans le surmenage bienveillant de Maude, déjà très enseignante en cela, dans la vivacité histrionique de Yohan. Ces sacrifices qu'on accomplit au profit d'une conception de l'enseignement ne sont pas condamnables en soi, sauf que l'épuisement du corps, passé dans le filtre des structures et des bureaux, des portes claquées par hasard ou petite déception, des conversations de couloir, des refus et rejets administratifs se dissimulant derrière un logiciel de gestion, un formulaire, une procédure, un coup bas, tout cela transmue l'effort, et même l'amour, en une impression vaine et pourtant claire qu'on a commis une faute. L'institution fabrique des habiletés ; elle fabrique inversement l'échec. Elle valide et invalide des idées, des gestes, des personnes. Ainsi s'exerce son orthopédie. Elle confère aux disciplines leur valeur en fonction d'impératifs économiques et politiques à la mode. En français, on doit se battre pour obtenir un local ou des horaires adéquats, un petit budget pour des activités ou du matériel. Quand on tente de rappeler la mission éducative de la boîte (qui n'est pas une agence de voyages, de communications, de courtage immobilier, de services aux entreprises, de métagestion, ni strictement un club sportif ou une boutique de produits dérivés), on se prend une tape sur les doigts ou une lettre au dossier. On ressort d'un bureau et on croirait avoir mené une tentative d'extorsion. On se bat contre qui, on se bat contre quoi, à quelle hauteur ça bloque, on ne le sait pas très bien. On sait juste qu'on perd souvent et, si on ose se projeter, qu'on se désengagera. L'institution travaille à inscrire la faute dans les corps. C'est son unique rôle, son rôle précis. Qui qu'on soit en son sein, elle nous pétrit les viandes.

J'ouvrais le cours avec trois citations sur l'engagement et la résistance dans les lettres. J'avais piqué mes trois citations à Anne-Sophie, une connaissance qui remontait à l'époque de l'université, mais surtout au comptoir du Saint-Bock, dans la rue Saint-Denis de Montréal. Anne-Sophie y pratiquait à titre de barmaid, moi de client. Elle m'avait demandé de commenter son mémoire de maîtrise sur Nathalie Quintane. J'avais relevé quelques coquilles dans les notes de bas de page et m'étais payé en épigraphes sans le lui avouer, de sorte qu'elle m'avait aussi offert une pinte. Les citations demeuraient certes très-européennes pour un cours de corpus québécois : Sartre, Adorno, Prigent. Elles me permettaient de bâtir sur le cours *Littérature et imaginaire,* où les élèves avaient en principe discuté d'œuvres françaises récentes, et de tracer une filiation de l'engagement jusqu'au « nouveau », en passant par la résistance. Je promettais que nous trouverions d'autres morceaux intéressants dans nos lectures – d'extraction québécoise, comme le souhaitait le ministère –, si bien que les motifs de la révolution s'élucideraient d'ici la fin de la session, que la révolution s'offrirait, évidente. J'adhérais à quelques-unes de ces sensibleries, au pouvoir transformant de la littérature, au collectif, au savoir-lire, à la révolte.

— Mais tu y crois pus, à ça ?

— Non, je pense pas.

— Pourquoi ?

— Je sais pas, je pense que je perds ma foi naïve en l'humanité, en sa capacité à s'assembler, à former des communautés.

Je voulais que la communauté s'incarne au-delà des textes et par eux. J'ai cru à des projets, qui m'ont déçu. L'idéal, l'engouement des débuts, puis les désertions, les renoncements. L'écroulement. S'emplir de ruines.

— Je comprends.

Je ne sais pas m'engager. Et si la communauté devait être une direction, il me semble qu'on tend, à rebours, vers l'hégémonie identitaire. L'identité est une erreur spéciale, une méprise. Il faut s'en délivrer.

J'avais aussi rédigé et placé en avant-propos du recueil de textes une petite lettre pour le moins inspirée. Elle se terminait par une utopie : « L'enseignant espère qu'au terme du cours, l'étudiant·e comprendra l'importance de penser par soi-même. Car apprendre à penser, c'est apprendre à résister ; et résister, c'est soutenir son action par un discours cohérent et intelligent. L'enseignant se permet aussi d'espérer que l'étudiant·e comprendra les assertions suivantes : la littérature est éminemment politique ; la littérature est sociale ; la littérature a un impact concret sur le monde. »

Transcrire mes longues citations au tableau, à la craie, me mettait dos au groupe une bonne secousse.

— T'avais ton chandail d'ananas ! précise-t-elle.

Un chatouillement caractéristique lui a impulsé une exclamation. Il change la plupart de ses phrases en rires.

J'arrivais à dix heures, le cours commençait à et dix. Je ne parlerais pas avant et quart. Les premiers cours m'empreignent d'une sorte de trac, d'une inquiète fébrilité. J'ignore à qui j'aurai affaire, quel genre de session on vivra, qui se rebutera, qui disparaîtra sans plus d'explications, triste et seule (*elle rit*), qui saisira mal l'ironie (*elle rit plus fort*) –

— Y a des poules qui passent, remarqué-je. Y a une famille de poules qui viennent de traverser l'espace de la piscine.

Son rire explose en pompant l'air jusqu'à ce qu'au-dessus de sa gorge tinte un carillon de dépanneur. Celui tout en grelots qui accompagnait le plaisir des bonbons à une cenne. Son rire est ma joie.

— On dirait une jungle ! déclare-t-elle.

On s'attendait à des singes, des perroquets et des paresseux. On a des chiens, des poules et des passereaux. Nelson a mis à prix la tête des poules depuis qu'elles ne pondent plus. Elles vont librement, déjà moins poules que poulets.

Audrey-Ann retrouve son souffle et poursuit :

— Moi, je me souviens, ~~une couple de jokes~~ d'ironie, t'as dit – tsé comme : quoi !? Tsé, t'avais dit de quoi pis tout le monde...

— Personne avait compris, mais tu te rappelles pas ce que j'ai dit.

— Oui, mais c'est vraiment trash.

— C'est quoi j'ai dit ?

Elle a du mal à parler tant elle rit en anticipant la grossièreté.

— On peut pas mettre ça dans le livre. T'avais dit que... Est-ce que tu te souviens que j'avais manqué un cours ?

Je me souviens qu'elle en a manqué plusieurs.

— J'étais venue le rattraper dans l'autre groupe, qui était à dix-neuf heures le soir, c'était un groupe composé de tech. po. Et là, t'avais donné l'exemple d'un gars qui viole une fille pis t'avais dit qu'il s'était sûrement dit : si elle mouille, j'avais le droit. T'en souviens-tu ?

— L'exemple que j'ai en tête, c'est le juge au Nouveau-Brunswick.

— Ouais, semble-t-elle confirmer.

Cet automne-là, le juge Jean-Paul Braun, de la Cour du Québec (et non pas du Nouveau-Brunswick), avait senti le besoin de commenter le physique de la plaignante dans un procès pour viol, une fille de dix-sept ans qu'un chauffeur de taxi de quarante-huit ans avait agressée à Montréal.

Je tente de préciser :

— Il a demandé à la victime : mais avez-vous joui ?

Mais je me trompe. Cette phrase doit plutôt venir des *Fées ont soif*, que je commente souvent en classe. Elle fait penser aux propos de l'ex-juge albertain Robin Camp qui, en 2014, a suggéré à la victime qu'il avait devant lui qu'elle aurait dû serrer les genoux, avant de blanchir l'accusé. Cette histoire avait réémergé dans la foulée de l'affaire Braun.

— Non, disconvient-elle en fin de compte.

— Je sais pas, dans ce cas-là.

— Mais je pense que ça faisait référence à lui. Sûrement, parce que c'était super colon. C'est sûr que ça faisait référence à lui.

Colon, c'est ce qu'en avait aussi pensé la ministre de la Justice Stéphanie Vallée, qui avait déposé une plainte contre le juge Braun au Conseil de la magistrature. Le Conseil réprimanderait le juge, précisant qu'il avait « manqué à ses obligations déontologiques et particulièrement à son devoir de remplir son rôle avec intégrité et honneur, ainsi qu'à son devoir de réserve ». L'ex-juge Braun solliciterait un contrôle judiciaire auprès de la Cour supérieure, où le juge Stéphane Lacoste rejetterait ses arguments. Ce dernier commente : « S'il était loisible au juge Braun de s'interroger relativement au comportement ambigu de la victime quant à certains aspects de la preuve, il est plutôt consternant de constater qu'il a choisi d'analyser cette ambiguïté en ayant recours au mythe de la jeune fille innocente et ‹ fleur bleue ›. L'utilisation par le juge d'un tel mythe est d'autant plus répréhensible qu'il accrédite l'idée que l'imaginaire romantique présumé de la victime la prédisposait à être consentante. » L'ex-juge Braun, à nouveau, interjetterait appel, mais la Cour suprême refuserait de l'entendre.

Audrey-Ann ajoute :

— Ouin, faque le monde avait pas catché.

Manifestement. On ne *transmet* pas des idées, des savoirs. L'enseignement n'a rien d'un virement bancaire. La mémoire, dont il est tributaire, est un lieu à négocier, une construction incertaine.

— Ou comme quand tu bashais *Le Journal de Montréal,* tu le bashais sans trop le basher. Je comprenais que c'était de l'ironie, alors que j'ai full de misère à la capter dans la vraie vie.

Dans *Le Journal de Montréal,* Denise Bombardier avait fustigé la « rectitude politique » qui incitait une société hypocrite à condamner le juge Braun. Le magistrat avait selon elle rendu « un jugement remarquable, qui démontre sa compréhension de la psychologie féminine ». Il avait eu le courage de s'exprimer avec « des mots devenus tabous » et avait exercé son métier avec « un style élégant et une sensibilité exceptionnelle », voire avec « sagesse », quand il avait jugé que la victime avait « un peu de surpoids mais un joli visage », suggérant au détour que, puisqu'elle avait grandi dans un milieu religieux strict, la débutante n'avait sans doute pas haï qu'un homme mûr la débauche.

— À capter *ton* ironie, ajoute-t-elle en riant.

Je reconnais que citer Denise Bombardier a pu donner l'impression que j'étais un ironiste à l'hyperbole un peu facile.

J'ai finalement regardé cette quinzaine de têtes devant moi, sur dix-huit. Il faudrait procéder à l'appel des noms. Je détestais procéder à l'appel des noms. J'ai décidé d'attendre une dernière minute, au cas où la proviseure nous rejoindrait, suivie d'une nouvelle habillée en bourgeoise et d'une garçonne de classe portant un grand pupitre.

Une fille est entrée en fauteuil roulant avec son chien, pas en retard mais pas singulièrement à l'heure non plus. Elle semblait se dire que la vie l'attendrait[2]. (*Elle rit.*) C'était difficile de ne pas la remarquer. Elle s'est cognée contre la rangée des bureaux pour atteindre le fond de la classe, en sus de quoi son gros labrador noir, qui dort à mes pieds, boquait, se mettait dans le chemin, haletant d'exister, il l'empêchait de rouler. Suivait une preneuse de notes au sourire doux, les cheveux bruns tirés en queue de cheval et le regard à chercher anxieusement où aboutirait son cortège. Avec ces trois rigolotes, me suis-je dit, le compte y est.

Je prends une pause sur son rire, qui n'a pas cessé du long de cette fracassante entrée en scène et l'a fait glisser dans le lit.

— Ça va ?

Pas de réponse et les oiseaux se sont tus. Je recommence à lire : Nous ne savions pas, à l'époque, que l'histoire était commencée.

— Mais attends, m'interrompt-elle, je veux juste... C'est

2 A.-A. : C'est tellement moi.

une question pas rapport. Quand tu dis « qui dort à mes pieds ». Comment tu fais pour savoir que tu reviens à ?... Tsé, tu parlais au passé, et tu reviens aujourd'hui. Est-ce que tu comprends ma question ?

Les récits sont hétérochroniques. Ils portent le temps de la mémoire, déjà sédimentée, celui (multiple, fragmenté) de l'écriture, celui de chaque relecture, de l'abandon, de l'édition, de la reprise, de la colère, de la publication, du vide.

— « Comment tu fais pour savoir » : moi ou toi ?

— Moi, en tant que lectrice.

Il est aussi des temps entre le temps où des réalités hétérogènes s'unissent sans direction. L'histoire linéaire produit l'illusion que ces contacts n'existent pas, elle se donne sans friction : un confort de lecture qui dit : je ne brusquerai rien. Beaucoup s'y dévoie pourtant.

— Par le verbe au présent, tu comprends que c'est hors du récit, qui est au passé. Ça renvoie au moment de l'écriture. T'allais pas très bien, je gardais Tomiko. Il était à mes pieds.

Et puis le matériau du réel refuse la chronologie. Personne ne tolère qu'on raconte ce qui a été sans la nuance de ce qui est désormais. La chronologie exige une patience de personnage. Les humains font d'insupportables modèles vivants.

Audrey-Ann a parfaitement glissé dans le lit. Elle me regarde en contre-plongée :

— C'était quoi, déjà, cette fois-là ?

Elle manque de souffle et murmure :

— Ça allait pas bien dans ma tête ou dans mon corps ?

— C'est généralement les deux, hein ?

Ma réponse évasive requerrait une explication.

J'entends qu'elle bouge. Elle tente de gravir les oreillers. Son rire va se blottir dans un silence.

Je l'attrape sous les épaules et l'aide à se replacer pour qu'elle voie l'écran.

Nous ne savions pas, à l'époque, que l'histoire était commencée. C'eût été le cas, nous aurions montré meilleur profil. Je luttais pour ma part contre un coriace mal de bloc, la peau de mon visage brûlait. J'ai circulé dans la classe pour distribuer des documents. Une élève avait cédé sa place dans la dernière rangée quand elle avait dû convenir que le fauteuil roulant de sa camarade ne logerait pas ailleurs. (*Elle rit.*) La charitable s'est vue récompensée d'un plan de cours. J'ai fini par rejoindre la retardataire, qui continuait de s'installer. Elle m'a demandé si son chien me dérangeait, étendu en travers de l'allée. Qu'il se couche sous l'armoire à dictionnaires qui me sert de table ou qu'il donne le cours ; je l'adorais déjà.

Elle m'a demandé si elle pouvait travailler à l'ordinateur. Elle le pouvait bien sûr. J'ai déclaré que tout le monde avait ben beau travailler à l'ordinateur. Il y avait un charme ancien à la calligraphie et un intérêt plastique à l'activité cérébrale qui danse « au bon endroit » sur l'électroencéphalogramme de l'apprentissage, mais on reconduit surtout une stigmatisation quand on permet aux seules « élèves à besoins particuliers » d'employer la technologie du siècle en cours. Envie, jalousie, j'évitais de m'embarquer là-dedans. Je lui ai promis, puisqu'elle le réclamait, de lui acheminer les exercices et les textes par support numérique quand je les aurais préparés, parfois dans le cours et pas avant, en tout cas quand ils seraient prêts, aucune idée quand, on verrait à s'arranger. Elle a semblé satisfaite de ce patinage. (— Très satisfaite, précise-t-elle.)

Si tout cela est vrai, et ce l'est, je dois admettre que je trouve cette scène incomplète. Il est presque assuré que je n'ai pas compris du premier coup ce que me disait cette fille à l'élocution difficile (on n'en fera pas de mystère). J'ai peut-être feint de la comprendre. Sa preneuse de notes, baptisons-la Daisie, m'a peut-être traduit quelques mots. J'aurai tenté une blague. Et cette élève dont la face ressemblait en tout point à la vignette « Audrey-Ann Bélanger » sur ma liste, elle a ri.

Voyant l'orthographe du nom de son amie, elle remarque :

— *Daisie*, c'est avec un *y*.

— Pas mal sûr que non... Ça m'a toujours étonné que ce soit avec *ie*.

— Ah ouin ? doute-t-elle. Partout c'est avec un *y*.

Sur les réseaux sociaux, s'entend. Je cherche les documents de l'automne 2017 dans mon ordinateur. La preneuse de notes était elle aussi inscrite à mon cours.

— T'as la liste ?

J'ouvre ladite liste et :

— Crisse... C'est avec un *y*.

Audrey-Ann n'insistera pas sur mon erreur et mon arrogance. Où s'illustre sa belle joie de vivre, l'importance pour elle de se canaliser sur le positif[3]... Elle change de sujet.

— Mais je me souviens pas de ta face. Si tu me comprenais pas.

— Tu parlais mieux?

— D'habitude ça me fait de la peine quand les gens froncent les sourcils, mais j'avais pas senti ça de toi.

Vingt-six secondes de silence.

— Ben, pas de la peine, là. Je le sais pis tout le monde le sait. Je le sais pas si tu comprends mon émotion.

— Faut que t'apprennes à «nommer» tes émotions, Audrey.

Elle hésite.

— Ouin. T'as-tu trois choix?

— Trois choix?...

— De qu'est-ce ça me fait.

Elle me demande souvent de dire ce qu'elle ressent, entre autres chez la médecin.

— De la peine, de la colère, de l'humiliation, de la déception...

— Je pense ça me déstabilise parce que les gens voient ben que j'ai de quoi. Je suis en fauteuil, mes yeux tremblent tout le temps. Tu vois ben qu'y a de quoi qui cloche, à quoi tu t'attends quand j'ouvre la bouche?

Elle ne veut pas que j'écrive qu'elle a dit *gueule* au lieu de *bouche*. Elle préfère taire cette violence que l'autre a déposée en elle et qui a

3 A.-A. : Je souris, car je suis flattée.

surgi dans un mot, dans une intonation. Elle s'est emportée. J'attends qu'elle poursuive, mais elle conclut :

— Ouin, on y reviendra.

Leçon : « La colère, c'est une émotion négative et il ne faut pas s'accrocher à elle. »

J'ai commencé à répéter autrement ce que je viens de vous raconter, en finissant la tournée de la classe. Puis je leur ai balancé :

— À quoi ça sert, la littérature ?

Je rêvais qu'elles me renvoient du tac au tac : à rien, vieux fol ! Je crois que j'aurais su quoi répondre, comment les transvaser d'un seul v'lop ! de la fonction somptuaire à la politique, et droit devant la liberté. Elles sont plutôt restées coites un moment, avec ce poids derrière les omoplates qui leur poussait le plexus contre le pupitre, même aux plus grandes, dont Lætitia, à gauche. Une élève en diététique.

— En français pis en philo, on a surtout peur de dire le contraire de ce que pense le prof. Parce que si on dit une affaire de croche, soit ça revient contre nous, ou les profs nous mettent dans des petites cases.

Comment diable ne s'est-on pas désempêtrées de ce dogme de prêtres.

— Pis ça, c'est un sentiment vague ou c'est quelque chose que vous vous dites en tant qu'étudiants ?

— En tant qu'étudiants. On se le dit.

J'ouvre la moustiquaire pour que sorte le chihuahua, et la bouche pour lui dire avec ma petite voix salut popiloupou et un tas de choses comme ça qu'il comprend c'est certain.

— Bye ! ajoute Audrey-Ann en riant.

— Genre vous vous passez le mot, vous vous attendez dans le couloir, pis vous vous dites : faut vraiment pas qu'on parle.

— Oui, pour vrai. Ma jambe, elle te dérange-tu ? parce je suis ben.

Elle a plus ou moins tiré avec ses mains sur sa jambe, qui touche à la mienne. Les années m'apprennent à apprivoiser l'aspect haptique de cette relation. Ce genre de contact prolongé, cette proximité, reste difficile. Sans naturel.

— T'es ben, là ? T'as trouvé ta position antalgique...

Tout devant, à droite, Anne-Joséphine a fini par se risquer.

— Est-ce que c'est une manière de s'exprimer pour les artistes ?

C'était ça pour beaucoup de gens. Elle-même trimbalait partout sa grosse guitare, pour s'exprimer. Une autre main s'est levée au milieu de la classe. J'ai repéré sur ma liste un visage enseveli sous des cheveux bouclés.

— Raphaëlle ?

— Mais est-ce que ça pourrait être, genre, pour raconter des histoires ?

— Ça pourrait. Lesquelles ?

— Celles qu'on veut, là...

— Lesquelles tu veux ?

J'avais mal calibré mon approche. Elle s'est sentie prise au piège.

— Dans le fond ça revient au même de ce qu'elle a dit. C'est comme pour s'exprimer.

La liberté d'expression était fameuse auprès de ce groupe et pourtant je ne craignais pas moins l'avènement d'un régime totalitaire. J'ai suggéré :

— Ou pour transmettre.

— Je sais pas.

— Des expériences, des idées, des connaissances qu'on trouve importantes.

Vite il n'y a plus eu de mains et il a fallu manger les poires à la branche. On a jeté un coup d'œil aux citations que j'avais transcrites au tableau. Les mots, le travail de la phrase chez l'un et chez l'autre. Être responsables de tout, complices des oppressions si on ne s'allie pas aux personnes opprimées, résister contre le cours du monde qui continue de nous menacer comme un pistolet appuyé contre notre poitrine, résister au déjà-vu, déjà-pensé, déjà-écrit, déjà-figé en stéréotypes, icônes ou idoles. Écrire un texte qui force la lecture à prendre conscience d'elle-même - par-là réapprendre à lire, chaque fois que lire se peut : réapprendre. Imaginer l'autrement du monde. Ces écrivains avaient offert ces réponses temporaires à l'épineuse question du sens de la littérature. Je proposais qu'on y songe au fil des quinze semaines qu'on passerait ensemble.

Ça nous permettrait aussi de réfléchir à la raison d'être de la formation en français, langue d'enseignement et littérature, titre bâtard, ni chair ni poisson. Son but se résumait-il à apprendre les marqueurs de relation et les figures de style ? Je laissais entendre que je livrais un vif combat aux fonctionnaires qui avaient rédigé le devis ministériel. Contrairement à ce que celui-ci préconisait, il faudrait réfléchir par soi-même, au-delà du cadre de la maudite dissertation. Des essais, tiens. Puisqu'il était bon de s'exprimer, nous allions écrire de l'essai.

— C'est quoi, de l'essai ?

Je n'ai pas vu d'où c'était venu.

— On va dire pour l'instant que c'est une manière de penser.

Mais la pensée ne se réservait-elle pas à la philosophie ? Je leur prêtais cette objection légitime, qu'on me servirait en fin de semestre. Nombre d'élèves me reprochaient la philosophie et l'histoire. (— C'est vrai que tu faisais beaucoup d'histoire.) Sans doute concevais-je mal les limites de mon rôle et celles de ma discipline. Je m'échinais à ce que l'enseignement demeure comme la littérature une expérience de la vie, un dialogue humain, un échange qui tenait de la dépense plutôt que du service à la clientèle.

— Camarades ! les ai-je apostrophées, nous sommes ensemble dans cette quête !

Je les avais assommées. J'ai annoncé une pause et distribué un extrait.

Deuxième heure, nous sommes rentrées de pause en retard avec un muffin, les yeux rivés sur le cellulaire à nous traîner les savates, et nous nous sommes mises à lire *Renversements* de René Lapierre. Le premier chapitre, qui est d'une prose très belle, mordante, directe et, bien sûr, économe à la manière de l'auteur. Ce livre me rappelle le printemps 2012, dont il a été pour moi une sorte de filigrane. On y lit que, devant la déliquescence d'un rapport sensible aux êtres et aux choses, il « faut par la voix, de vivant à vivant, rouvrir le passage », aménager un espace à la complexité : « C'est avec une égale grossièreté que les ministres et les affairistes, en se prétendant ‹ responsables ›, nous ordonnent de prendre acte du gâchis et d'oublier qu'il en puisse aller autrement. ¶ En aller autrement, ce serait sortir de l'affirmation pour renverser le mode d'apparition du sens : au lieu de l'attendre sans fin, comme événement et comme miracle, le concevoir dans son processus et son imperfection. »

Nous interprétions le texte en groupe et je m'émouvais quand les élèves me le rendaient vulgarisé, passé au sas d'une expérience personnelle. Pour s'agripper au sens, pour assimiler une abstraction à du connu et la rendre ainsi reconnaissable. L'apprentissage est une traduction vers un langage à soi, conçu d'images, de ressentis, d'équivalences inexactes.

— Dans le fond, là, m'a envoyé l'une de mes cinq Laurie, quand René dit que lire un livre, c'est pas tellement différent de lire un champ, c'est comme si qu'il parlerait du garagiste qui peut dire le problème sur mon char en écoutant le bruit qu'il fait ?

— Ouais, j'imagine.

— Comparé au gars de GM qui te charge deux cents piastres pour te ploguer sus son ordinateur...

— Il nous invite à restaurer un « rapport », alors à supposer que ton art de faire ait trait à la mécanique... Ça cadre moins avec le propos écologiste du texte, mais tu tiens l'idée générale.

Jaëlle a parlé de ses armoires de cuisine, pas très belles, à son avis ; Pierre-Luc de son père agriculteur et des tracteurs contrôlés par GPS. On approchait du nœud : notre incapacité à lire la nature nous avait poussées à multiplier les technologies pour tenter de la contrôler. Contrôler ne signifiait pas se mettre à l'écoute et observer. Il fallait prendre garde à ce raccourci, qui conférait une illusion de toute-puissance. Oui, bon, la technologie, c'était le tracteur téléguidé qui facilitait la vie au père de Pierre-Luc, ai-je concédé, mais c'étaient aussi les pesticides et les herbicides qu'on déversait dans les champs, à la petite poche sur les pelouses, avec des avions sur les forêts du Bas-Saint-Laurent. On balançait des semences modifiées en laboratoire sur des hectares de territoire pour s'assurer que notre rapport à la culture se vende sur les tablettes de la coop agricole. Et les agronomes, la plupart à la solde de Monsanto, marchaient là-dedans : arrose avec ceci, pulvérise cela. Et le gouvernement aménageait des cadres réglementaires de concert avec le lobby agrochimique. Et les polit –

— Mais c'est quoi le rapport avec le cours de français ? s'interrogeait...

J'ai associé le visage à une vignette.

— Charles ?

— Pour vous servir.

On venait de rencontrer le plus fanfaron du groupe.

— Eh ben, Charles. J'imagine que c'est un rapport sensible.

Il a froncé ses sourcils de laine sous son étrange casquette.

— Je te niaise à peine, j'ai dit. On veut évacuer du réel tout ce qui semble nous le compliquer : les herbes, les insectes dans un champ. On rêve de solutions clefs en main. Un parasite égale un produit à pulvériser. As-tu déjà eu l'impression que tes cours de français t'exigeaient du temps et de l'analyse ?

— Ça m'est arrivé, chef.

— As-tu déjà eu envie qu'on te les rende plus simples, qu'on évite les détours, l'inutile, les obstacles ? As-tu déjà pensé que les résumés en ligne coupaient le lien qu'on t'invite à développer avec le texte ?

Il ricanait en cherchant appui sur ses camarades autour de lui.

— Ce lien-là, ai-je continué, il importe plus pour moi que la littérature elle-même. J'aimerais que cette session-ci, ensemble, on se montre plus sensibles aux signes devant nous. C'est une relation. C'est long, c'est lent, ça peut être souffrant. Et malgré ce qu'on t'a appris sur la méritocratie, je peux même pas te garantir qu'au bout c'est jouissif ou apaisant.

— Méchant beau programme, qu'il a lâché à la blague.

— Mets-en. Apprendre à vivre, apprendre à composer avec le réel. Ça sonne ben, non ?

J'ai insisté sur la sensibilité, comme acte de résistance, car vient un moment « où l'artiste est *fondée* d'intervenir, en son nom et en celui du collectif » ! et j'ai levé le cours en demandant de terminer la lecture du texte à la maison, ite, missa est. Jusqu'à la page 27, je ne vous en exempte pas. Tout le monde que j'avais retenu dans ces pénibles paragraphes s'est éclipsé, sauf Audrey-Ann.

Je me souvenais de son nom. Elle avait cette particularité grâce à laquelle on ne l'oubliait pas. Ses belles dents blanches ? On retient d'abord le nom des élèves qui prennent la parole. Parfois c'est un couvre-chef d'ordre composite, mariant par exemple les éléments du bonnet à poil, du chapska, du chapeau rond, de la casquette de loutre et du bonnet de coton, une de ces pauvres choses dont la laideur muette a des profondeurs d'expression que l'excentrique perçoit comme une marque d'affirmation de soi. On s'en ressouvient dès qu'on l'entrevoit au bout du couloir, tiens ! se dit-on, voilà Charles. Parfois aussi c'est un nez qui s'imprime, long ou crochu (comme le mien) en lieu et place du nom – on y songe le soir, par hasard ou en ventilant les aléas du cours auprès d'une collègue, et le seul nom qui vient en tête, c'est le Nez : le Nez lève la main sans discontinuer, je te dis, comme si sa vie en dépendait, pas moyen de finir une phrase sans qu'elle fouille le rectum des nuages avec son doigt. Parfois c'est la singularité même du nom qui s'impose, on doit le pratiquer devant le miroir pour ne pas s'enfarger devant public. D'autres fois c'est une drôle de tronche, un accent français ou, comme chez Guillaume, dans cette même classe, des traits d'une douceur séraphique percés d'une paire d'yeux noirs, impénétrables, avec les bras musclés d'un danseur classique qui lui sortent de chaque bord de la camisole. Le silence de celui-là me trouble encore dans mon sommeil, sursaut hors d'une toile de Goya. (*Elle rit.*) Les noms, on finit par les apprendre mais, n'empêche, c'est pas simple. Il vaudrait mieux que personne n'en ait. Quant à Audrey-Ann, à y resonger, c'est qu'elle venait avec un chien ; on la reconnaissait donc aisément[4].

4 A.-A. : Et le fauteuil, fais pas à semblant ! Ha ha. Moé je vois pas le fauteuil... bla bla bla.

Le drap frotte contre le micro. Cet espace dessine une page un peu compliquée qu'on aurait pliée dans un son. Cinquante-huit minutes quarante-sept secondes jusqu'ici, jusque-là :

— Ça va ?

Elle ne répond pas.

— Des besoins ?

Elle ne répond pas.

— Une pause ?

J'attends qu'elle réponde.

— Non, [redacted]...

Sa voix s'éteint. Souffle sans forme ce bruit en attente d'un langage. Je me suis demandé ce que ça me ferait de réentendre ces conversations. Je notais tout dans le document à mesure qu'elle parlait, je ne prévoyais pas de verbatim. Puis j'ai développé le fétiche bizarre de ne rien changer à ce qu'on s'est dit ; je suis en train de devenir fou à les réécouter en boucle. Je rembobine à nouveau pour déchiffrer le mot manquant. J'ignore pourquoi le fichier numérique se comporte comme une bande magnétique, pourquoi il imite qu'il se rejoue à l'envers.

Le corps illustre sa musique, ou alors c'est le contexte, le continu de la journée ; l'échange vient à se passer de mots. On comprend mieux dans le feu de l'action, voilà ce que je veux dire. L'enregistrement déplace une durée dans le temps. Ça infléchit le sens. Il manquerait des lèvres où « ~~ça~~ [va] » pourrait danser. Ce n'était pourtant pas si compliqué, « ~~ça~~ [va] ». Quand je raye, c'est que j'ai dû réécouter plusieurs fois. Les crochets, un mot manquant, une manœuvre éditoriale. Ma capacité à débrouiller le texte correspond plus ou moins à l'évolution de notre relation. On s'est habituées l'une à l'autre, le langage a trouvé son ordinaire.

Je comprends que je répète après elle :

— « Ça va » ?

À quoi elle répond :

— Oui.

C'est un truc, avec la dysarthrie. Au lieu de demander à la personne de répéter ce qu'elle a dit, on répète soi-même ce qu'on croit avoir entendu ou lu sur sa bouche. La réponse, oui ou non, est plus simple, plus courte. Même quand je comprends Audrey-Ann, il m'arrive de répéter n'importe quoi. Des insanités. Joie bête de l'assonance. Je la corromps.

Dysarthrie est le nom d'un trouble moteur de l'élocution. *Dys,* préfixe grec, signifie « manque », ce qu'on reconnaît à sa prolifération dans l'univers langagier de la « défaillance » (dysfonction, dyslexie, dysphorie, &c.), et *arthron* signifie « articulation ». L'étymologie dit de la dysarthrie qu'elle est un manque d'articulation. Le *Manuel Merck de médecine et thérapeutique* va plus loin et conclut : « La dysarthrie est une incapacité à articuler les mots de façon normale. » Résumé naturaliste, dont il faut déjà remettre en question le recours comme point de référence à une norme, particulièrement élusive en ce qui concerne les mots et leurs prononciations. Cette norme qui se prétend neutre repose sur une conception du geste individuel efficace, comme l'appellent entre autres Zig Blanquer et Pierre Dufour. Elle impose à la communication la production d'effets quantifiables, ramenés sur un rapport au temps, et répute mortes toute attente, toute sinuosité, toute séquence « improductive ». Cette norme est une mise à mort. Elle s'avère aussi artificielle qu'elle s'occupe à circonscrire des incapacités et des défaillances au bénéfice d'un discours médical qui se présente comme solution quand il parle d'un « problème moteur ». La notion de problème affirme la vie d'une personne comme un cas à résoudre ; elle institue un corps à réparer.

Ça m'irrite aussi que la définition de ce guide confonde des moyens et des finalités qu'il fantasme. Les moyens : les mécanismes de l'articulation. Les finalités : les mots qu'une locutrice chercherait semble-t-il à produire, et d'une certaine bonne manière. On les supposerait seulement, à ce titre qu'une locutrice peut prendre acte de l'étendue de ses moyens communicationnels, prendre acte du fait que le contexte les limite qui que l'on soit, prendre conscience de ce que la dysarthrie, comme langage autre et différence quelconque, peut devenir un outil créatif puissant (l'œuvre du danseur, auteur et comédien Neil Marcus l'illustre bien). S'il est un enjeu médical à la dysarthrie, c'est que le palais, le pharynx, les poumons, les fibres nerveuses et les muscles de la parole ne coïncident pas systématiquement avec les intentions d'une locutrice donnée (or les intentions peuvent varier, ne connaissent pas de norme).

Sur ce plan, le mot *trouble*, qui désigne l'agitation, paraît encore préférable à *problème*. La dysarthrie trouble les attentes sociales en matière de communication efficace. Où il conviendrait de parler de rythmes – des corps ne se synchronisent pas – et d'efficience – ce corps ne produit pas assez à notre goût. On voudrait accélérer le rythme du corps qui nous intime de lui accorder une attention fine, d'entrer en contact avec une voix qui nous résiste. Une hétérochronie s'installe. Alain Blanc affirme que « les personnes handicapées parlent la langue du ralentissement à un moment historique caractérisé par la fluidité et l'accélération. » Quelque chose s'efforce de nous présenter la vitesse et l'accélération comme naturelles. Elles ne le sont pas. Quand on évoque un problème d'émettrice, ce peut en être un d'écoute, de savoir-lire. D'interaction, de relation. Si troubler le genre, c'est repositionner la focale pour ébranler l'hétéronormativité, troubler le dire, c'est tomber en littérature. Je parle d'une littérature qui s'inscrit dans le repli de son manque, avec sa lenteur, son silence, son cubisme de mardi-gras [*sic*], qui aplatit le sens pour le signifier. Une textualité ni ceci ni cela. La relation tout à coup n'y est plus sûre. La face vole en éclats. Il faut composer.

Ainsi s'hache la parole, qui devient sautelante, chuchotante, essoufflée, inaudible. Comme craquelée. La tête tourne sur son axe, avec la parole. Un ululement. Suspendue là. La parole se singularise. Elle ne dit plus tout ce qu'on voudrait lui faire dire. Revêche, donc. Les intonations s'égalisent, l'importance des mots se rabat à l'horizontale. Une longueur. Elle devient ronde, oui, portée vers les joues. Un *m* se met devant le mot. La parole passe en dessous, engoncée dans la soufflerie. S'efface la coordination entre les mouvements des joues, mâchoire, langue, pharynx, cordes vocales, &c. qui souffle ; le rythme s'alentit. Poumons ! poumons ! Ça nous ouvrirait la bouche à en bâiller et bâillez. Elle répète les mots qui sont les bons – le délai abolit les pronoms parfois le sens. ANNULER. Sa commande pour dire j'abandonne ma phrase et non ! je ne laisse rien s'enrouler dans ses nœuds. N'entravera le dire la dysarthrie. Parler lentement cesse d'être simple, inconscient, allant-de-soi. (Les deux interprétations.) Parler ménage passage à travers corps. Jusqu'à l'exploréen : c'est une palette – de tire d'érable ouvrez la bouche et faites ah.

La dysarthrie est cet état où le corps agite le langage pour y apparaître. Rémi cherche voyelles très bas, langue comme hameçon. C'était tantôt. Audrey-Ann rapporte le menton contre la poitrine ou l'épaule sans s'en apercevoir. Elle contraint le geste, discrète bouche discrète, ladylike, les lèvres roses autour des *u*. Elle ralentit, ralentit, détache-moi ce mot-ci de ce mot-ci, les ralentit les détache les syllabes des syllabes, supprime liaisons. Nul chuintement de chat dans les rideaux, nulle liaison. Parler chante en clartés de contour les lettres détachées, si ce n'est que le contour bondit, liquéfié (voir plus haut la chute). Splish splash, vous voyez. Le plus souvent parle-t-elle à sa manière comme vous et moi. Ça change et changera, ça fait changement. Chaque mouvement se désengage de chaque mouvement et ça continue. Plus le collage des gestes se montre, plus dur il devient de saisir l'ensemble. Toutes notes jouées dans l'ordre, sans le tempo qui les transforme en musique de chambre la li la la. Suite plutôt qu'ensemble. Point d'ensemble. L'oreille profane échoue à reconstituer l'événement avec des habits de la bonne époque. C'est trop d'informations en travail. . . . . . Un retard s'imprime, qu'est-ce t'as dit ? À ce point-ci les lèvres volent à voile sans produire son (spectacle d'oubli : stricte fonction). Différance ? Oui oui. Allons.

Ce ne sont que deux paragraphes et vous avez envie de balancer ce livre au bout de vos bras. Il doit être brisé, vous dites-vous, ça nous laisse derrière. À supposer que vous soyez de l'autre côté de la situation, s'agirait de voir : un matin, vous avez mal dormi, vous n'avez pas encore ouvert la bouche. Une journée de plus s'effondre en vous. Une préposée entre dans la chambre pour vous aider à vous lever, elle vous pose une question en tirant les rideaux. Le soleil étend sa blancheur de mescaline.

— Comment ça va ? Qu'est-ce que t'as au programme ?

Votre corps se revient tranquillement, avec la douleur et la douleur, à ce moment précis, vous ne vous dites pas je suis contente de la ressentir pour me rappeler que j'existe. La douleur grignote les mots que vous répondez. Lesquels ? on s'en fout mille fois. Réplique de la préposée :

— Coudonc, t'es-tu saoule ?

À la blague peut-être, vous avez entendu cette blague si souvent. Ou par erreur. Lui répondre ? quoi, comment – son trot l'a téléportée dans la salle de bain. Par réflexe, qui sait. Ou par méchanceté. Vraiment ? Elle aurait pu attendre que vous répétiez, elle aurait pu prendre un moment avec vous, s'asseoir près de votre lit, choisir d'entendre la réponse à sa question – les strates de la réponse chantée ohé ohé. L'aurait-elle pu, avec ce qu'on exige d'elle, son horaire ? Elle ne l'a pas fait. « Es-tu saoule ? » Vous aimeriez peut-être qu'elle vous laisse tranquille, maintenant, vous accorder un snooze, remettre à plus tard le début de cette journée-là, sauter une journée cette journée-là. Sauf que c'est votre heure de service. La préposée doit encore vous aider à vous lever, passer ses mains sous vos épaules, dans une proximité qui vous répugne après l'assaut des mots, retirer avec vous votre t-shirt, vous aider à enfiler de quoi d'autre, vous accompagner à la toilette. En une heure et il faudra manger. La journée commence. D'autres ne s'arrêteront pas, d'autres parleront à votre place ou vous parleront comme à une enfant. Si vous sortez de chez vous.

Ralentir, s'arrêter, écouter. Sous cet angle, *dysarthrie* dénomme peut-être moins un manque d'articulation des mots que la complexité universelle d'une articulation à l'autre.

J'étais assis au comptoir du Bien le malt, une microbrasserie dans un demi-sous-sol où la décoratrice a tout misé sur un mariage de peinture à tableau noir et de boiseries. Je crois me souvenir que, cette semaine-là de 2017, les journaux s'intéressaient à la péréquation. Jason Kenney promettait d'exclure le Québec de la formule fédérale s'il était élu. Par quelle magie ? Le hasard avait voulu que je tombe sur un Albertain en boisson. Les probabilités voulaient qu'en boisson, je l'étais aussi. J'habitais seul, par choix et enfin. Cela m'accordait tout le loisir d'aller boire et, semble-t-il, de m'engueuler à l'interprovincial. (*Elle rit.*) Le gars disait que l'Alberta payait trop cher pour les services publics québécois. Je lui renvoyais qu'on avait pas mal payé pour développer l'économie de l'Alberta à une autre époque et qu'on était sur le point de recevoir une belle facture pour la reconvertir, ce à quoi bien sûr il s'opposait. Il travaillait pour une compagnie pétrolière. Il avait tout vu ça de ses yeux. Et il me certifiait qu'on avait là une industrie propre et renouvelable. Il fallait voir ça de ses yeux, répétait-il. Le rêve ! j'y comptais. On a fini par convenir que le divorce demeure la meilleure solution pour deux parties qui ne s'entendent pas sur des questions simples. Ç'a signé la fin de notre discussion.

J'ai levé les yeux vers l'ardoise pour indiquer à Jean, le barman, que j'avais besoin d'une autre pinte. L'Albertain est sorti fumer, j'ai pris un tabouret d'écart et mis mes écouteurs. Je travaillais depuis cinq ans sur un livre de contes que je destinais, sans tout à fait me l'avouer, à un fœtus avorté six ans plus tôt, comme pour m'excuser. Son titre, devenu *Le vagabond,* révélait notre mouvement picaresque, au livre et à moi. Un mouvement imparfait, menteur, baroque, qui s'acharnait moins à battre l'entropie qu'à la chevaucher lointainement. Marcel·le Thibodeau devait y porter la difformité des enfants qui n'ont pas vu le jour. Sa mètis serait sa seule force, son sac serait plein de tours appris au fil de ses errances. Je lui inventais un monde second, un monde joyeux où tromper les curés et les politiques. C'était tortueux, d'autant qu'après une demi-douzaine de pintes de bière je passais généralement aux pintes de black velvet ou de cidre, délices plus légers.

— Mais... moi j'ai plein de questions.

— Bon, ça y est.

Elle rit.

— Est-ce que tu vis encore de la culpabilité ?

— Par rapport à quoi ?

— Ben. C'est vrai, l'avortement ?

Je lui accorde un hu-hum confiant.

— Tu dis « comme si tu t'excusais ». Quand tu t'excuses, c'est parce tu te sens mal.

Je marque une pause de treize secondes. Audrey-Ann va pour continuer, je la coupe :

— Ç'a été un épisode assez tough.

Un oiseau piaille au loin. Ma voix se cherche.

— Est-ce que tu penses que ç'a été plus dur pour toi, ou plus dur pour – c'était-tu une de tes blondes ?

J'exagère, sans doute, monocorde :

— Oui, mais elle s'en câlissait. Je pense que c'est ça qui faisait le plus mal.

— Mais t'aurais-tu voulu l'avoir ?

— Pas forcément. Mais je pense qu'en tant que « gars » dans l'affaire, t'as pas vraiment le droit d'avoir mal. Cette décision-là, elle t'appartient pas. Je me suis jamais senti aussi inutile de ma vie.

J'ignore si c'est ce qui pousse tant d'hommes à militer pour le maintien ou l'accroissement de leur pouvoir sur le ventre des femmes (les religions n'ont pas le monopole de cette brutalité). Quelque chose de viscéral existe là, cette expérience ne se nie pas.

— Après ça, est-ce que j'aurais voulu l'enfant ? Plus ou moins. J'étais vraiment en amour, je pense que j'aurais fait avec.

— Est-ce que ç'a été une de vos raisons pour rompre ?

— Peut-être. À partir de ce moment-là, je suis devenu un peu... pus du monde.

Ma vie amoureuse l'intéresse pendant dix-huit autres tirets de dialogue, que je supprime pour retrouver une petite souplesse dans le dos. Privilège de régie.

J'allais passer de la bière au cidre et entre mes textes quand mon cellulaire a signalé la réception d'un MIO. J'ai lâché *Le vagabond* pour le consulter. La session avait commencé le 21 août. Franchement, ça n'avait pas tardé.

Audrey-Ann Bélanger a écrit le jeu 7-sep-2017 à 19:19 :

Bonjour Jean-Philippe,

J'aimerais bien partager avec toi un texte que j'ai fait pour mes conférences. Je te le partage comme à quelqu'un de mon âge, plutôt qu'à mon professeur. (Je sais pas si tu comprends ?) Le texte est en pièce jointe. Il est long. Mais vu que tu aimes lire, c'est bien, non ?

Aussi, comme je serai absente lundi, est-ce que tu peux m'envoyer la planif et les exercices ? Je ferais ça demain. :)

Bonne journée,

Audrey-Ann

J'ai ouvert le document et j'ai lu.

*Je me nomme Audrey-Ann Bélanger, j'ai vingt-cinq ans et je viens de Rimouski. Je suis étudiante en Techniques de comptabilité et également atteinte d'ataxie de Friedreich. Dans ce texte, je vous raconte mon histoire et mon parcours.*

*J'ai eu la chance d'avoir deux parents en or. Un père persévérant, travaillant et fier de ses filles ainsi qu'une mère toujours à l'écoute pour partager mes joies et mes peines. J'ai aussi une sœur de quatre ans mon aînée. Ma sœur est ma moitié, celle sur qui je peux toujours compter. Nous avons grandi dans un environnement remarquable et nos parents nous ont enseigné de belles valeurs. Papa nous faisait une patinoire dans la cour, malgré ses limitations, pour que nous puissions nous amuser* durant l'hiver, et maman passait ses après-midi à bricoler avec nous lorsqu'il faisait trop froid pour aller à l'extérieur.

Avant que mes parents fondent leur famille, ils ont consulté en génétique à Québec étant donné que mon père était atteint d'ataxie de Friedreich, une maladie neuromusculaire dégénérative du système nerveux. Cette maladie touche tous les systèmes du corps, entraîne la perte de coordination et d'équilibre, contraint aux déplacements en fauteuil roulant, provoque de la douleur. Le muscle cardiaque est aussi touché, ce qui réduit l'espérance de vie. Après leurs tests en génétique, mes parents ont eu le feu vert pour bâtir leur famille, car il n'y avait pas de chance de transmettre l'ataxie, pas plus qu'une autre maladie.

J'ai eu une enfance comme toutes les autres petites filles de mon âge. Je courais, je dansais et j'étais très active. J'avais une dizaine d'années lorsque j'ai commencé à trébucher en courant, à faire beaucoup de chutes, à rater une marche lorsque je montais l'escalier. Mon père est demeuré calme même s'il savait que quelque chose n'allait pas.

J'avais un très mauvais système immunitaire. Lorsque j'ai eu une douzaine d'années, je suis allée consulter mon médecin de famille pour une bronchite. J'étais très affaiblie. Quand je suis revenue à la maison, mon médecin a appelé ma mère et il a recommandé que je voie un neurologue à l'hôpital Sainte-Justine.

Par la suite, ma famille et le neurologue de Montréal ont échangé quelques fax dans le but de nous rassurer. On nous disait que c'était probablement une fausse alerte, que les cas de transmission père-fille étaient bien rares et qu'on allait se revoir en août !

Le rendez-vous avec le neurologue Michel Vanasse était le 25 août 2005, cinq jours avant ma rentrée scolaire de secondaire deux. J'avais treize ans. Mes parents et moi sommes montés en neurologie en arrivant à l'hôpital Sainte-Justine. Nous étions *dans la salle d'attente quand on a appelé mon nom. Le neurologue s'est installé au bout du couloir pour me regarder marcher. Je n'ai rien vu de cela, je balayais le sol du regard afin de garder l'équilibre. Par contre, mes parents ont bien vu ce qui se passait. Le médecin a hoché la tête négativement. J'ai passé quelques tests, pour voir mes réflexes, et aussi celui de l'électricité dans les mains pour connaître mon temps de réaction. Le diagnostic est tombé quelques minutes plus tard : j'étais atteinte d'ataxie de Friedreich.*

*À l'annonce de mon diagnostic, dans ma tête d'enfant, je me suis dit que ma vie était finie et que je ne pourrais jamais faire de patinage artistique. Eh bien, j'avais tort. À ce moment-là, mes parents savaient ce qui allait se produire, que le fauteuil roulant deviendrait une nécessité, et se sont donné comme mission de me fournir tous les outils nécessaires afin que je profite au maximum du temps où je marcherais encore. Inconsciemment, j'étais soulagée de pouvoir enfin mettre un mot sur mes symptômes. Je savais dorénavant ce que j'avais. J'avais eu la « chance » de voir mon père se débrouiller dans la vie et je pouvais me dire qu'il avait une belle vie malgré tout.*

*Une de mes tantes m'a inscrite à Rêves d'enfants puisque cette maladie menace ma vie. En janvier suivant mon diagnostic, je me suis envolée pour Walt Disney avec ma famille. Un vrai voyage de rêve. La famille de ma mère s'était cotisée pour nous permettre, à ma sœur et moi, de nager avec les dauphins.*

*Mes parents m'ont inscrite à des cours de patinage artistique. Ma mère m'amenait patiner au parc Beauséjour tous les soirs de l'hiver. Parfois, on y allait deux fois dans la même soirée et d'autres fois je patinais quelques minutes et j'étais fatiguée, mais elle rechaussait mes patins avec le même plaisir. J'ai aussi participé à ma sortie scolaire de ski. Ma mère s'est organisée pour que j'aie un professeur privé de planche à neige, toute la journée. J'ai fait cette sortie avec mes amis comme tout le monde. Plus tard, vers mes seize ans, mon père a persévéré pour que j'aie mon permis de conduire de véhicule adapté. Il a fait venir le professeur ainsi que la voiture de Matane, à une heure de route de Rimouski. Il a déboursé énormément d'argent, mais pour lui c'était essentiel. Je ne peux pas décrire tout ce que mes parents ont fait pour moi, car on serait ici longtemps, mais ils n'auraient pas pu plus me donner.*

*Je me souviens d'un moment en particulier où je suis tombée dans la cuisine et me suis frappé la tête sur le réfrigérateur. Je pleurais non pas de douleur, mais plutôt de frustration. Mon père est venu me voir, m'a tendu la main et il m'a dit : ne t'en fais pas, je suis déjà passé par là. En effet, j'ai réalisé qu'après chaque chute, il faut se relever et passer à autre chose.*

*Ensuite, j'ai commencé ma crise d'adolescence. Ce n'est déjà pas facile de traverser cette période sans limitations, alors imaginez ce que cela peut être lorsqu'on en a. Je devais composer avec le fait que mes plans de vie allaient être bien différents de ce que j'avais prévu. Je manquais énormément de contrôle et j'étais un peu dépassée par les choses. Quelques mois après mon diagnostic, j'ai eu mon premier fauteuil roulant. Il était plié dans le sous-sol. Je le prenais seulement en voyage. Si quelqu'un me parlait de mon fauteuil, j'avais envie de lui dévisser la tête. Mes parents et ma sœur ne m'ont jamais brusquée pour me convaincre de l'utiliser. Ils m'ont toujours respectée en cela. Je n'aimais pas trop me faire aider par le personnel de l'école. Toutefois, j'acceptais l'aide de mes amis sans trop de problèmes. Ils m'offraient leurs bras pour m'accrocher afin de m'aider à marcher. J'ai toujours eu une bonne confiance en moi. Je suis extrêmement sociable et mon parcours a été beaucoup médiatisé, ce qui fait que les gens de mon école ou de ma ville connaissent tous mon histoire. Personne ne faisait de remarques désobligeantes sur ma démarche ou sur ma façon de bouger et de parler.*

*Je me suis rendue jusqu'à mon bal de finissants debout.* (Elle rit.) *Mon ange gardien, mon papi, m'a offert ma robe de bal. Ce fut une excellente soirée. J'ai pu danser avec mes amis et profiter de chaque instant au maximum.*

— Est-ce que je t'ai déjà conté l'anecdote du pot ~~aux fleurs~~ ?

— « Du pot » ?

— De fleurs.

— C'est-tu celui sur une table roulante ?

— Oui ! rit-elle.

À son bal, sur la piste de danse, elle s'est sentie partir à la renverse. Elle a tenté de se retenir aux fleurs d'un bac décoratif, qui reposait hélas sur un chariot. Des amies sont cependant parvenues à la rattraper dans sa chute.

— Elle est dans l'autre livre.

— D'accord.

*Dans mes derniers temps debout, je m'entraînais au gym. Je suis tombée et, avant de reprendre mon courage pour me relever, j'avais juste envie de pleurer. La plupart des gens qui s'entraînaient et qui m'ont vue sont venus à mes côtés et se sont assis avec moi par terre au milieu du gym. C'était une énorme vague d'amour et les gens étaient avec moi.*

Je m'interromps pour ajuster la mise en pages du fichier. Elle en profite pour se souvenir.

— C'était au Santé 2000 dans l'ancien local, en avant du tableau où t'écrivais tes machines pour les réserver, il y avait les machines de cardio, le tableau pis, un peu plus loin, y avait les machines de jambes. C'était entre les deux. Faque tout le monde me voyait. C'était vraiment touchant. J'avais full d'émotions.

— Est-ce que tu –

— C'était le soir, en plus je devais être raquée de ma journée parce que, quand je marchais encore… En plus, je pense que j'avais le cœur qui battait à cent quatre-vingts. J'étais épuisée.

— C'est quand tu faisais du crossfit, qu'il montait à cent quatre-vingts ?

— Non. Au gym, avant d'être médicamentée, dès que je faisais un petit peu d'activité : cent quatre-vingts. Pis j'étais à cent trente au repos. Imagine-toi que mes journées étaient épuisantes.

*Encore aujourd'hui, je ressens cette même sensation de la part de tous les gens qui m'entourent de près ou de loin. Ils m'apportent le même réconfort, le même support, peu importe la situation.* (— C'était en secondaire deux, environ. Pis le crossfit, j'étais au cégep.)

*Lorsqu'on reçoit un diagnostic, peu importe lequel, on doit passer par les étapes du deuil. Le deuil de sa vie imaginée, le deuil de ses capacités, il faut apprendre à trouver de nouveaux repères. Les phases du deuil sont plus ou moins longues, selon chaque personne.*

— Savais-tu que j'ai déjà fait des conférences dans les cours de deuil ?

— À l'université ? Me semble que c'est écrit (*inaudible*).

Je le pianote dans une bulle de commentaire.

— Avec le recul, là, je me rends compte que je suis ben plus que ce que j'ai nommé dans mes témoignages. Mon Dieu qu'on change ! Si je l'écrivais à nouveau, il serait vraiment différent.

— Ouin. Ouin, je pense aussi.

Mais en un sens, et avec le recul, je me demande ce qui aurait changé.

— OK. J'ai fini de parler.

*Maintenant, je suis dans l'acceptation de la situation. J'avais deux choix dans ma vie, m'apitoyer sur mon sort ou bien foncer. J'ai décidé de foncer.*

— « Acceptation de la situation », relève-t-elle, moi je pense que oui ; toi tu dirais que non.

Elle rit.

— Euh. Non, ça va.

Je bute surtout sur la binarité des options : accepter / ne pas accepter (passage d'un état à l'autre, acquis / acquit, jamais à renégocier), s'apitoyer sur mon sort / foncer. Il ne suffit pas toujours qu'une porte soit ouverte ou fermée.

— Ah ouin ?

— Hu-hum.

*Accepter sa maladie signifie pour moi que c'est plus facile de couler dans le sens de la rivière que d'essayer de remonter le courant.*

*Après mon secondaire, je suis entrée au cégep, en Technologie de l'architecture. J'ai décidé par moi-même d'utiliser mon fauteuil roulant. Quelle belle liberté! Depuis des années, je ne me sentais plus en sécurité lorsque je marchais seule, je me fiais sur l'aide de mes amis pour tout faire. En fauteuil, j'ai retrouvé l'autonomie que j'avais perdue. Je n'avais plus de plaisir à marcher. Je voyais deux ou trois marches d'escalier comme une montagne. Je m'empêchais aussi de faire des activités qui nécessitaient que je marche.*

*Depuis mon acceptation personnelle, il s'est passé une succession de réussites dans ma vie. Je suis en voie d'obtenir mon* DEC *en Comptabilité et gestion au cégep de Rimouski.* (— Iiiiiiiii!) *Pour bénéficier d'un traitement expérimental, j'ai lancé une campagne de financement avec un ex-policier communautaire, qui s'appelle Robert Gagnon. Déterminés, ensemble, nous avons amassé quarante-cinq mille dollars en huit mois. En février 2011, j'ai pu aller en Chine avec mon amie Jade, deux mois afin de recevoir huit injections de cellules souches. Ce traitement m'a aidée durant six mois. Par la suite, j'ai eu la chance de vivre une expérience de tournage, car un documentaire sur moi se préparait. En revenant de la Chine, je me suis fait proposer un appartement de rêve, adapté à mes besoins et où j'aurais l'aide de préposés. Cette aide, je l'accepte bien, car en me faisant aider pour certaines tâches, j'ai plus d'énergie pour d'autres projets. Je bénéficie maintenant d'un chien de la fondation Mira. Il m'apporte beaucoup d'autonomie en tirant mon fauteuil. Ensemble, nous allons partout. Il ramasse mes objets par terre, va chercher le téléphone, il appuie sur les boutons de porte pour handicapés et, surtout, il m'apporte présence, sécurité et réconfort.*

Je vois son visage se décomposer. Elle tente de dire quelque chose, qui est la tristesse.

— Petit loup… Astheure t'es seule pis t'as pas de réconfort.

Elle pleure.

— Tu veux-tu qu'on prenne une pause ?

Elle ne veut pas prendre de pause. Elle pleure fort. C'est insoutenable à réentendre. Je tente de recommencer à lire.

*Je suis une personne passionnée par les sports, le voyage et la peinture.*

— Non, qu'elle échappe en sanglots.

— Je vais aller pisser. Je suis désolé, j'ai vraiment envie. C'est pas parce que je suis pas une personne habile en réconfort, là, c'est juste parce que j'ai envie.

Elle rit. Le cellulaire, dans le lit, continue d'enregistrer. Elle avale une grosse gorgée de ses sécrétions. Elle grince comme une vieille porte de bois.

— En même temps, j'ai de la peine…

Je m'entends ouvrir le frigo. Je reviens dans la chambre :

— Je suis là pour toi, maintenant.

— J'ai deux émotions.

Mais sa phrase se love sous une pierre. Une flûte, sa voix, et ceci :

— J'ai de la peine, en même temps (*ce mot s'étire*) je suis reconnaissante de l'avoir connu.

Elle avale une autre gorgée de sécrétions. Elle raboudine une phrase que je réécoute. Je sens sa trachée enfler d'un mot à l'autre. Elle babille.

Rassis à côté d'elle, je regarde ailleurs. L'aigle noire sur ma canette d'Imperial Cero regarde ailleurs. Elle pleure. À nouveau, ses sécrétions. Le bruit est caricatural, je ne peux pas m'empêcher de le noter. Elle gémit et dit :

— OK, continue.

J'ouvre ma bière et elle rit.

— C'est drôle : je pleure, j'ai les boules à l'air.

*Je suis une personne dynamique, qui a de la difficulté à tenir en place. Même si mon entraînement débute dès que je me lève, je vais à la piscine de trois à quatre fois par semaine.* (Plus souvent quand je suis au Costa Rica, ajouté-je en imitant sa voix.) *Je fais aussi du vélo à main. Je crois qu'avec de la volonté et de la persévérance, on peut faire ce que l'on veut.*

— Ah ! C'est de là que ça vient... ~~quand tu me niaises~~... quand tu me niaises...

— Quand je te méprise ?

Elle rit.

— C'est une des raisons pour lesquelles je te méprise, ouais.

*J'ai déjà fait du crossfit, de la plongée, de l'équitation, du kayak. Je fais aussi du tapis roulant, par contre je n'en fais pas beaucoup, mais au moins j'en fais. J'ai aussi participé à deux marathons,*

*4,2 kilomètres et dix kilomètres en chaise et en vélo adapté. L'année prochaine, je serai au vingt et un kilomètres !!*

— Tsé, dans mon roman familial, j'avais marqué que tu m'inspirais.

C'est un travail qu'elle a réalisé dans un cours de psychosociologie. Chaque élève avait constellé de grands cartons de photos et dessins pour illustrer son bagage intérieur – que la prof creusait ensuite pendant quelques heures, devant le reste du groupe. Je ne conçois pas autrement la torture.

— Des fois je me dis : qu'est-ce que J.-P. ferait à ma place ? Et j'avais pas réussi à donner d'exemple sur le coup. Mais ça, c'en est un : je vas fermer ma yeule.

Je lui demande c'est quoi l'exemple, elle s'enfarge dans son idée.

— En même temps, je le sais ben que, quand je vas faire des conférences, des témoignages, faut je parle de moi. Mais moi je trouve j'ai l'air de me vanter.

— Dans le contexte d'une conférence… t'es là pour dire ce que tu fais pis comment tu vis ça…

Claquement non identifiable aussitôt velouté.

— Ouin. Je regarde ça pis je suis un peu gênée.

*Le soir en allant dormir, je prends le temps de me féliciter pour mes accomplissements de la journée.*

— Fais-tu encore ça ?

— Oui ! Des fois (*inaudible*), mais pas nécessairement le soir.

L'oiseau reprend son tour de chant. Le claquement n'était pas le son d'un projectile le transformant en nuage de plumes, image, mirage d'avoir existé – souvenir de gélatine, corps flottant dans le vitré. Ou alors c'est un autre oiseau et tout ce qui précède.

*Je suis une fille qui sait saisir l'opportunité lorsqu'elle se présente à moi. Mon handicap ne m'empêche de rien, encore moins de voyager. Que ce soit adapté ou pas, ça ne m'arrête pas, car je trouve toujours des solutions. Je suis déjà allée deux fois en Floride, à New York, à Washington* D.C.*, en Chine, dans l'Ouest canadien, trois fois au Mexique et à Cuba.*

*Dans mon combat quotidien, ma pire ennemie est la fatigue. Avec le facteur fatigue, mon problème d'élocution me rend parfois mal à l'aise. Souvent, juste m'habiller, me maquiller ou me coiffer m'épuise. J'ai découvert que la chambre hyperbare me redonne un niveau d'énergie satisfaisant afin d'avoir une bonne qualité de vie. Je me suis lancée dans une nouvelle campagne de financement pour en acquérir une version portative pour mon domicile. J'ai amassé onze mille cinq cents dollars.*

*Parfois, je trouve que c'est fâchant, lorsque je m'habille seule et que cela me prend vingt-deux minutes ou lorsque je suis trop fatiguée pour parler clairement. Je suis mécontente lorsqu'un rendez-vous –*

Elle se racle la gorge bruyamment. On dirait une Mustang 67 qui démarre. Je m'interromps et me tourne vers elle.

— Qu'est-ce qu'y a ?

Elle répond : rien ? comme si elle n'avait pas fait de son. Mon œil file vers ses mamelons, qui s'aplatissent sous la chaleur.

— J'ai tendance à regarder tes mamelons, je suis désolé.

Elle éclate de rire. Elle passe ses journées à moitié nue. C'est moins compliqué qu'elle reste nue. Enfiler un t-shirt, l'enlever pour mettre un maillot inutile, ce sont des gestes épuisants quand on a peu de tonicité. Et on dirait qu'elle tente de braver un tabou pour se réapproprier son corps. Elle n'arrêtait pas d'en parler avant qu'on parte : je vas-tu pouvoir manger les balles à l'air ? je vas-tu pouvoir me baigner tounue ? Je n'aurais pas pensé que c'était si important pour elle.

— C'est drôle ! qu'elle crie presque.

— Tombe pas à terre, c'en vaut pas la peine.

— D'accord.

Elle rit derechef.

*Je suis mécontente lorsqu'un rendez-vous d'une heure à l'hôpital me prend en réalité une demi-journée (avec le déplacement) ou lorsque me déplacer l'hiver devient infernal (mon appartement devient une piscine et mes manches de vêtements sont toutes sales). Je suis révoltée lorsque je subis le manque d'informations du personnel soignant ou aidant. En région, j'ai déjà demandé à suivre une formation pour gravir des obstacles en fauteuil roulant et on m'a répondu qu'avec l'ataxie, je ne serais jamais assez forte.* (— Comme si j'étais pas au courant !) *Eh bien, j'ai suivi cette formation à Montréal et j'ai été capable de le faire. Je suis également frustrée lorsque j'arrive dans un lieu soi-disant adapté par l'homme qui marche, comme les hôtels, et qu'on se vante que la salle de bain est adaptée d'une façon hors pair. Oui, en effet, mais apparemment ce n'est pas l'ingénieur qui marche qui peut s'apercevoir que je ne passe pas dans le cadre de la porte.*

— Le Day's Inn, ajouté-je.

Qui a été notre hôtel à Montréal, en route vers le Costa Rica, et où la porte de la salle de bain n'est pas assez large pour un fauteuil roulant. Elle rit. (La porte, de nous, mais surtout Audrey-Ann.) On parle d'une chambre « adaptée », métonymie de la « société inclusive » telle qu'on l'a organisée. Les toilettes du lobby ? au deuxième (pas d'ascenseur).

*Aussi, je suis irritable lorsque je tombe à plusieurs reprises pour aller aux toilettes. Je deviens exaspérée lorsque j'aboutis souvent à l'hôpital ou lorsque les gens me brusquent en ne respectant pas mon rythme à bouger, comprendre et parler.*

*Mais la colère, c'est une émotion négative et il ne faut pas s'accrocher à elle. Cela n'apporte rien de bon. Quand je suis découragée, je me dis qu'il y aura toujours des gens qui sont pires que moi. Alors, avant de me plaindre, je regarde autour de moi et je vois que ce n'est pas si pire. Je me répète que rien n'arrive pour rien, que si ma vie est ainsi, c'est que je suis assez forte pour la traverser la tête haute.*

J'ai lu ces phrases lentement. Elle dit :

— J'ai peut-être un peu changé ma vision là-dessus.

Pendant un instant je pense qu'elle va se dédire de « rien n'arrive pour rien ».

— Sur quoi ?

Son de canette qu'on prend.

— Ben, que je me compare. Moi je fais ça pour moi, mais c'est pas valable pour tout le monde. ~~Tout le monde a des épreuves~~ à plein de niveaux.

Son de canette vide que je pose au sol.

— Ça veut pas dire que si ~~c'est pas grave~~ dans ma vie, ~~c'est pas grave~~ dans la leur. Tu comprends ?

Élisabeth Auerbacher écrit que « Chaque handicapé porte en lui le ghetto : il veut toujours trouver encore plus handicapé que lui, et il s'imagine ainsi qu'il peut s'en sortir. » Autant écrit-elle : « Moi aussi je suis jalouse des autres. Moi aussi je méprise plus handicapé que moi. » Qu'en résulte-t-il pour l'ensemble ?

— Tu veux dire que ça t'aide, mais que c'est pas nécessairement aidant pour tout le monde.

— Ouin mais... ouais.

Ce n'est pas ce qu'elle veut dire.

*Je vois mon handicap comme une opportunité et non pas une limite. Tout est une question de perception et d'attitude.*

*Je suis une personne qui vit à fond. Je vois mes capacités diminuer de jour en jour, alors je veux savourer chaque instant de ma vie, tandis que je suis en forme. Mon espérance de vie réduite fait en sorte que je n'ai pas le temps d'attendre. Je ne trace aucun plan pour mon avenir. Je sais vaguement que je veux finir mon DEC, travailler un peu et faire du bénévolat.*

*J'aimerais voyager et réaliser le contenu de mon livre des rêves, ce livre dans lequel il y a plein de petits rêves que je veux réaliser avant de mourir.*

— ~~Mais pour vrai~~ je l'ai crissé aux poubelles.

— Tu l'as crissé aux poubelles ?

Elle rit, de son audace peut-être.

— Pourquoi ?

— Ça fait longtemps.

— T'as pus de rêves ?

— Ils étaient toutes faites.

Friture de draps. Le ventilateur étend le silence sur la pièce. Je rote ou je déplace un meuble (indécidable).

*J'en ai déjà accompli plusieurs, comme voir des aurores boréales. Ma façon de faire est que je ne base pas ma vie sur l'attente de guérir.* (Je rote.) *Si ça arrive, tant mieux, mais je fais ce qui me rend heureuse maintenant et je me tiens en forme aussi bien physiquement que mentalement.*

*Parfois, je fais la rétrospective de ma vie et je me dis qu'à vingt-cinq ans, j'ai vécu plus de choses que la majorité des gens n'en vivront jamais dans toute leur vie. Il m'arrive plein de belles choses et j'ai une belle vie, j'ai une famille incroyable, qui me supporte, des amis exceptionnels, des professeurs compréhensifs et j'en passe. Lorsqu'on s'accepte soi-même, tout va pour le mieux par la suite. Je suis extrêmement reconnaissante de tout ce que les gens m'apportent. Plusieurs me disent que je suis chanceuse, je leur réponds qu'on fait notre chance.*

*L'année 2015 a été bien éprouvante pour moi. J'ai pris une année sans cégep pour subir une hystérectomie partielle bien désirée, car je savais que je ne voulais pas d'enfant depuis long-*

*temps et que j'ai assez de moi à m'occuper, sans compter les menstruations et la complexité de la contraception avec mes antécédents médicaux. De plus, le 5 novembre 2015, mon papa, qui vivait avec de fortes douleurs vingt-quatre heures sur vingt-quatre malgré la médication, a fait un infarctus fatal. C'est ma grand-mère paternelle qui l'a retrouvé à son domicile sans vie. Selon le médecin, il a cligné des yeux et il est parti ainsi. Il avait toujours souhaité mourir de cette façon.*

*Au début de l'année 2017 et avant, j'ai frappé un mur et j'ai fait une dépression. J'ai eu peur d'où mon état allait me mener, j'étais fatiguée au moindre effort, j'étais irritable, gérer la douleur, j'étais frustrée, gérer le deuil de mon père, j'ai eu des prises de conscience, bref, je suis humaine et j'ai déconnecté. La dépression peut toucher n'importe qui.*

— Ouin. Je l'enlèverais, là.

— T'enlèverais quoi ?

— « La dépression peut toucher n'importe qui. »

Elle rit. Je ne réponds pas. Elle ajoute :

— Ah ! Je pense que tu m'avais déjà dit ça : t'es pas, ~~une affaire du genre, on dirait un~~ slogan Santé Québec.

*J'ai été assez forte pour en parler à ma belle et meilleure amie Jade et pour demander de l'aide. Dans la vie, on a tous son propre combat à mener. Maintenant ça va mieux. Je travaille encore sur moi, ce n'est pas fini, mais j'avance. Je fais de la méditation, j'ai des stratégies pour m'aider à passer au travers. Je rencontre des intervenants et je m'écoute davantage.*

*Récemment, j'ai développé un Guillain-Barré (une maladie auto-immune inflammatoire). Par chance, ce n'était pas une forme grave, où il y a des risques de paralysie, mais j'étais extrêmement souffrante. J'ai dû annuler mon cours d'été pour cette raison. Je ne suis pas encore capable de tolérer les draps lourds sur mes jambes, mais je vais de mieux en mieux. J'ai réussi à entamer ma dernière année d'études collégiales en vue d'obtenir mon* DEC*. Tranquillement, mais sûrement!*

*Ma motivation à partager mon histoire est d'inspirer les gens. Je veux laisser ma trace. Je voudrais amener les gens qui attendent sans cesse sur quatre roues ou deux pattes à comprendre que, s'ils ont l'opportunité de faire quelque chose qui les rend heureux, ils doivent le faire maintenant, ne pas attendre.*

Il y avait quelque chose d'inspirant dans ce témoignage : un peu plus et on se lance par la fenêtre, certaines de pouvoir voler. Bon, allez, j'admets que ça m'a touché. J'ai fermé mon laptop dans un grand soupir serré, j'allais pleurer, et j'ai commandé une autre pinte avant de terminer celle que j'avais déjà, en cherchant quelqu'un du regard pour en parler, inconsciemment pour dire que je me sentais proche d'Audrey-Ann, et j'ai fini ma pinte et entamé l'autre.

— Pour vrai ? Pourquoi tu te sentais proche ?

— Je trouvais ça touchant. Il y avait quelque chose de sincère, de... Je sais pas. C'est des illusions, on se dit : je comprends.

À vrai dire, si j'en crois l'analyse que fait Alain Blanc des témoignages sur la maladie, celui-ci remplissait exactement sa fonction. Il pratiquait une pédagogie du tragique, narrait l'exploit et favorisait la proximité. Il socialisait une expérience limite de la condition humaine.

Et moi je répondais exactement comme on s'y attendait, sensible aux mérites d'une semblable pour laquelle je sympathisais. Cette lecture produisait du rapprochement entre deux mondes qui s'ignoraient habituellement.

À droite de moi buvait David, le directeur de la bibliothèque municipale. De biais, je reconnaissais les têtes de mort sur ses montures et son barbell dans le sourcil. Je n'osais pas me tourner vers lui, j'avais les yeux pleins d'eau (une part de moi essayait que ça se voie). Je lui ai avoué m'être laissé attendrir par le témoignage d'une élève, un grand exemple de résilience. Ce beau passage sur la transmission, s'il le lisait… il y avait là un symbole. Un vrai grand symbole. Subir une hystérectomie parce qu'on ne veut pas transmettre la maladie, par Mardi-Gras ! il fallait beaucoup de courage. Peut-être que j'avais la gueule molle et baragouinais. David a haussé les épaules, sans plus.

J'ignore si c'était l'effet de l'alcool ou si je m'y suis désensibilisé ; ce témoignage ne me tire plus une larme. J'ai peut-être appris à voir au-delà. Son propos louvoie, il enchaîne les anecdotes sans les contextualiser, adopte poncifs et topos comme fictions compensatrices. Il faut se relever, il faut continuer, il faut donc réussir. Le récit de la résilience est la forme la plus pernicieuse que la psychologie ait raffinée pour masquer son insuffisance devant la sociologie et asseoir son règne sur l'individu grâce à la culpabilité. Comment ai-je pu ne pas m'irriter contre cette légèreté de principes, contre cette tendance à affirmer que, si on veut, on peut ? Cela s'exprimait au prix d'un silence qui couvrait une terrible aberration : l'arbitraire de la maladie. Et le déni, le refus ; subordination au discours médical, qui institue la tragédie personnelle (sorte d'oxymoron), puis au discours psychologique, qui la convertit en stricte opportunité. Or, sur le coup, ce qui à mes yeux enlevait le plus de force à ce témoignage, c'est qu'il paraissait truffé de non-dits, de zones d'ombre et de mensonges.

— Tu trouves qu'y avait des mensonges ? (*inaudible*) ? des zones d'ombre ?

— Toi tu trouves que tu dis toute la vérité, là-dedans ?

— Non, je veux dire : il fallait que ça rentre dans cinq pages. Dans cinq pages, je peux pas... je peux pas tout dire mes moments difficiles. Je trouve pas que je mens. Je trouve que y a beaucoup d'ombre. Y a beaucoup d'ombre, mais c'est peut-être pas mentir ? Qu'est-ce t'en penses, toi ?

— Euh. Ben ouais... C'est une façon d'arranger la vérité...

— En cinq pages... Je parlerai pas juste de mes zones d'ombre en cinq pages...

Le micro frotte dans les draps, foulard de magicienne sur l'expression « zone d'ombre », qui vient de changer de sens.

— Je veux pas être lourde pour le monde.

Je tape fort sur mon ordinateur. Il est chaleur dans la chaleur ambiante. Je sue des cuisses.

— Tsé, mettons dans mon journal, la fois que j'ai pas dormi pis que j'ai pleuré ma nuit, j'ai réservé un espace pour parler de ça, mais j'ai plus parlé de la belle journée. C'est plus important selon moi.

La semaine dernière, le 12 janvier, elle écrit : « Ah oui ! Cette nuit, ç'a été difficile. J'ai eu de la douleur. Je pleurais et me tortillais de douleur. J.-P. m'a réinstallée, crémée et donné mes pilules. Encore une fois, sa présence m'a fait du bien et m'a réconfortée. Je suis triste pour lui que j'ai coupé sa nuit. Je ne voulais pas me reposer le matin, j'ai toujours le même problème : je ne veux rien manquer ! ¶ C'était cool de m'endormir au son des chutes de la petite piscine dans la grosse. » Peut-être au fond que ce serait répétitif d'écrire, de répéter : j'ai mal. Lassant et inutile de se le redire – « lourd » pour soi-même déjà.

— Avant de dire « je veux pas être lourde pour le monde », tu dis : « je vais pas parler juste de mes zones d'ombre ». En fait, ce que je veux dire par « zones d'ombre », c'est qu'il y a des non-dits, des trucs que tu omets.

— ~~Je me faufile~~, dit-elle rieuse.

— Comment ?

— Je me faufile.

— C'est ça, tu te faufiles. Je comprends que c'est comme ça que tu le vis ; tu réussis à te focaliser sur des affaires positives même si tu vis ta peine crissement intensément[5]. Mais à cette époque-là, je sentais que le témoignage escamotait les épisodes down et intenses – pis au fond c'est un peu la chair du propos –, pour en venir à un genre de morale optimiste qui me semblait peut-être naïve.

— Une chance que t'étais chaud quand tu l'as lu la première fois.

— Non, je pense que j'aurais été ému quand même.

— OK.

Et parce qu'il passait trop vite sur les difficultés pour mettre en lumière les petites joies, il s'en trouvait dépourvu d'antagonisme.

— Ça, je t'en ai parlé plein de fois, quand on a commencé à écrire ensemble. Je te disais : ah ! ça manque de défis.

— Ouais.

Je n'arrivais pas à voir la maladie comme une antagoniste.

— Peux-tu me répéter qu'est-ce ça veut dire, *antagoniste* ?

— C'est un opposant.

— Je comprends pas la phrase.

— En narration ou dans l'analyse de la structure du récit, il y a la protagoniste, qui est l'héroïne, mettons toi dans ton histoire.

5 A.-A. : Comme un labrador. Intense et on passe vite à autre chose.

> Et généralement, pour que l'histoire avance, il faut que quelqu'un s'oppose à la quête de l'héroïne. L'enjeu devient : comment l'héroïne arrive ou n'arrive pas à accomplir sa quête. La personne ou la chose qui s'oppose, on l'appelle l'antagoniste. Dans les récits classiques de la maladie, l'antagoniste, c'est souvent la maladie. J'ai de la misère avec ça.

Après Susan Sontag, je refusais qu'en affirmant la métaphore du combat on relègue la maladie hors de la vie, expérience exogène plutôt qu'altérité constitutive et naturelle à l'existence biologique, qu'on la présente « comme une mise à l'épreuve de la force de caractère », appelée par une sélection quasi divine qui rendrait une personne intéressante en vertu de l'idéal romantique. Une épreuve au service du récit de la résilience : devant le combat contre la maladie mortelle, l'individu n'a plus d'autre quête que survivre ou vivre à plein. On se bat pour vivre et vivre est un combat. La logique tourne en boucle pour omettre d'interroger le sens et la valeur de la vie, supposée bonne. C'est un dogme, et pas le moindre : qu'on baisse les bras devant le combat de vivre, qu'on ne l'affronte pas « la tête haute », on n'est pas mieux que lâche. La vie, qui n'est ni bonne ni mauvaise par essence, ne fait que des perdantes. L'idéal indiscutable reste encore de ne pas naître.

J'avais l'intuition à l'époque qu'il était question de tension narrative. Je ne me doutais pas que j'incarnerais dans la vie d'Audrey-Ann une partie de cette force noire ayant charge de compléter le clair-obscur de sa sereine résilience psychoémotionnelle.

Elle rigole.

— Je vais être ton ange noir, est-ce que ça te convient ?

Elle dit un sautillement.

— Ça me fait rire, « la force noire ». T'es plus qu'une force noire.

Elle a raison, je peux aussi être Chimère.

Je n'avais en outre pas grand-passion pour la sincérité en littérature. Elle me rappelait trop un gars qui, dans notre séminaire de méthodologie à la maîtrise en études littéraires, n'avait trouvé que ça à répéter du long de la session : je cherche la sincérité dans l'écriture. On lui rétorquait : la règle de la sincérité n'est-elle pas que, dès qu'on la cherche, elle se dissipe ? Il n'en démordait pas : c'est la sincérité que je souhaite atteindre. Sa faute fut de se tenir à l'écart du groupe. On jugea son projet avec une partialité qui ne l'avantagea guère. On le railla à son insu, puis la sincérité en général y passa. La sincérité était une notion inopérante en littérature depuis qu'elle avait été normalisée, institutionnalisée et récupérée à des fins commerciales. Je concluais que la sincérité n'engageait pas la vérité, à savoir qu'on aurait pu mentir très sincèrement. Dans le texte d'Audrey-Ann, la sincérité se posait en pilier central, en problème central, avec la narration. Ce témoignage était sincère, je n'en ai jamais douté, cependant pas davantage qu'une publicité de croisière.

Elle rit et dit :

— J'aime ça, on dirait tu me bashes un peu.

Ce qui veut dire qu'elle n'aime pas ça. Je lui

ai déjà exposé la différence que je vois entre le « négatif », comme elle l'appelle, et la pensée critique ; je devrais ici préciser sans attendre que se mettre en rapport avec des idées pour les analyser, ce n'est pas forcément une attaque ad hominem. Gros cave, j'ironise plutôt :

— Mets-en, que je te bashe.

Elle rit.

— Va falloir que tu réussisses à me basher aussi. J'attends que tu m'interrompes à tout moment.

Mais comment le pourrait-elle. Personne ne peut me répondre ici, où je suis seul et pourtant si hanté.

Audrey-Ann ne cherchait par contre pas à faire de la littérature, préoccupation indéfinissable dont elle se contresacrait, tant elle ne souhaitait que livrer un témoignage. « Ma motivation à partager mon histoire, écrivait-elle, est d'inspirer les gens. » N'empêche, pour inspirer les gens, ce témoignage s'était gardé de les embêter avec ses problèmes. La sincérité de l'amour qui l'avait formé effaçait la vérité d'Audrey-Ann. Et moi, dans cette relation d'un humain à une autre que supposait la lecture, c'est celle-là qui m'intéressait.

Il n'est pas sûr que je ne me sois pas rebuté en lisant ce texte, ni que j'aie tout à fait réprimé une envie de prendre Audrey-Ann par les épaules pour la brasser dans tous les sens et lui crier par la tête qu'elle m'énarvait. (*Elle rit.*) Si j'avais cédé à l'invite de cette manœuvre, Audrey-Ann m'aurait répondu qu'elle disait ce qu'elle pense, sans affectation, et qu'elle est optimiste, positive, épanouie, extatique, &c. Elle a fini par me le dire : tu n'comprends pas, je suis heureuse pour vrai, j'accepte les épreuves comme elles me viennent ; c'est des occasions pour moi de devenir meilleure. À quoi j'ai rétorqué : tu n'comprends pas que je comprends très bien. Cette réponse était sincère. (*Elle rit.*) La théorie me l'a rendue vraie.

Je n'ai rien laissé transpirer de mes dissensions en 2017. J'avais un personnage d'enseignant, très ouvert et conciliant, et j'avais un état de tous les jours, plutôt renfrogné, critique, rêveur impénitent. Cette Audrey-Ann venait jouer entre les deux en envoyant son témoignage tout juste en dehors du cadre de la classe, « à quelqu'un de son âge ». Comme c'est le buveur amer qui était de service, je me suis magasiné un délai :

Jean-Philippe Chabot a écrit le jeu 7-sep-2017 à 21:09 :

Salutations,

Merci pour ton témoignage. Je vais le lire avec plaisir, car je crois que c'est un acte de partage et de sensibilité important, et sans doute avec un peu d'émotion aussi, puisque je m'imagine bien qu'il ne raconte pas que des choses heureuses.

En classe, on fera du travail d'approfondissement des textes qu'on a lus dans les dernières semaines, à partir de questions que je te joins au présent message. Je t'enverrai des pistes de réponse au courant des prochains jours.

Bonne route vers Montréal, à toi et à Tobiko (?).

Je n'ai jamais vraiment compris son nom (même si j'ai dessiné sa face de gros chien quêteux de biscuits sur ma liste de présences). Je trouverais ça drôle qu'il s'appelle Tobiko parce que c'est des œufs de poisson-volant.

À+

j.

Délai qu'elle m'accorderait volontiers :

Audrey-Ann Bélanger a écrit le jeu 7-sep-2017 à 21:40 :

Ahah non c'est Tomiko

Un nom de lac en Ontario

Merci je vais regarder ça et tu pourras me dire tes impressions si tu en as envie 😊

Quant aux « impressions », c'est l'enseignant qui les lui formulerait, une fois l'alcool cuvé. Ce partage, au fond, je l'appelais. Audrey-Ann avait travaillé une forme de récit, elle avait offert du temps et sa vigueur à l'écriture. Je crois l'avoir vu sur-le-champ et que ça m'a ému.

— Ce serait ça pour là.

— C'est cool ! J'ai hâte de continuer.

— Pour vrai ?

— Est-ce qu'on peut continuer ?

Sa voix est enthousiaste.

— J'ai pas fini de rentrer mes corrections.

— Qu'est-ce ça veut dire ?

— J'ai des corrections sur papier…

Je vais les chercher sur mon bureau, à l'écart du lit. J'entends mes sandales traîner sur la céramique. Je lui montre les pages.

— Que j'ai pas transcrites dans ça.

Dans le fichier.

— Mais je peux les transcrire à soir et on continue demain. C'est quoi tes impressions, à date ?

— J'aime ça. Je t'entends ~~dire ce~~ que t'as à dire sur ton département.

Elle rit.

— Ouin… Au nombre de fois que je suis arrivé chez vous en chialant, hein.

Elle rit. Voilà pour le prosaïsme de notre relation : au sortir des réunions départementales, je débarque chez elle pour ventiler. Elle me conte en retour ses « nouvelles expériences ».

— Tu veux-tu aller te baigner ?

— Ouin. Toi ?

— J'ai chaud, je suis collant. Je me sens sale.

— Moi aussi. Mais après, là, j'aimerais ça me laver.

— OK.

Le papier se froisse près du cellulaire.

— D'autres commentaires ?

Elle me complimente sur l'écriture, s'avoue curieuse de découvrir de quelle manière je vais reprendre son récit dans le troisième livre, ce que je vais aborder dans le quatrième.

— Mais je me demande : comment t'amènes Laurence ?

Ignorant encore qu'elle vient de s'en charger pour moi, je lui explique que le point de vue narratif qui s'est imposé au texte me procure une certaine flexibilité.

— C’est où tu l’as vue pour la première… Ah, ben ça va être écrit.

— Ouin.

— T’es-tu tombé en amour toussuite ?

— Je pense pas. Je pense qu’on s’aimait bien, mais que c’était pas tout de suite évident que ça allait se passer.

— Est-ce que là t’es en amour ?

— Ben oui, je suis un amoureux fini.

Fini fini.

— Est-ce qu’après cinq ans tu trouves que l’amour change ?

— Ben… oui, ça change, c’est différent, ça s’approfondit, ça se tranquillise.

J’ai l’impression qu’on coécrit une chronique pour *Salut bonjour*. Ce serait bien pour ce livre qu’ils nous invitent. Je joue avec le bouchon d’un surligneur (comme Patrice Roy, qui pourrait aussi nous inviter à son talk-show). Clic clic clic.

— Est-ce que t’es bien ? Est-ce que t’es heureux ?

— J’ai-tu l’air de quelqu’un qui est pas heureux ?

— ~~Oui, tu l’avais dit.~~

J’articule un rire. Je fixe le vide devant moi, les curcumas, la paillote. J’ai hâte que le chapitre finisse.

— On dirait tu vas pleurer.

— Pourquoi je pleurerais ?

— Parce je te demandais si t’étais heureux.

— C’est pas des questions à poser au monde. « T’es-tu heureux »… Toi, t’es-tu heureuse !

— Moi ? Oui.

— Ostie que tu gosses. Avec tes sentiments purs –

— ~~Je suis heureuse avec ce que j’ai~~ !

J'aurais bien pris la visite impromptue d'un capybara à ce moment précis.

— ~~Mais Toto, ç'a été ma plus grosse peine d'amour.~~

— Comment ?

— Tomiko, ça l'a été ma plus grosse peine d'amour.

On parle de chiens, du deuil qui suit la mort d'un chien. Le plus grand, le plus profond des deuils sur le marché. On accumule des morts et du silence.

— Là t'es bien pis t'es heureux ? Mais t'es-tu heureux ?

— Ben, je continue de penser que la vie c'est un peu de la marde.

— Des fois.

— Checke comment on se fait chier.

Elle rit. Son regard glisse sur la pièce, puis son visage s'ouvre :

— C'est vraiment de la marde.

Elle rit jusqu'au silence, qui s'éprouve dans la durée, qu'elle rompt :

— Qu'est-ce tu trouves le plus dur ?

— Je sais pas. Trouver un sens, le monde cave.

Je conclus :

— Trop de philosophie.

*19 janvier 2023. De mes yeux, c'était un moment magique. C'était ensoleillé. J'étais nu-balles (ma passion). Il faisait très chaud, le genre de température où tu ne peux pas aller dehors l'après-midi. Il y avait les arbres et palmiers verts en arrière-plan, où les rayons du soleil reflétaient le bleu de l'eau de la piscine. J.-P. s'apprêtait à me lire son travail. Dire qu'il y a cinq ans, c'était mon prof timide, et que je suis dans son lit (c'est bizarre, la tournure de phrase), les balles à l'air, pour faire de la révision au Costa Rica.*

*Il écrit tellement bien. Lorsqu'il a relu un bout de mon témoignage et le bout sur Tomiko, j'ai pleuré. Je m'ennuie de mon Louloup.*

## APARTÉ 1 : L'HISTOIRE DE LA CHUTE À LA ROSERAIE

*telle qu'elle fournit une explication tardive à la réponse évasive que j'ai formulée à la page 39*

Le matin du 25 octobre 2021, je reprends ce livre du début pour la troisième fois. Depuis mon point de vue, voilà le changement – voilà l'erreur, mais je ne le sais pas encore. Tomiko dort à mes pieds parce qu'Audrey-Ann est à l'hôpital. Tout a commencé le matin de la veille, quand elle m'a écrit :

6:56
J'ai tombé encore pis les préposées sont dans les douches.

C'est-à-dire que les préposées étaient en train d'aider ses voisines.

> 6:59
> J'arrive !

Je suis sorti à la course de chez moi et j'ai sauté dans la voiture. Une dizaine de minutes plus tard, je franchissais le stop de la rue Hupé, et les habitations de la Roseraie sont apparues, à gauche après la maison de soins palliatifs. C'est une résidence pour personnes âgées et handicapées. Je me suis garé en double devant la porte 124. J'ai attrapé mon cellulaire – pour l'ambulance – et je suis entré dans l'appartement. J'entendais Tomiko haleter dans la salle de bain, où je trouverais Audrey-Ann tout éjarrée près de la toilette. Elle avait eu le temps de m'écrire un autre message avant que j'arrive.

6:59
Si t'es occupé c'est no stress dans une heure elles
seront disponibles.

Elle ne s'était pas blessée. Je lui ai lancé une mauvaise blague, j'oublie quoi – encore en train de récurer ! peut-être. J'ai attrapé dans la douche une planche de relevage, que j'ai placée à côté de ses fesses. Tomiko se tortillait comme une truite avec un téléphone sans fil dans la gueule. Il ne s'enlevait pas d'entre moi et Audrey-Ann, appuyée en angle contre le repose-pieds de son fauteuil et la toilette. J'ai mis sa main droite sur un poteau pivotant et elle m'a révélé son espoir de sauter une étape. Pas de fauteuil, elle retournerait directement dans son lit.

La préposée est entrée sur les entrefaites. Elle s'est excusée, elle avait bien reçu l'alerte de la clochette d'urgence, elle avait voulu s'en venir mais avait les deux mains dans la semoule. Ses cheveux en couette noirs grisonnaient par endroits ; elle avait le visage tiré, que je pouvais voir puisqu'elle portait son masque sous le nez malgré la pandémie. Elle sentait la clope et la fatigue. J'avais envie de lui dire que ce n'était pas grave, que ce n'était pas sa faute. C'est toujours ce sentiment qui parle à travers moi dans ces situations, quand je deviens l'intermédiaire entre l'impuissance du personnel et la douleur d'Audrey-Ann. Je veux les disculper, je veux mettre un terme à la tension, que tout s'arrête. Ce pardon ne m'appartient pas. Je n'ai rien dit. Audrey-Ann ne semblait pas prête à absoudre la préposée, qui survenait somme toute avec une attitude fort volontaire. Elle se disait peut-être que c'était merdique d'avoir à faire venir un ami de l'autre bout de la ville juste pour la relever alors qu'elle habitait dans un immeuble où il était censé y avoir des gens pour intervenir en cas de problème. Elle revivait peut-être toutes ces autres chutes, plus douloureuses, où elle avait dû attendre, le visage contre la céramique de la toilette et parfois plus longtemps, qu'on vienne la secourir ou appeler l'ambulance.

Depuis qu'elle avait formulé une plainte, elle subissait du harcèlement de la part d'une gestionnaire. Cette dernière menaçait de l'envoyer en CHSLD (géhenne du système public, qui voudrait suggérer la nécessité du privé). C'étaient les pires menaces qu'on puisse faire à une handie, selon Audrey-Ann. Et pour l'instant, elle était toujours par terre. La préposée marchait devant, derrière Audrey-Ann, elle revenait sur le côté, me contournait. Elle a évoqué un plan de match dans lequel j'étais l'homme fort, j'allais l'aider.

— Est-ce qu'elle va prendre la planche de relevage comme l'autre jour ?

Tomiko se trouvait chanceux de nous avoir réunies autour de lui, gros nounours d'amour. Audrey-Ann tentait de parler, mais on ne la comprenait pas. Sa mauvaise posture lui comprimait les poumons. J'ai fini par dire qu'elle rêvait d'un aller simple pour son lit. Audrey-Ann m'a validé.

— Je te prends, je t'amène dans ton lit.

Elle a réussi à répondre :

— Tu vas te briser le dos.

— Ben non. Je vais faire comme d'habitude, je vais me pencher en déménageur.

Je me suis penché en déménageur. J'ai mis ses bras d'atèle derrière ma nuque. J'ai passé mes mains de taupe sous ses aisselles, pour rejoindre ses omoplates, et les ai jointes. Collée contre ma poitrine, elle ne pesait rien. Elle s'est contractée. Je me suis relevé de mon squat. Elle était debout, plus molle que prévu. Elle s'agrippait à mon cou, mais ça ne tiendrait pas longtemps. J'ai attrapé ses jambes de chaque côté de mes hanches. La préposée nous trouvait vraiment bonnes.

— On s'est pratiquées tout l'été pour monter dans le train de Charlevoix, ai-je démystifié.

J'ai posé Audrey-Ann sur son lit, dans la pièce d'à côté. Je l'ai virée dans le sens de la longueur et l'ai retenue pendant qu'elle s'étendait. J'ai attrapé ses mollets. Elle s'est soulevée avec ses coudes et j'ai poussé sur ses jambes vers le mur. Elle est tombée en place sur son oreiller. Seul désagrément, je n'avais pas pensé à ouvrir les draps.

La préposée avait une idée.

Elle allait rouler Audrey-Ann dans un sens, tirer le drap, la rouler dans l'autre sens.

— Non, a-t-on entendu.

Et je pense que ça voulait dire sacre donc ton camp. Ça voulait dire qu'elle était fatiguée.

La préposée a demandé si c'était mieux qu'elle nous laisse.

— Oui, a-t-on entendu.

La préposée est sortie s'occuper d'autres personnes sur l'étage. Audrey-Ann avait le demi-sourire un peu surpris.

— Ta pression ? j'ai demandé.

Elle ne savait pas.

— Est-ce que mes lèvres, elles sont blanches ?

Plutôt cuisse-de-nymphe. Elle endurerait de dormir par-dessus ses draps. J'ai mis un oreiller entre son lit et son fauteuil, pour boucher le trou qui rêvait de l'avaler. J'ai trouvé la manette de son lit orthopédique et remonté la tête. Les rideaux opaques étaient restés clos, la préposée lui avait enlevé ses pantoufles. Je ne pouvais rien faire de plus pour elle, m'a-t-elle garanti. Je ressortais moins d'une demi-heure après mon arrivée.

À cette époque de notre relation, je savais très bien que l'histoire était commencée. Cette époque avait une petite odeur de fin du monde. Je la consignais pêle-mêle dans mon cellulaire, sur des billets de stationnement et, quand j'étais mieux pourvu, dans les pages de garde d'un livre ou à l'ordinateur.

18:59
Je sais pas
J'ai les pieds en l'air pis je suis couchée

Il n'y avait rien à comprendre sinon qu'elle souhaitait que je vienne et, sans doute, qu'on aille consulter.

L'automne était un problème, sa grisaille et son poids. La détresse, malgré sa réalité indiscutable, s'éternisait par sa chronicité. Son épaisseur me laissait tout le temps nécessaire pour penser à ce que je porterais dans la scène. Je me rappelle avoir mis quelques minutes à choisir la veste que j'enfilerais, coquet devant mon destin de personnage.

Audrey-Ann ne riait pas quand je l'ai rejointe. Toutes les singeries que je tentais tombaient à plat. Je parvenais d'habitude à la divertir lorsqu'on dilatait notre urgence dans le non-temps de l'hôpital. J'étais son docteur clown. Elle me répétait souvent que ma présence cabotine allégeait l'attente et sa douleur. Cette fois, pas du tout. On a changé nos masques à l'accueil, je me suis battu avec ses oreilles à ressort, sa grosse tuque mauve et les élastiques. Une femme est arrivée derrière nous. Je craignais qu'elle s'impatiente pendant que je frottais le gel antiseptique sur nos quatre mains, ou pire : qu'elle nous dépasse. On a répondu à des questions au sujet de la covid, puis il fallait suivre les flèches jusqu'à « l'accueil froid ». (Ce n'est pas un qualificatif que j'aurais apposé à quelque accueil qui soit.) La secrétaire y était cordiale. Je lui ai donné les cartes et elle s'est adressée à la patiente comme si c'était une de ses amies. Une amie qui restait coite. Audrey-Ann a relevé les yeux vers moi et m'a demandé de signer le consentement à recevoir des soins. La secrétaire nous a envoyées directement dans la salle de triage.

Une infirmière a fermé le store vénitien et s'est assise. Qu'avait-on ? Les symptômes étaient difficiles à décrire. Faiblesse généralisée, étourdissements. On était tombée le matin. Depuis trois jours, une douleur sous le sein gauche devenait plus aiguë.

— Est-ce que c'est la poitrine ? a demandé Audrey-Ann.

L'infirmière l'a tâtée et a déterminé que c'était plutôt la rate. Ça m'a inspiré une excellente facétie, que j'ai gardée pour moi. Elle a insisté sur des enjeux de miction, sans y trouver son compte. Elle a avoué ne pas savoir par où prendre l'affaire. Avec les problèmes cardiaques, l'ataxie...

— Est-ce que les étourdissements pourraient être dus à la douleur ?

Cette question d'analyse neurologique nous engageait en territoire spéculatif. L'infirmière s'en est rendu compte et s'est rétractée. Elle a demandé, sur une échelle d'un à dix, combien on avait mal. C'était cette fois une question de mathématiques subjectives, qu'elle a maintenue.

— Six.

Elle a coché plein de cases sur son écran et le tri s'est opéré : 4, vert, moins urgent. Trois codes pour dire qu'on y resterait toute la nuit. Puis elle a parlé d'un électrocardiogramme et de s'installer dans le couloir. Là se ferait l'examen. On a quitté la salle de triage. J'ai aidé Audrey-Ann à s'étendre sur une civière et résolu d'aller pisser. Quand je suis revenu, une silhouette avait déroulé les rideaux autour de la patiente et s'agitait dans le tissu. Je m'y suis glissé. Une infirmière collait des électrodes sur le corps d'Audrey-Ann. Les rideaux emprisonnaient la civière et donnaient l'impression de prendre une douche à trois. Je suis ressorti de là. Une brancardière est arrivée pendant que la machine, au milieu du couloir, copiait les mouvements cardiaques. Bouchon de circulation. L'homme sur la civière a demandé s'il y avait « quelqu'un en dessous de ça ». Il parlait de la machine, que le rideau déguisait en fantôme.

— Ce sera pas long, a-t-on entendu dire de l'autre côté.

L'infirmière a libéré le passage, et l'homme alité, avec son gobelet d'urine entre les jambes, nous a remerciées. Tout le monde a eu l'air satisfait de ce commerce. L'ECG a achevé de tracer les reliefs accidentés de la tachycardie. L'infirmière a reboutonné la chemise d'Audrey-Ann. Elle l'a abriée d'une couverture en promettant de revenir lui en porter une autre. Elle est revenue dans la minute, et la couverture supplémentaire était chaude. Sauf pour l'architecture du lieu, j'avais l'impression de fréquenter un hôpital fonctionnel.

Je me suis assis avec mon ordinateur sur les cuisses dans le fauteuil rose fluo d'Audrey-Ann, qui s'est endormie. La brancardière est revenue avec sa civière vide. À nouveau, je lui bloquais une partie du chemin, mais elle m'a commandé, ben relaxe, de ne pas me déranger. De sorte qu'elle a troué le mur. (Ce trou n'a toujours pas été plâtré.) Derrière moi, une infirmière lui a lancé qu'elle cherchait « les costumées », que la brancardière appelait « les quoi ? » et qui se sont adonnées à être deux gars qui arrivaient justement. Ils ont contourné les obstacles que nous étions dans le couloir pour rejoindre l'infirmière. Il était vingt-trois heures trente de la fin octobre. Soirée d'Halloween. Un grand brun portait un chapeau de cow-boy et un veston bleu, comme un riche Texan. Le suivait un robuste compagnon, qui s'était zippé un ensemble de signaleuse routière jusqu'au cou. Celui-là criait dans le haut-parleur d'un téléphone qu'il collait d'une main à sa bouche. « Je m'en fous. Peu importe. Je veux mon téléphone. » Il était catégorique quant à la téléphonie. De l'autre main, qu'il tenait dans les airs, il saignait. J'ai pensé un instant que la blessure complétait un déguisement lié à l'actualité régionale, du genre signaleuse blessée dans un délit de fuite. Mais il y avait beaucoup trop de vrai sang. Le signaleur routier s'est engouffré avec son ami dans la salle où l'on stocke le matériel pour recoudre et souder. Comment tu t'es fait ça ?

L'infirmière le tutoyait gros comme le bras. Il avait cassé une fenêtre.

— Par exprès ?

Et la porte s'est hélas refermée. Les costumés sont ressortis de là peu de temps après, et le signaleur routier a déclaré au riche Texan qu'ils retournaient au bar. L'infirmière lui a rappelé, tandis qu'il s'éloignait :

— Il faut juste que tu gardes ça propre et sec !...

Audrey-Ann a ouvert les yeux. Elle a remué les lèvres. Sa voix était un concept désormais, indiscernable.

— Je me sens comme en 2018.

J'ai noté que je n'ai rien répondu, mais je ne me rappelle plus pourquoi. Je fouille mes archives pour comprendre : après un mois passé sans énergie, en 2018, elle avait avoué à sa mère qu'elle avait « l'impression de mourir à petit feu de l'intérieur », et on l'avait hospitalisée pour faiblesse généralisée. Les tests (prises de sang, radiographie, échographie, résonance magnétique) n'avaient rien révélé. Les médecins lui avaient demandé si elle avait des idées noires, à quoi elle avait répondu : « Je ne serais pas game de m'enlever la vie, mais je ne veux pas vivre toute ma vie de même. » Les médecins n'en avaient rien fait – où s'exprime sans doute un peu de validisme – et accusaient plutôt l'ataxie. « Elle a le dos large, cette maladie ! » remâchait Audrey-Ann. Ça l'avait enragée d'impuissance, elle était « vraiment malade » (ses mots) et personne ne l'écoutait. Elle avait beaucoup, beaucoup pleuré. Puis les médecins avaient émis l'hypothèse d'un virus pour lui donner son congé. Quel virus ? on ne le saurait jamais tant ce n'était qu'une hypothèse. En rencontre de suivi, on avait évoqué la possibilité d'une carence en vitamine B12, ce qui présentait l'avantage de décrire un mal identifiable. C'est la conclusion que retenait Audrey-Ann, et on lui avait prescrit des suppléments.

L'année 2018 était également celle de la mort de son oncle Carol. C'était deux ans après la mort de Roger, son père. Tous deux avaient vécu avec l'ataxie de Friedreich. Audrey-Ann m'avait déjà confié s'être sentie très « seule de sa sorte » après leur disparition. Si elle refusait que sa douleur et son atonie, d'origine neurologique, puissent s'amplifier sous l'effet du deuil, de l'anxiété et de l'angoisse, il m'avait semblé difficile de ne pas y voir un lien. Qu'Audrey-Ann refuse de distinguer le psychosomatique de l'hypocondrie ne la rendait pas invulnérable aux troubles d'ordre psychique, qui par ailleurs n'auraient en rien nié la réalité de ses symptômes, de sa souffrance. Elle ne pouvait se préserver de la dépression en affirmant que ce n'était pas « un problème tangible », que ça n'existait pas. La psychanalyse, dans son entrelacement sordide à l'histoire de la médecine, a fait beaucoup de mal en inscrivant le malentendu de la somatisation dans notre imaginaire. Et comme une bonne partie de l'époque s'était remise à consommer New Age, on obtenait un mélange dangereux. Particulièrement dangereux quand une personne comme Audrey-Ann, avec une capacité respiratoire réduite, attraperait la covid. Les antioxydants contenus dans les petits fruits ne lui seraient guère très-salutaires. Mais je prends un peu d'avance.

En 2021, à un moment où des conflits à sa résidence lui causaient un tourment psychologique intenable, au point de la priver de sommeil, elle se sentait physiquement faible « comme en 2018 ». Je savais qu'elle ne voulait rien entendre de tout ça, encore moins à ce moment-là. Elle avait droit à sa paix. L'hôpital, finirait-elle par me dire longtemps plus tard, était devenu pour elle un lieu de sécurité, un refuge. Je l'avais senti, mais ce n'est pas quelque chose que je lui aurais dit. Et certainement pas ce soir-là, quand elle a laborieusement prononcé ces mots :

— Je me sens comme en 2018.

Je n'ai rien répondu. Elle a refermé les yeux. Les néons du couloir se sont tamisés automatiquement à minuit. Je suis resté encore quelques heures, assis dans son fauteuil, à écrire. Il était peut-être quatre heures quand elle m'a demandé de récupérer Tomiko à son appartement et de rentrer dormir chez moi. Je ne la laissais jamais seule avant qu'on l'ait installée dans une chambre, mais j'avais le pressentiment qu'elle n'en obtiendrait pas cette fois-ci et j'étais crevé. Je l'ai saluée sans savoir si je devais la toucher. Notre poing-à-poing rituel est né de ce moment d'hésitation.

J'ai enfilé mon mackinaw orange et je suis sorti m'estomper dans les couleurs du petit matin.

Je suis à mon bureau. J'écris cette histoire. Tomiko prolonge sa nuit à mes pieds quand son humaine, la seule à ses yeux, me texte qu'elle a son congé. Elle a eu la diarrhée, alors c'est peut-être un virus. Quand est-ce que je lui ramène son otarie qui pue le poisson ?

J'ai l'impression que ce n'est pas qu'un virus.

Cet automne-là cède à l'angoisse et l'angoisse s'installe dans l'hiver. Les conditions de vie à la résidence empirent. Les plaintes d'Audrey-Ann restent sans suite. En plus des découvertures, lorsqu'elle voit ce nom-ci ou ce nom-là sur l'horaire, elle se met à craindre la nuit et refuse les services. Elle appelle sa mère ou une amie. La gestionnaire continue de susciter la peur. Audrey-Ann ne se sent en sécurité qu'à l'hôpital. Elle y retourne souvent pour des symptômes sans diagnostic « tangible ». Rien ne va plus.

Plus tard, au printemps et à l'été suivants, se dessine un projet de déménagement : « la maison de la paix », qu'elle habitera avec sa mère, chacune son étage. Elle embauchera elle-même ses préposées, que le CISSS paiera directement.

Elle organise une levée de fonds avec l'aide d'un comité au réseau bien établi. Elles recueillent plus de quatre-vingt-dix mille dollars pour la rénovation d'une grande maison que sa mère achète dans le quartier Saint-Robert, à Rimouski. Beaucoup d'amies viennent travailler sur le chantier ; une poignée d'entrepreneurs en construction contribuent en nature, en échange d'un reçu pour fins d'impôts et d'une photo promotionnelle avec Audrey-Ann. Elle y emménage en décembre 2023, juste avant qu'on parte en voyage au Costa Rica. C'est inespéré. C'est une fin heureuse. On pourrait fermer le livre là-dessus.

20 janvier 2023. Hier Audrey-Ann s'est redécouvert une phobie de l'eau. On était dans la piscine, j'avais lâché la poignée de sa veste et elle s'est envoyé de l'eau dans les yeux en battant des bras. Elle a paniqué. Je l'ai rattrapée, mais elle ne me sentait pas la tenir assez fort. On s'est dirigées vers les marches. Je l'ai bercée pendant qu'elle pleurait en tentant de m'expliquer. Belle bouillie de bruits. En dedans, séchée, elle n'avait toujours pas recouvré son calme. Elle a pris des ativans et je l'ai invitée à dormir dans ma chambre, dans le petit lit aux draps vert pomme. Elle s'est couchée tôt, sans souper, sans faim.

En cinq ans à aller à la piscine ensemble, ce genre de crise ne lui était jamais arrivée. Je ne me rappelle pas si j'en étais déjà venu à penser que les benzos produisaient un effet rebond sur son anxiété; je constate qu'elle écrivait le 18 janvier : « j'ai probablement fait une petite narcose ce matin. » Comme on écrirait je suis allée à la plage ou j'ai mangé des fruits.

Cette peur panique lui revenait droit de l'adolescence. Elle s'était une fois empêtrée dans la grosse chute de l'Amazone, au Village vacances Valcartier, « sous l'eau un peu floue le ciel bleu, les pieds des gens, les fesses des gens dans les tripes jaunes », écrit-elle, aujourd'hui « j'ai ressenti l'odeur du Village et mes bronches gonfler d'eau, j'ai ressenti l'énergie qui descend à force que je me débats pour déprendre mes pieds de la tripe. » J'ai déjà lu cette histoire ailleurs que dans son journal. Cette noyade au milieu de l'ordinaire semble allégoriser sa vie.

Audrey-Ann s'est quand même baignée ce matin avec Celeste. La sœur de Nelson. Elle ne nage pas, elle garde son t-shirt à manches longues, ses shorts et ses chaussettes dans l'eau, une casquette par-dessus sa queue de cheval, et elle reste dans les marches de la piscine. On la paie deux fois rien de l'heure. Petit malaise, la première fois qu'elle est venue, je lisais *L'esclavage au Massachusetts* de Thoreau sous la paillote (pour le prochain chapitre). Elle a l'impression de se rapprocher de Dieu en venant aider, et Nelson a choisi le taux, et elle prend ce qui passe, mais je ne suis quand même pas capable de me charger du paiement. Je lui donnerais tout ce qu'on a. Alors Audrey-Ann s'en charge elle-même, ce qui engendre certains défis quant aux manipulations. Elle finira par lui donner son appareil photo.

Celeste vient avec son fils Ángel, qui en profite pour vivre sa best life. Le dueño lui interdit autrement l'accès à la piscine. Paploush, paploush. Je le laisse gagner les concours de bombes. Celeste noue des tresses ou peint des ongles, on discute un peu. C'en revient souvent à une morale d'inspiration chrétienne. Ça et l'argent, le coût des choses. Elle a « les bras d'une maman » pour prévenir un nouvel affolement dans l'eau.

Le soleil incessant de la saison sèche pèse au point de

brunir les palmiers. Des palmes tombent à grand fracas. Chaque fois on sursaute. J'ai pris l'habitude de mettre de la musique de fond dans la maison, au lieu de la radio comme chez moi. Ça m'évite presque de chanter n'importe quoi. J'ai une passe Phil Collins – je ne suis pas certain de comprendre les paroles d'*Another Day in Paradise*, qui vont quand même me rester dans la tête tout le reste de la journée. On est sur l'heure du dîner, au milieu de l'aprème, à la table de la cuisine, une table en verre plutôt laide. D'autant plus laide qu'elle est sale. Audrey-Ann est parvenue à l'éclabousser par en dessous avec du smoothie, que j'ai mal nettoyé. Elle est à ma gauche. J'avais écrit : « elle est assise à ma gauche. » Bien sûr qu'elle est assise[6]. Sous le regard des geckos qui se courtisent aux murs de stucco bleu royal. Si *courtiser* s'emploie pour nommer une morsure venue de derrière. Il y a deux bas-reliefs en bois dans la cuisine : un gros iguane assis sur une scène rurale qu'on a roulée dans un tondo ; au-dessus de la porte de la toilette, un Seurat égaré où, entre deux lézards, on peut lire les mots PURA VIDA. Ajoutez une photo de Stephen Harper et on parlerait ici d'un thème reptilien. Je soupçonne qu'Audrey-Ann vient de recracher ses acétaminophènes sur ses cuisses, mais ma mémoire m'empêche de nous resituer dans la routine. Je coupe un ananas. La location de cette villa inclut un seul couteau, émoussé, qui déchire la chair de l'ananas au lieu d'en détacher la carapace. Chuinte alors l'ananas. J'ai fini par m'y accoutumer. Déchirer est un geste plus exact qu'on le pense.

— C'est quoi le problème que j'écrive « quand on veut, on peut » dans mon témoignage ?

6 A.-A. : LOL.

Elle a sorti ça de nulle part comme d'un doute qu'elle a retourné toute la nuit.

— Ça embrasse une idée trompeuse de la méritocratie. C'est une idéologie qui nie tout un tas d'effets de système exclusifs, qui passe sous silence les conditions inégales d'accès à ce qu'elle présente comme un succès.

— Donne-moi un exemple.

— Une personne autochtone qui se cherche une job. Une personne avec un nom à consonance arabe qui se cherche un logement. Je pense à ces cas-là rapidement, parce que je les ai lus dans les nouvelles... mais tu comprends l'idée.

Je crois que j'évite de lui dire ce qu'elle doit penser de son corps. C'est difficile et prétentieux de remettre en doute le savoir qu'une personne tire de sa propre vie. Ça doit l'être.

— Dans le fond, c'est comme si moi... j'ai beau me forcer, mon meilleur sera jamais ton meilleur.

— Quelque chose dans le genre.

Je ne relève pas que la «théorie», certes moins concrète que le corps d'Audrey-Ann, va beaucoup plus loin que «mon/ton meilleur». Havi Carel raconte par exemple dans *Le cri de la chair* comment l'illusion de la volonté s'est écroulée pour elle au moment de recevoir un diagnostic de lymphangioléiomyomatose, une maladie rare qui affecte sa capacité respiratoire et réduit considérablement son espérance de vie : «Toutes les règles habituelles qui encadraient ma vie – que les efforts seront récompensés, que cela rapporte de faire attention à soi, que c'est en forgeant qu'on devient forgeron – ne trouvaient ici aucune application.» Et, ajoute-t-elle non sans ironie, il fallait apprendre à dire le nom informe qu'on venait de poser sur son corps. Carel a vécu cet événement comme un « échec inconditionnel, incontrôlable ». Elle n'a pas « mérité » que ça lui arrive, ce n'est pas une expiation. La maladie advient, parfois tôt, parfois tard, souvent sans causes sur lesquelles on aurait pu agir. Presque tout le monde sera malade d'ici la fin de sa vie. Sans être une tragédie (à tout le moins pas une tragédie personnelle), la maladie injecte néanmoins une part de tragique dans l'existence, sous la forme d'une rupture entre vouloir et pouvoir. On voudrait ce qui ne nous sera plus possible. Une nostalgie s'exprime au futur : l'inéluctable, voilà le tragique.

Il arrive que les malades guérissent, mais elles finissent toujours par mourir. La maladie n'est pas la même chose que le handicap et le handicap ne découle pas nécessairement d'une maladie. Les chercheuses en disability studies et les militantes, dont Charlotte Puiseux, rejettent l'idée selon laquelle « la réussite des personnes handicapées serait une affaire de volonté et ne serait absolument pas conditionnée par des réalités sociales, l'inaccessibilité des lieux ou des discriminations structurelles ». Le handicap, selon elles, n'est pas une (stricte) limite du corps, mais le produit d'une société validiste, qui laisse des personnes derrière par choix ou par négligence. C'est ce qu'on appelle le modèle social. Plus on passe du temps ensemble, Audrey-Ann et moi, mieux je constate la justesse de cette proposition. Pourtant plus je lis, plus la complexité du handicap s'illustre comme une question à la fois sociale et médicale. L'embrasse peut-être mieux un modèle post-social, que certains ouvrages se sentent en devoir de récuser au profit d'une identité politique.

— On dirait que j'ai honte. Je peux-tu l'enlever de mon témoignage ?

— Non, mais tu peux changer d'idée.

Je ne peux pas changer le passé. Je ne cherche pas à dire ce qu'on est mais ce qu'on a été, successivement, par strate posée sur l'autre. La vie, la vie, ce jeu de transformations. Comme l'écriture, par ce qu'elle nous apprend. On est toujours un pas devant elle, qu'on laisse derrière. On pourrait sans cesse y revenir – ça n'aurait pas de fin.

— Est-ce que tu nous as enregistrées ?

— On est pas dans une télé-réalité.

— Peux-tu le noter pour l'écrire dans le livre ?

Dans *Feminist, Queer, Crip*, ouvrage central des disability studies, Alison Kafer souligne à raison que « nos métaphores, nos topos, nos analogies portent des histoires et ont des conséquences ». C'est suivant ce principe qu'elle fait l'analyse axiologique d'une campagne publicitaire orchestrée par la Foundation for a Better Life, un organisme qui se voue à la promotion des « bonnes valeurs ». La fondation reçoit son financement de la famille Anschutz, qui s'est rendue milliardaire grâce au pétrole découvert sur certaines de ses terres au Kansas et dans l'ouest des États-Unis. Retranchée au Colorado, la famille Anschutz parraine divers organismes qu'il convient d'associer au conservatisme social (cette doctrine qui défend la liberté individuelle en voulant interdire des trucs comme le plaisir, l'avortement, l'euthanasie et l'homosexualité). Kafer examine plus précisément leur campagne *Pass It On / Passez au suivant*, dont une cuvée célèbre des personnalités ayant su, malgré l'adversité, triompher de leur handicap. Christopher

Reeve, par exemple, était certain de savoir voler quand il incarnait Superman. Or une chute à cheval et il déchoyait de héros à zéro, brisé à l'hôpital, tétraplégique en proie aux détresses psychiques jusqu'à ce que Robin Williams vienne le ragaillardir. C'est là qu'il aurait décidé d'être un gagnant et la suite est une histoire à placarder sur un panneau publicitaire : gros plan noir et blanc de son visage devant l'appuie-tête de son fauteuil, à côté duquel on lit :

Super homme.
FORCE
Passez au suivant.

Kafer recense une vingtaine de ces panneaux où l'on utilise des personnes handicapées pour illustrer la détermination, le courage, le dépassement, le travail acharné, en un mot : l'inspiration. Et quand on visite le site de cette campagne, pas moyen de s'y tromper : un pop-up entravant suggère de s'abonner pour obtenir « une dose quotidienne d'inspiration ». On s'abonne. Le professeur d'informatique Randy Pausch jaillit alors de notre boîte courriel. Il « a écrit un livre sur la vie alors qu'il mourait. MOTIVATION ». Le lendemain la conférencière Liz Murray nous dit : « De sans-abri à Harvard. AMBITION ». Le surlendemain la surfeuse Bethany Hamilton, un bras en moins et sa planche croquée par vil requin, nous dit : « Moi, abandonner ? Jamais. S'ÉLEVER ». On entre dans la boucle de l'algorithme, on se met à recevoir de nouvelles suggestions ; Reeve rapplique via sa propre fondation : « Lorsqu'on choisit l'espoir, tout est possible. »

Kafer ne nie pas que ces gens aient pu trouver une force intérieure et mener une vie exemplaire. Elle remarque toutefois que cette campagne emploie le handicap pour rendre son message inattaquable – vous n'iriez quand même pas taper sur une invalide ! La Foundation for a Better Life peut ainsi présenter ses intérêts comme apolitiques, « naturels, acceptés, relevant du gros bon sens » ([sâ], quoi qu'il en coûte). Or tous les corps ne sont pas bienvenus dans la « vie meilleure » que promeut la campagne *Pass It On* en fardant le rêve américain. Ces panneaux court-circuitent notre capacité à lire les vies laissées en dehors du texte dominant de la performance et de la responsabilité individuelles : ces personnes qui n'ont pas étudié à Harvard ou gravi le mont Everest, ces corps trop politiques qui réclament un meilleur accès à l'éducation, qui sans revenus ne peuvent s'opposer à l'enfermement institutionnel, ceux qui « refusent d'accepter en silence le récit culturel de l'assimilation et de la guérison », tous ces corps « qui reconnaissent que leur marginalisation ne découle pas d'un manque de cœur à l'ouvrage, de détermination ou de courage, mais de la répétition continue d'exclusions économiques, sociales et politiques ». Car ces panneaux implicitent encore que Reeve a réussi (quoi, au juste ?) grâce à sa seule force de caractère. On entend bien le vieux Anschutz nous dire, assis dans le divan de cuir de son bureau du Colorado, devant les roseurs montagneuses de sa baie vitrée : cesse donc de te plaindre et va travailler. Ce qu'on tait en revanche, c'est que la fortune de Reeve a facilité l'embauche d'une pléthore d'assistantes de vie, de thérapeutes et de docteures, qui lui permettraient de vieillir loin des maisons de soins, entre les six salles de bain de sa résidence de Pound Ridge, et d'assurer sa postérité en donnant son nom à une fondation.

Ces dispositifs d'exemplarité emprisonnent l'horizon

d'attente, ils dissimulent des injonctions à jouer des rôles. Les disability studies identifient notamment celui de la supercrip, idée que je traduirai par « super-handie ». Kafer relève que la super-handie est le produit d'attentes soit extrêmement basses (Gab réussit à conduire une voiture même s'il lui manque un bras) soit extrêmement élevées (Lou réussit à traverser le Canada avec une seule jambe). Eli Clare affirme que ce paradoxe « repose sur la perception que handicap et réussite sont mutuellement exclusifs et que toute personne handicapée parvenant à surmonter cette opposition est héroïque ». Quand on vous présuppose non autonome, aller aux toilettes peut paraître une prouesse. Et Dieu sait que ça intéresse les valides ; dès qu'on parle de handicap, ces questions nous démangent : 1) est-ce qu'elle s'essuie toute seule ? 2) est-ce qu'elle a une vie sexuelle ? (Ne vous inquiétez pas, on répondra aux deux dans le présent ouvrage.) Clare conclut : « Les récits de super-handie ne se focalisent jamais sur les conditions qui rendent si difficile pour une personne avec la trisomie 21 de rencontrer des partenaires intimes, pour une personne aveugle de vivre des aventures, pour des enfants handicapées de pratiquer des sports. Je ne parle pas d'état de santé. Je parle de conditions matérielles, sociales, juridiques. Je parle de manque d'accès, de manque d'employabilité, de manque d'éducation, de manque de services d'assistance. Je parle de stéréotypes et d'attitudes. Je parle d'oppression. Le récit dominant du handicap devrait raconter le validisme, pas l'abracadabrante foutaise inspirationnelle de la super-handie. »

Le chœur des disability studies se range derrière Clare et estime que la figure de la super-handie opère une diversion bien commode au sein d'une société validiste qui, en sanctifiant certaines « réussites », se lave les mains de ses propres manquements, de ses négligences, d'un mépris qu'elle a inscrit dans les lois et le béton. Cette figure contribue aussi, dans l'enchevêtrement des discours, à ce que Stella Young a appelé *inspiration porn* et résumé dans une conférence TED intitulée *Je ne suis pas votre source d'inspiration, merci*. Prenez neuf minutes pour aller l'écouter, ça m'évitera de la résumer en moins bien. Je vous attends.

« On n'est pas des vraies personnes, dit Young, on est là pour inspirer. » (Et, pour preuve ou par ironie, le site TED utilise le mot-clef *motivation* sous le vidéo.) Je sais que ça n'aura pas de sens pour tout le monde, mais j'ai vraiment cru que la seule façon de rendre justice à mon amie, c'était de montrer qu'elle est un être humain, pas une icône, pas un stéréotype, pas une surface où projeter nos BA. Comment dire sans violence le malaise que m'inspirent des images en plongée où l'on voit l'handicapée poussée par un multimarathonien, vendue au son des good vibes sur un arrière-plan de nature qui repousse, rendue passive par l'image et la phrase sous l'image : l'héroïsme, la générosité d'un vieux pousseur en cuissards, sa grandeur d'âme aux *malgré* hurlants, qui appuie de tout son poids sur elle, qui carbure à la charité et la rend redevable d'un baiser au détour du panorama. Redevable d'une charité jamais gratuite. Ces images portent aussi une violence. De celles qui voudraient vous enfermer dans leur bonté. Elles limitent ce qu'une personne peut avouer de sa souffrance et des abus. Elles l'empêchent de s'en libérer. Les rôles sont distribués. Et celui de l'handie, c'est de remercier jusqu'à la fin. Comment dire qu'Audrey-Ann n'a pas à jouer ce rôle, qu'elle n'a pas à incarner, à relayer des slogans destinés à réconforter les valides ? Des slogans qui disent « si *même* moi je peux, alors tu peux », des slogans qui par défaut l'excluent en la prenant pour valeur négative de la comparaison. Je ne peux que mal dire. Depuis quel rôle, de quel droit. Et pourquoi le faire ?

Je n'ajoute rien, non. Les mots ne me viennent pas. L'ananas gît dans son jus, dans un contenant de pyrex. Audrey-Ann, le coude sur la sale table, s'en pioche des morceaux à la fourchette.

J'ai éteint la musique. Je démarre l'enregistrement pour lui lire le tiers de ce que je mettrai finalement dans les prochaines pages.

— As-tu des commentaires avant qu'on commence, ou des questions ?

— J'ai hâte de voir comment tu vas tout mettre ça en lien.

— Peut-être que je réussirai pas.

— C'est peut-être pas grave.

L'écho de la cuisine est plus creux que celui de la chambre, caverneux.

— As-tu le soleil dans la face ?

Elle fait signe que c'est correct.

— Ça va. T'aimes avoir le soleil dans ta face de soleil.

Elle rit et, si j'ai réussi à vous faire comprendre que j'ai tout mis ça en lien, eh ben on retourne en 2017.

Il fallait d'ordinaire me voir m'enflammer devant ma classe, je m'ingéniais en sueur à répandre la nécessité de se ressaisir comme citoyenne. Et si vous sortez dehors et que quelqu'un subit des insultes et des coups, sentez-vous le devoir d'agir ? Vous ne resterez pas là les bras croisés à regarder la souffrance comme une vertu, vous n'êtes quand même pas mère Teresa ! Et si votre moyen d'action est l'écriture, que ferez-vous ? des métaphores ? Diantre non ! Vous procéderez avec les mots justes, dépouillés au point qu'on en sentira la lame aiguë inciser le flafla, vous voyez ? Sentez le cisaillement. Vous vous assurerez qu'on vous comprendra pour intervenir là, précisément là où se situe le réel : une camarade en bat une autre, écrirez-vous, c'est immoral ! surtout s'il y a des enfants. Si le monde s'opacifie, et il se brouille toujours davantage, grands dieux qu'il est sombre et brouillé, on deviendra plus obscure que lui encore, pour le surprendre, pour lui offrir une résistance !

Mais cette journée-là, tiens, nous allions parler de contes. Ça nous changerait. À main levée peu de mes élèves avaient lu *La chasse-galerie*. Il aurait été très-interminable d'attendre qu'elles le lisent pour les fins de l'exercice. J'ai donc proposé de leur conter le conte comme à des enfants.

— Je m'en souviens, de la lecture ! c'était tellement le fun.

Je bois une gorgée sonore d'Imperial Cero. Audrey-Ann poursuit :

— Quand tu m'as fait les lectures pour l'uni, mes cours avec toi me manquaient. Ça me rappelait ça.

C'était il y a deux ans peut-être. Moi aussi j'ai beaucoup aimé partager ce moment avec elle.

J'avais préparé mon naturel en notant les intonations et le souffle du texte, imprimé recto en Times New Roman quatorze points, que j'avais relu plusieurs fois à haute voix, debout dans mon appartement, autour de l'îlot du lave-vaisselle, puis en circulant dans le salon, qui donnait sur l'avenue de la Cathédrale, presque sur le Dixie Lee – l'odeur laissait penser que je vivais dans une friteuse (*elle rit*) –, presque sur le poste de police avec ses chars qui s'égosillaient au nom de la justice, presque sur le vacarme de la caserne des pompiers. On m'avait donné quelques plantes, que je rassemblais sur ma table à manger. Nom générique ; j'y mangeais rarement ou vite. Elle servait d'étal de fleuriste et de secrétaire, au milieu du salon. Les grandes fenêtres plein sud transformaient la moitié de l'appartement en serre l'après-midi. Invivable comme moi, châtiment divin. Je l'avais aussi pratiquée, ma *Chasse-galerie,* au cégep dans mon bureau, la porte fermée le soir après que le silence avait reconquis les couloirs, face au miroir de la vanité, vestige des cellules de prêtre qui sont devenues les nôtres. La vanité tient au-dessus du vide. Les rumeurs veulent qu'on ait enlevé l'évier pour régler un problème d'odeurs ; certain prédécesseur y versait de l'or.

J'étais arrivé dans le cours et, c'était un autre de mes effets de théâtre, j'avais donné le choix au groupe, préférez-vous traverser le texte en silence ou que je vous le lise ?

— À moi, ça me dérange pas pantoute.

Ayant tenu pour acquise l'unanimité, j'étais surpris de sentir de l'hésitation. Anne-Joséphine se cachait derrière sa grosse guitare pour éviter que mon regard lui exige de trancher. Guillaume, lui, adoptait la stratégie contraire. Il me fixait obstinément.

J'ai finalement annoncé qu'il valait mieux que, contre ma volonté, je leur lise le texte ; comme ça, on finirait toutes en même temps. Ce pas de valse m'avait toutefois coupé l'herbe sous le pied, coincé la voix. J'étais moins à l'aise que prévu au commençant de ma lecture.

> — J'aurais jamais pensé ça de toi.
>
> Comment ne s'en est-elle pas doutée ?
>
> — On dirait que, quand tu lis, t'es dans ton élément.

J'ai lu en circulant dans les rangées, j'ai enjambé Tomiko, qui dormait d'un sommeil statique jusqu'à ce que je m'enfarge dans une patte de pupitre, ce dont j'ai ri de bon cœur avec le groupe. La majorité suivait, quelques-unes annotaient des passages (important ; pas compris ; &c. ; en lien avec le yâbe), je reprenais confiance. Ma voix est redescendue se coucher dans mon ventre. Et quand cet animal de Baptiste s'est enfin levé dans le canot pour en venir aux poings, c'est moi qui ai envoyé tourner mon aviron au-dessus de nos têtes en faisant le moulinet comme un

Irlandais avec son shilelagh [*sic*] (ce mot passé, la fin du texte coulerait ; mes épaules se sont détendues). Nous sommes retombées dans la classe, dégringolant de branche en branche comme des perdrix qu'on tue dans les épinettes. J'ai répété qu'on allait comparer des diables, celui qu'on évoque dans *La chasse-galerie* et celui que Jean Goupil rencontre au Neptune, dans *La chaise du maréchal ferrant* de Jacques Ferron. (Idée volée dans une anthologie scolaire quelconque, qui avait elle-même tendance à voler ses idées et les autrices.)

— Parce que vous avez lu au moins les cinquante premières pages du roman, n'est-ce pas ?

N'est-ce pas. Mes questions de comparaison étaient imprimées sur des tiers de feuille. Je les ai distribuées. Dix-huit élèves, plus moi, dix-neuf, divisé par trois, sept feuilles et je retiens deux (tiers de spare). Il me restait donc une consigne pour Tomiko. (*Elle rit.*) Je n'aurais pas pensé que ce hasard mathématique m'attirerait autant de sympathie.

— Ce moment…

Ma canette vide résonne sur la table. La fourchette d'Audrey-Ann serpente dans les airs et va s'écraser au fond du pyrex.

— « Ce moment »…

— Est gravé dans mon cœur.

La proprioception est la perception qu'on a de la position des différentes parties de notre corps dans l'espace. Pour donner un exemple de la proprioception d'Audrey-Ann : quand ça lui pique sur la cuisse, il arrive qu'elle gratte celle d'une personne assise à ses côtés.

— Quel prof fait ça ? me demande-t-elle.

Avant de se concentrer, visant un morceau d'ananas, les yeux presque clos pour la précision.

— Y en a pas eu d'autres ? Je suis surpris. Les gens aiment pas assez les chiens.

Je repousse ma maudite canette plus loin sur la table. Je rote. La vaisselle cling clang encore.

Audrey-Ann m'a écrit un MIO dans la soirée. Elle m'envoyait une photo de Tomiko, couché sur le lino menthe de la classe, avec sa feuille de consignes entre les pattes. Elle en riait encore. Ça m'a fait sourire et j'ai partagé la photo en ligne. Et ç'a fait sourire ma mère, à Québec.

— Ça va ?

Le silence du ventilateur a cédé la place à celui du frigo. On habite des silences mécaniques. Je continue.

Elle ne me demandait rien de très extravagant, même si ses requêtes s'accumulaient et nous tiraient toujours vers les marges des règles et politiques du cégep. L'imprévisible ne se prévoit pas, la norme ne se fonde pas sur l'exception, qu'elle a charge de créer. En dehors de ce roman, où votre dévoué injecte un peu d'intrépidité pour votre délassement, on est quelques-unes qui auraient eu envie de lui mettre des bâtons dans les roues. Et Audrey-Ann en avait, des roues (*elle rit*). La nécessité d'accommoder les élèves nous frustre. On s'obstine, on se plaint quant au moment où elles doivent terminer l'évaluation. La durée impartie aux examens ne doit en aucun cas varier, tonne-t-on, sans penser une seconde qu'on ne se porte pas autrement à la défense d'un temps capitaliste, celui qui exige le rendement, qui nie les zigzags de la pensée, de la vie. On éprouve un grand besoin de valider les billets de médecin, qu'on juge trop secrets, suspicieux, maléfiques. À l'élève qui s'absente, on refuse de transmettre l'information ou le devoir ; on préfère le jeu du téléphone : va d'abord voir tes camarades de classe. On a des noms pour ces petits caprices de notre autorité : équité, autonomie, responsabilisation. Et ces caprices ont des conséquences appréciables : chaque abandon, c'est un examen de moins à corriger.

Un matin, Audrey-Ann m'écrivait pour me dire qu'elle n'était pas capable de se lever de son lit. Ce doit être la première fois qu'elle m'a évoqué *La métamorphose* de Kafka. Allait-elle grossir, l'insecte finirait-il par emplir toute la pièce et m'écraser ? Suspense. Elle me demandait un autre jour s'il faut un grand *h* à *histoire* ou un petit *é* à *Église*. On l'avait hospitalisée cette semaine, elle avait manqué l'examen, m'apprenait-elle. Et voilà qu'elle avait son congé, mais ne se sentait pas d'attaque pour revenir à l'école.

— Ils m'avaient donné du fentanyl pis de la morphine IV.

— Ça c'est bon, la morphine IV.

Elle rit sans avouer sa morphinomanie, qu'elle appelle une tolérance.

— Je t'ai déjà vue là-dessus.

Les yeux lui avaient papillonné. Une erreur de l'infirmière fatiguée de l'urgence, qui aurait dû la lui injecter en sous-cutané pour éviter la dépression respiratoire que sa patiente se claquerait cette nuit-là, entre les murales animalières d'une chambre en pédiatrie parce qu'il n'y avait plus de lits ailleurs. Je la retrouverais le lendemain aux soins intensifs.

— J'avais encore eu un kyste. Ils m'avaient

fait un lavement et un préposé devait me tenir les épaules pour que je chie.

Aux enfants qui lui demandent ce qu'elle a, Audrey-Ann répond parfois : je suis comme un spaghetti trop cuit. L'augmentation de ses doses d'opiacés affirme rigoureusement cette analogie, mais il est un peu tard pour justifier son absence à mon cours.

— Ils t'avaient donné du fentanyl pour un kyste ?

— C'est violent, mes kystes.

— Vous les femmes, hein. Vous endurez mal la douleur.

Elle rit. Faut-il préciser que je viens d'ironiser sur un cliché brutal si j'ajoute de toute façon :

— Moi, quand j'ai un kyste sur l'ovaire, j'ai pas de problème. Je traverse ça comme un roi.

(Je n'ai pas d'ovaires.)

Comment pouvait-on s'arranger ? Puis elle allait recevoir la confirmation d'un rendez-vous en orthopédie à Québec, alors on restait « stand-by pour la suite ». Ah, et elle s'excusait du « harcèlement de MIO ». (*Elle rit.*)

C'était un grand ballet d'accommodements par lequel je découvrais les obstacles qui découlent de nos pratiques institutionnelles. Je la trouvais malchanceuse, toujours à reprendre la semaine d'avant, toujours pour des raisons hors de son contrôle. Moi, ça m'aurait essoufflé.

— J'aime full ça avoir ton point de vue.

— Moi j'aime ça avoir le tien.

— C'est toutes des trucs que tu m'as jamais dits.

— C'est des grandes révélations.

Elle rit.

— Je suis content que ça fasse ça, que tu te voies de l'extérieur.

— Ouais. Genre, que je me voie de tes yeux à toi.

— C'est-tu déjà arrivé que des profs ont été inflexibles ?

— Ma dernière session, elle a été terrible parce que tous les profs d'admin étaient boqués contre les services adaptés. Et moi, je passais au cash.

— Tu faisais les frais d'une mobilisation contre les services adaptés ? C'était pas nécessairement contre toi, mais ils exerçaient des moyens de pression ?...

— Mais... ouin... mais... ouin...

Elle veut dire non.

— Des moyens de pression, mais en voulant dire fallait je fasse comme tout le monde.

Je ne réponds pas, douché d'incrédulité. Je pensais que j'exagérais à l'écriture, grossissant ceci, caricaturant cela. La réalité est pire que je l'imaginais. Elle poursuit :

— Ç'a fait que j'ai ~~détesté l'école pis j'ai~~ rien voulu savoir après.

— Des services adaptés ?

— Non, de l'école en général. Mais des services adaptés aussi. ~~Je faisais juste pleurer.~~

— « Tu faisais juste pleurer » ?

— Ouin. ~~À cette dernière session, ma mère avait été~~

~~voir la travailleuse sociale de l'école. La travailleuse sociale, elle m'avait dit, après : en voyant ta mère dans le cadre de porte, j'étais sûre t'étais morte, que tu t'avais suicidée.~~

Son élocution est plus difficile aujourd'hui. La précision peut varier en fonction de la fatigue, de la douleur, de ce qu'il y a à dire.

— Comment ?

— « Je pensais tu t'avais suicidée », répète-t-elle.

— Ah ouin ?

J'ouvre le frigo et déchire le plastique d'un six-pack. J'ajoute :

— À ce point-là… C'était-tu des nouveaux profs ou des profs que t'avais déjà eus ?

— Des profs que j'avais déjà eus.

— Mais là ça marchait pus.

— Non. Et ça marchait très bien au début.

Elle ne semble pas s'expliquer la dégradation du service. De mon côté, je cherche à m'orienter dans deux récits divergents, celui qu'elle a raconté jusqu'ici et celui qu'elle vient de surimprimer :

— Je pensais que ça s'était bien terminé… Avec certains, ç'a continué à bien aller ? ou pas pantoute ?

À son tour de ne pas répondre. J'ouvre une canette, qui mousse sur la sale table.

— Parce qu'au moment de l'obtention de ton diplôme, tout le monde était content pis gentil, non ?

— Oué. Tout le monde était content…

— Que ce soit fini !

On rit.

— Y en a une qui m'a full aidée. Elle est morte aujourd'hui.

— Aujourd'hui même ! Ce matin, genre.

— Non. Mais je te l'avais déjà dit.

— Ben, c'est celle où t'es allée aux funérailles.

— Oui, oui, oui.

— Je suis allé te porter.

Je l'ai attendue dans l'odeur de varech, sur la grève de Pointe-au-Père, avec Rodolphe, mon chien, un husky bâtard qui mangeait des carapaces de crabe et reniflait des trucs sur lesquels il pissait ensuite.

— Pendant que tout le monde ne voulait pas m'aider pour ma simulation, elle tournait mes pages. Elle prenait mes notes pour moi.

— À travers tout ça, il y a du monde plus aidant.

Or les meilleures partent toujours en premier.

— Il y a du bon monde. Toi ! Que tu me permettes de faire mes examens de même à la maison.

J'avais peut-être décidé qu'elle réussirait.

J'ai rembobiné l'enregistrement cent fois au moins pour comprendre l'histoire du suicide et lui demander, un autre jour :

— Faque quand t'écris dans ton témoignage que t'as eu « des professeurs compréhensifs et j'en passe », ce que tu passes, c'est ceux qui le sont pas ?

J'ai obtenu pour toute réponse :

— Y en avait des compréhensifs pour vrai.

## APARTÉ 2 : LE PHILTRE

*revenant sur l'été 2017 et permettant de présenter un nouveau personnage en attendant de rencontrer Laurence à la librairie*

*V.*

J'avais essayé d'arrêter de boire l'hiver d'avant, pour la quatrième ou la cinquième fois. L'expérience renseignait mes attentes : j'en perdrais ma concentration, je n'arriverais plus à lire. J'étais amorphe et défait. Catatonique. J'ingurgitais les classiques du cinéma pour rentabiliser mon temps et me soustraire à la pensée obsédante de l'alcool. Je ne connaissais rien au cinéma. J'empruntais des DVD au hasard à la bibliothèque du cégep, je les regardais couché en boule dans mon lit ou sur la causeuse de laine dans le salon. Du *Cuirassé Potemkine* à *La naissance d'une nation,* en passant par Louis de Funès. Les très-ingénieuses pirouettes des frères Marx m'inspiraient des tours que j'entendais prêter à Marcel·le Thibodeau, l'antipersonnage du *Vagabond.* Suffisait que je retrouve la force d'écrire. Ce n'était pas gagné. J'emmagasinais, je griffonnais des notes. J'avais développé un intérêt certain pour les westerns, puis pour les westerns spaghettis et de série B. Je me promettais qu'un jour, pour illustrer en classe ce que sont des topos, je recourrais à mon expertise du western. Je laissais cette idée me caresser, héroïsé par les cordes et sifflements d'Ennio Morricone ; là en boule devant la force du colt et la haine de l'Indien, je travaillais sans relâche, déterminé à me reprendre en main, sobre et vrai, implacable comme un jour nouveau. Dans les faits, je me mortifiais, grelottant, dans le déclin de l'après-midi. Ma dépendance m'avait prodigieusement moulu.

Marguerite Duras a ces phrases dans *L'amant* : « Maintenant je vois que très jeune, à dix-huit ans, à quinze ans, j'ai eu ce visage prémonitoire de celui que j'ai attrapé ensuite avec l'alcool dans l'âge moyen de ma vie. L'alcool a rempli la fonction que Dieu n'a pas eue, il a eu aussi celle de me tuer, de tuer. Ce visage de l'alcool m'est venu avant l'alcool. L'alcool est venu le confirmer. » L'alcool n'a pas autrement procédé avec moi. Et ce n'est pas simple de changer de visage.

Je m'étais tenu sobre quelques mois, puis j'ai commencé à fréquenter Andréa, l'amie d'une amie que je perdrais à la fin du flirt. Elle venait de Québec, comme Louis Jolliet et moi, elle sortait d'une relation avec le frère d'une Mélanie avec qui j'étais allé au primaire à Lac-Saint-Charles. Elle étudiait pour devenir infirmière clinicienne. On a longtemps clavardé au sujet de nos sortes de pâtes préférées. Elle a porté à mon attention l'existence des pappardelles. La relation épistolaire me bourrait de frissons.

La saison des ébats devrait toutefois attendre, car ma qualité d'enseignant précaire me rappelait au travail une fois le printemps venu, pour une session dite d'été, intensive, comprimée en quatre semaines, cinq soirs par semaine, trois heures par soir. L'Organisation scolaire plaçait toujours le français le soir, en dernier – son rang. Cet exécrable contexte d'apprentissage, auquel s'ajoutait qu'aucun local n'était ventilé sauf à la bibliothèque, qu'on verrouillait, donnait lieu à des expériences somme toute vivifiantes, immersives, avec des groupes bigarrés : échoueuses récidivistes, preneuses d'avance, bohèmes de Montréal en vacances chez une tante installée dans les Bas. Nous devenions uniment exténuées, sentant le foin d'une journée passée au champ, suantes, écœurées. Nous affrontions l'aride matière et son lieu : le local. Et nous y revenions. Un mois de toutes les solidarités, dont nous émergions à la Saint-Jean, renseignées juste à temps sur l'identité canadienne-française, mois durant lequel d'aucunes m'en auraient voulu de ne pas lever le cours avant la fin, à l'exemple de ma collègue Sidonie, qui libérait ses fidèles au tiers de la deuxième heure. Elle semblait avoir compris que personne ne nous guettait, l'été. À chacune son larcin, moi je profitais parfois des couloirs désertés pour photocopier des livres épuisés aux frais des contribuables[7].

— Ouin, moi, ça m'arrangerait de partir. De toute façon, je l'ai fait tellement souvent, ce cours-là, je pourrais le donner. Ça me sert à rien de bûcher sur l'exercice.

On s'adressait à moi en privé, dans l'intimité d'une forte odeur de Axe, et je me tournais vers le groupe pour reprendre mon souffle et répondre :

— Mais elle irait où, de toute façon, cette heure et quarante que vous perdriez ? Dans la droye ? Dans le chexe ? Avec vous, c'est toujours : rock'n'roll et hot-dog, party et balade en auto… Non, croyez-moi, votre temps sera beaucoup mieux investi dans notre cours. On a besoin de toutes nos minutes pour fomenter la révolution. Enneoué, plus le jour fléchit, moins il est lourd. Soyons ensemble, camarades ! Soyons ensemble.

7 A.-A. : LOL.

J'émulsionnais mon zèle dans un onguent d'humour et de métaphores stellaires. Sans aller toutefois jusqu'à les appeler mes petits soleils dorés. Mes élèves ronchonnaient derechef après qu'elles avaient vu celles de Sidonie remonter bruyamment le couloir, toutes bonhommes à démêler leurs pulsions et plans de soirée, qu'on attrapait en partie lorsqu'elles arrivaient à hauteur de la porte, we are the champions, ostie, bro… aller chercher Jimmy à Saint-Gab pis re… mon chum m'attend dans le parking… cinquante-six ? sérieux, pour quatre points, c'est une crisse de folle… (cette dernière marchait plus lentement, scrutant sa copie, puis elle a pris conscience de notre existence et un rire nerveux l'a hâtée en point de fuite hors du cadre) sont déjà au Sens unique avec les autres… man, la barmaid, je te jure, si t'avais vu ses… CLANG ! Je refermais la porte du four pour cuisiner davantage mes pigeonneaux (Andréa m'avait convaincu de m'initier aux *Chefs !*), qui finissaient par regagner une partie, une partie seulement, de leur concentration. Cela pour dire que j'avais eu cet été-là une gang de discrètes, que *Les luttes fécondes* de Catherine Dorion, la chaleur aidant, avait ouvertes comme des palourdes dans le court-bouillon.

C'était une sorte d'essai young adult, entre le récit de soi et l'ouvrage de croissance personnelle. J'avais porté ce livre au plan de cours avant qu'il ne paraisse. Je cherchais un truc grand public, pas trop compliqué sans tomber dans l'infantilisation, un texte qui mettrait des mots simples sur la nécessité d'une révolte à mener contre les institutions qui nous enferment. C'était la promesse de celui-là, qui traitait aussi d'amour et de liberté. Et puis enseigner un livre devenait un bon prétexte pour le lire (je dois confesser que je me cherchais un peu).

On a abordé ça en classe et pouf ! les bras qui se mettent à se lever, les inquiétudes qui pointent, mais qui suis-je au fond ? les confidences à la sortie de la classe : d'habitude j'aime pas ça, lire, mais là je l'ai vraiment aimé, le roman. « Le roman », oué. J'ai des visages en tête, des expressions faciales, pas toujours des noms. Je les revois qui gigotent sur leur chaise. Enseigner, ça vous meuble d'éclats, parfois ça vous laisse un Charles intérieur, qui questionne ce que vous désaccomplissez en tête à tête avec votre texte, chez vous la nuit, parfois c'est plutôt des souvenirs en vignette de jeunes personnes qui tout à coup s'illuminent, qui s'élucident. Ce sont des moments de grâce, que l'enseignement seul sait offrir. On les recroise quelques mois, quelques années après que l'expérience du cégep les a dégrossies, devenues adultes, moins boutonneuses, elles sont caissières à l'épicerie ou conseillères chez Canac, et on se dit : si c'en est pas une que j'ai aidée ! Quand on devient l'outil d'un décodage, rien de plus, et que les élèves se révèlent à elles-mêmes, on atteint ce que peu de livres donnent directement, la joie d'être ensemble et de se reconnaître.

On s'est tenues au courant de ce qu'on mangeait tout ce mois-là, Andréa et moi. Quand j'ai été libéré, à la Saint-Jean comme prévu, plus savant que jamais sur les choses de l'amour grâce au livre de Catherine Dorion, elle m'a invité à son anniversaire. L'événement devait se tenir dans sa résidence secondaire à Notre-Dame-du-Portage.

M'y voilà, les deux mains dans les poches. J'avais connu quelques-unes de ses amies durant le DEC, à St. Lawrence, je les revoyais ; d'autres, pas antipathiques, s'étaient introduites à moi fringuées pour étudier à Harvard ou à Yale (alors qu'elles avaient gradué de McGill et de Concordia). Ça me fascinait de voir l'aristocratie canadienne-française se prendre pour des Anglos en polos griffés. C'était beaucoup moins drôle que *Le temps des bouffons*. Ça s'installait comme un grelot dans l'estomac. On a joué au croquet. Elles ont bu. Il faut une certaine disposition à s'abandonner pour rire avec des gens. Je ne l'avais pas.

— Tu bois pas ? s'est-on enquis auprès de moi.

— Non, j'attends un enfant.

J'avais beau être hilarant, je sentais la carence dans mes veines creuses, une coulée de fer entre mes poumons. Sa caresse fébrile et chaude. Je respirais du haut de la cage. J'étais tendu au bout de mon maillet comme un pavillon dans les autans. Je m'étais cherché des fuites dans le bois, à la toilette, au troisième étage de la maison pour fouiller dans mon sac à dos à la recherche de rien, loin des autres, en attendant que ça se calme. Andréa m'avait suivi là-haut.

— Dans le bois tantôt, pourquoi tu m'as pas embrassée ?

— Je sais pas.

Elle avait attendu notre premier baiser. Je n'étais pas bon pour ces gestes-là. Je lui avais offert, à défaut d'un baiser ou d'une réponse satisfaisante, un livre sur les sodas à brasser soi-même. Elle entretenait un goût pour le kitsch. Elle disait souvent qu'elle ouvrirait un jour une buvette sans alcool où elle servirait des milk-shakes et des roteux. J'y voyais un refuge pour ma sobriété. Andréa était du genre raisonnable, elle pouvait garder un paquet de cigarettes dans sa besace et ne fumer qu'aux « occasions ».

— Juste un verre, quand même, ça te tuera pas.

— Non, bien sûr que non.

Elle n'avait pas idée du feu qu'elle venait de rallumer

en moi, ni qu'il consumerait jusqu'à l'oxygène de cette aventure galante.

Le domaine bas-laurentien n'était qu'une annexe du manoir que possédaient ses parents sur la Grande Allée de Québec et où elle-même résidait la plupart du temps. Sans m'apercevoir de l'idiote répétition, j'avais écrit : « On y accédait par une grande allée hémicirculaire. » Ce qui n'est pas faux pour autant. Je ne gagnerais jamais les galons suffisants pour mettre les pieds dans ce manoir. Je déposais Andréa au ras du portail, je ne descendais pas de la voiture. C'était de ces bâtiments imposants dont la façade suggère ce qu'elle dissimule, presque par érotisme. Rien à voir avec les bungalows transparents qu'illumine une télé, ceux qu'on épiait ma mère et moi le soir, quand on allait marcher le Grand U, Petit U.

— Mais la maison, ils l'ont eue pour une bouchée de pain ! me répétait Andréa, embarrassée par l'opulence qu'elle héritait au transitif direct.

Cette richesse n'était pourtant pas criminelle. Andréa descendait d'une lignée de médecins humanistes, elle avait travaillé pour MSF avec son père, dans des dispensaires chez les pauvres. Mais la spacieuse maison à paliers où s'était tenu l'anniversaire illustrait en clair notre différence de classe. Un petit désordre piquantait l'atmosphère, tenait lieu d'une esthétique où aucun objet n'était de mauvais goût, ni tout à fait hors de sa place. Les mots croisés du *Devoir* traînaient sur la table avec leurs crayons de bois, fétiche du père inculqué à sa fille. *L'homme rapaillé,* dans la version d'*Études françaises,* reposait négligemment sur le bord du bain. Le compost fermentait à l'air libre, derrière la cabane de jardin. Pas de vulgaires chaises de plastique sur le terrain, qui surplombait le fleuve, et dont le chiendent même semblait ainsi domestiqué qu'il saillait toujours au bon endroit, comme l'épi indiscipliné embellit le visage doux. (Mèche de cheveux, trois lettres.) Le gazebo, ses guirlandes de lumières chaudes, la chaîne stéréo démodée et les caisses en bois remplies de cassettes ringardes.

On s'était infligé des relances de chansons populaires toute la soirée dans ce gazebo. Je n'en connaissais pas les paroles, contrairement aux autres. Elles avaient des anecdotes pour chaque tube. Une tradition. C'était une bande d'amies – concept qui, outre un spécieux interlude en 2012, m'était étranger depuis la fin du secondaire, époque lointaine dont je me méfiais. Il existait pour les lier un consensus à l'endroit de la culture, un socle commun que je ne maîtrisais pas, qu'on aurait pu appeler un habitus de classe et que structuraient des manières policées. J'étais incapable d'oublier d'où je venais.

J'avais grandi sans livres, sans autre cinéma que celui de TQS. Seule musique, les fredonnements de mon père qui va se chercher un biscuit feuille d'érable dans le garde-manger (Aznavour, Moustaki et un air qu'on le soupçonne d'avoir inventé : ♪♪ le nom d'une rose, hu-hum hum hum ♪♪). À part ça, mon père avait le Claude Dubois bien rentré. Tout ce que m'avait transmis ma famille au sujet de la peinture, c'est le sympathique cuisinier de Rafuse, dont ma mère achetait des reproductions à la pharmacie ou chez Zellers. J'avais toujours cru ça normal ; on m'avait toujours répété que je n'avais manqué de rien, moi qui étais né ma vie toute gagnée d'avance. C'était vrai, malgré ce que voulait m'enseigner l'écart. Reste que j'ignore ce que je foutais parmi ces gens qui pratiquaient le droit, la médecine ou la diplomatie, et qui surtout connaissaient les arts sans les avoir étudiés.

Ça m'avait d'abord séduit d'Andréa qu'elle ne vienne pas de la littérature. Tout de suite je respirais. On pouvait dire qu'elle était cultivée – je travaillais à accepter ce mot vide de sens –, mais elle n'en faisait pas une manie. L'hédonisme lui seyait. Pondérée, jouissant de la vie, un tantinet philanthrope. Bienveillante, vive de répartie. Je me rappelle avoir considéré la possibilité de changer de classe.

Je m'étais doucement laissé glisser dans le délice, puisque ça n'me tuerait pas, jusqu'à recommencer de boire sans ambiguïté. Et on a passé un bel été, surfant sur les braises inégales d'une passion byronienne. C'est ce qu'elle allait me reprocher, notre bel été : t'es un player, J.-P., tu voulais juste t'amuser avec moi ; astheure que l'été est fini, tu ramasses tes jetons, tu rentres chez toi, tu veux plus rien savoir, va chier, ostie de trou-de-cul, et ça se poursuivait, j'en ai bien peur. Elle avait vite imaginé qu'on acquerrait le manoir Rioux-Belzile, à Trois-Pistoles, et qu'on y vivrait heureuses avec nos enfants, à manger de la crème glacée au bord du fleuve. L'idée ne me déplaisait pas, avec une bière ; je n'étais pas insensible au fait qu'Olivar Asselin avait habité l'endroit, ni par ailleurs à la poésie du soleil couchant au soir sa beauté d'ocre sur les flancs charlevoisiens. Je m'étais arrêté à l'évocation de cette image. J'avais imaginé la vie lissée que ça me dessinerait d'un coup. Ça avait cessé de fonctionner.

Impossible de lier au départ les deux rencontres qui charpentent mon récit, celle d'Audrey-Ann et celle de Laurence. De là que je les conterai séparément. Audrey-Ann a d'abord connu l'enseignant que je prétendais être, Laurence l'écrivain que je voulais devenir. Deux masques que je ne portais pas en même temps, sous lesquels elles m'inventaient à leur manière ; on n'est jamais qu'inventée par l'autre, jamais ce qu'on pense être, toujours capturée là d'où l'on voudrait fuir. Et cernée de l'intérieur, à porter toutes nos existences en matriochka. Je voudrais écrire en adieu à ces rôles.

Ces deux rencontres, d'ordres et de contextes différents, finiront par me sembler d'égale importance. Elles se croiseront. Elles finiront par orienter le cours de ma vie[8]. (— OoOoOoh.)

— Qu'est-ce qu'il y a, là ?

Elle sanglote et regarde vers le plancher. Je bois une gorgée d'eau dans ma gourde. Elle pleure. Mes yeux s'em-

8 A.-A. : Comme toujours, émue.

buent que je tente de cacher. Elle ne répond toujours pas. Tout à coup le temps s'étire. On entend bien les oiseaux : la chamaille des oiseaux en sons multicolores. Le décor allait se dissiper, il se resignifie, rendu plus précis, et pourtant plus flou. L'après-midi, les ananas sur la table. Les geckos sur les murs. Chaque chose encore à sa place dans mon bureau à l'envers.

— C'est drôle, t'es important dans ma vie, et tu le sais, je te le dis souvent. Et là, je me sens importante dans la tienne.

La fourchette dans le pyrex. Keclung.

— Pour vrai ?

— Oui.

— Je suis tout ému.

Elle rit.

— Je vais m'ouvrir une bière.

On rit[9]. Je fouille dans le frigo, craque une canette, bois une gorgée. Il fait chaud. Je m'accroche à ce mensonge, je les cale presque comme si elles contenaient de l'alcool. Je recommence à lire.

9 A.-A. : Bec soufflé.

C'était à l'automne 2017, donc, Andréa était venue passer quelques jours chez moi à Rimouski. On a descendu l'avenue de la Cathédrale jusqu'à la librairie, sur Saint-Pierre, puis elle est partie sans le savoir pour la dernière fois. La libraire s'appelait Laurence. Pas très haute, foncée de cheveux, un peu à côté de son corps. Elle m'avait offert de participer avec elle à une séance de signature au milieu des rayonnages. On ne se connaissait pas. Je me rappelais toutefois que j'étais allé la féliciter pour son Prix de la relève artistique, l'automne d'avant, dans le hall de la polyvalente de Causapscal ; j'étais resté planté devant elle et ses deux amis. Un moment. Elle ne m'avait pas répondu. Je considérais mon altruisme fort bien puni par ce malaise. Laurence prétendrait plus tard qu'une pressante envie de pipi l'avait empêchée de répondre. À l'hiver, elle m'avait invité à lire dans une soirée de poésie. Où elle ne m'avait pas salué. Je me demandais quel genre de pékan l'avait socialisée.

L'automne revenu, l'avenue descendue jusqu'à la librairie et Andréa partie pour de bon, je découvrais une Laurence plus jasante. Elle s'intéressait aux sorcières, si elle n'en était pas une. On a parlé des *Fées ont soif* et de *La nef des sorcières*. J'avais quelquefois enseigné ces textes, qu'elle connaissait bien. On trouvait le milieu littéraire complaisant, on trouvait le monde plus cave que nous – ou alors c'est ce que je m'imagine sept ans plus tard. Notre condescendance me délectait devant l'absence manifeste de notre fan-club. Je n'ai signé aucun livre ce jour-là, sauf l'exemplaire de Laurence. Tendre son propre exemplaire est un acte de pitié que les libraires se réservent pour protéger l'ego des autrices qu'elles invitent en signature. Je voyais clair dans le jeu, assez pour en suivre les règles. J'ai badiné.

— T'écris pas ton nom avec un *a*, toujours ? Ce serait une damnation.

Et comme la flatterie réciproque est le miel et l'assaisonnement du commerce humain, j'ai en retour demandé à Laurence de me signer ses recueils pour le père d'Andréa, une amie. Ces livres sont demeurés dans ma bibliothèque.

Par un sursaut de citoyenneté mal réfléchi, j'en étais venu à siéger au conseil d'administration du *Mouton noir,* un journal pas tout à fait animé par le dessus du panier.

— Ça veut dire quoi ?
— Qu'il n'est pas animé par des gens habiles.
Elle rit. Je précise que j'étais de ces poires.

Ce CA était un véritable nid de guêpes, entre autres à cause du directeur, qui en épuisait les membres. Laurence y siégeait aussi. À vrai dire je m'y étais joint parce qu'elle avait publié l'annonce d'un poste vacant. On s'adressait des gros yeux de temps en temps, on désespérait quant aux procédures trop tatillonnes en regard de ce qui aboutissait dans les pages. Le ratio efforts/résultats nous décourageait, ce qui par connivence nous a rapprochées.

Ce journal n'avait pas de moyens, encore moins ceux de ses ambitions. Pauline, une jeune professionnelle qui s'était hissée au rang de présidente, rafraîchissait ce que j'avais pris pour une feuille de chou pseudanarchiste avec des tons pastel et du bois de grange. On débattait de produits dérivés, devait-on opter pour le porte-clefs ou le parapluie ? Ma prédécesseure, partie à mi-mandat dans la chicane, avait démissionné pour des peluches. (*Elle rit.*) On taisait ce mot. Pour que le journal développe une image de marque plus inspirante, plus positive, rappelait Pauline, les membres du CA avaient amorcé l'élaboration d'un plan stratégique quinquennal avant mon arrivée. Ce plan seul devait guider l'avenir du journal. Il fallait perpétuellement le mettre à jour, actualiser ses principes et ses axes, déployer ses stratégies de manière à coupler vision et réalisation. Il fallait suivre les échéanciers et bruncher à l'occasion, et il fallait alors noter des mots et tracer des pictogrammes sur de grandes feuilles avec des marqueurs : mood board, remue-méninges, pour et contre, world café. Il n'y avait là que des techniques éprouvées – auprès d'entreprises locales, régionales, voire de Montréal. Quand on lui demandait ce qu'elle faisait dans la vie, Pauline se disait « catalyseur de changement ». On la croyait sur parole, et à preuve, car c'était écrit sur ses cartes d'affaires.

Les réunions se terminaient toujours tard et dans l'épuisement, après que Mario, un retraité de chez Desjardins, avait rappelé qu'il valait mieux s'en tenir aux chiffres. (Il était trésorier et jardinier en dilettante.) Le directeur à queue de cheval, dont la face rappelait celle du marchand de BD dans *Les Simpson,* aurait eu le temps de prononcer quelques commentaires de mononcle ; Laurence et moi, bien-pensantes, désabusées par conviction, aurions tenté de nous élever à la faveur de grands principes qu'on évoquait avec renardise, la parité, la valeur de l'art, la justice sociale, chaque prise de parole devenant au fil de l'automne un jeu de paon entre nous deux, manière d'exposition contrôlée qui révélait une certaine perspicacité, ici un mystère, là un soupçon de détachement, en tout point, du moins, une complicité. La séance levée, nous débouchions dans le stationnement du cégep et la nuit. Thomas nous suggérait d'aller boire un verre au Bien le malt. On acceptait parfois. C'était un mec sympa, Thomas. Un peu déçu de n'être pas Godard, et qui perdait le fil de ses propres philosophies. Ça me ressemblait. Plus l'automne avancerait, plus on lui mentirait pour se retrouver seules et plutôt boire ensemble, Laurence et moi.

Audrey-Ann se tortille.

— Ça va ? Tu veux-tu te tasser du soleil ?

— Non.

Elle déglutit. Elle se penche pour voir l'écran de l'ordinateur malgré le reflet. Elle ne parle pas beaucoup aujourd'hui. Elle écoute et pique des morceaux d'ananas, qu'elle mastique longuement dans la joue, qui l'étouffent.

— Non, je regarde on est où.

Je sens aussi qu'elle a mal, qu'elle est fatiguée. Je me vois un peu du dehors lui raconter ma vie en souhaitant que ça lui plaise et l'instruise. Elle m'a posé tellement de questions sur ma vie sentimentale, hier, pourtant je sens qu'elle aurait pu dire : je regarde où je suis dans le texte. Ce sont mes peurs qui parlent quand je lance à la blague :

— Est-ce que je supprime ces pages-là ?

Ma question la surprend.

— Euh, non ?

Anne Lamott : « Je pensais, avant de signer mon premier contrat d'édition, que publier serait tout de suite gratifiant, une expérience enrichissante et romantique, une publicité Hallmark où l'on traverse au ralenti un pré de fleurs sauvages pour sauter dans les bras de la reconnaissance et de l'estime de soi. ¶ Ça ne s'est pas passé comme ça. ¶ Pour la plupart des écrivaines, les mois qui précèdent la sortie d'un livre sont peut-être ce que la vie a de pire à offrir, un peu comme les vingt premières minutes d'*Apocalypse Now,* avec Martin Sheen qui décompense complètement dans la chambre d'un motel à Saigon. L'attente et les fantasmes, soient-ils heureux ou sinistres, auront raison de vous. » (*Bird by Bird*)

Riad Sattouf : « *Petit verglas* était enfin sorti. J'avais si souvent rêvé de pouvoir publier un livre ! Pourtant, maintenant que c'était le cas, je ne ressentais pas grand-chose. J'étais insatisfait de mon dessin, que je trouvais faible... » (*L'Arabe du futur 6*)

Puis il y a eu le Salon du livre de Rimouski. Je n'étais d'avance pas client de ces événements. Passé de l'autre côté de la table, je ne raffole pas davantage qu'on nous aligne dans la salle de bal d'un vieil hôtel, désespérées et vendeuses de chars confondues. Les néons crus ne révèlent que trop ben nos défauts. Quelques heures sur la place du marché et les lèvres nous gercent, effet de la poussière des tapis et de l'air vicié.

*Le Mouton noir* collaborait à l'organisation d'une série de conférences a priori intellectualisantes, regroupées sous le thème « Modeler le futur ». La nature de cette collaboration était telle que nous fournissions la pub et les bénévoles, mais nous taisions quant au choix des invitées. J'ignore ce qu'on obtenait en retour si ce n'est qu'on croyait important d'aménager un espace pour la réflexion au cœur de cette fête de l'instantané. J'avais accepté d'introduire Raôul Duguay. À moitié par curiosité, à moitié par grandeur d'âme. Le plaisantin, une fois sur place le vendredi soir, ne se laisserait par contre pas introduire. Il a livré sa spiritualité, zappé d'une diapo à l'autre, appelé lui-même les questions dans la salle, après quoi on l'a vite escorté vers sa table de signature. Il jouissait d'une autonomie si pleine que je n'ai pas même eu le temps de lui offrir mon petit livre forestier, dédicacé à son intention dans mon sac. Je n'en avais plus tellement envie, je dois l'avouer, la gêne m'avait coupé l'élan. Le mythe s'était déjà érodé quand j'avais reçu sa biographie publiée au Centre de relation d'aide de Montréal, une maison versée dans la croissance personnelle. Il achevait de se dissiper pendant que je ramassais mes feuilles inutiles dans l'écho de la salle de conférence, plongée dans son vide, le mien, celui des rangs de chaises en plastique, et cette noirceur dont on devinait un fleuve de l'autre côté du boulevard.

Je me rappelle ma désorientation quand j'ai descendu l'escalier bifurqué du hall pour regagner le bruit blanc des échanges commerciaux, de la petite monnaie des fonds de caisse, des roulettes de ruban adhésif. Je n'appartenais à aucun réseau, je ne connaissais personne, je marchais seul dans l'allée des exposantes, sinueuse d'un beige qui tirait sur le sombre. Sans destination. Le couloir défraîchi, à cette heure où on l'avait saigné de ses clientes, découvrait l'envers du décor, l'œuvre de mort tapie dans chaque chose qu'il vendait. Une nécrose qui se dissimulait d'ordinaire sous la clameur des groupes scolaires venus jouer à la tag entre les vedettes de télé et les œufs de dragon. Un spasme de dégoût m'a secoué. Pas que j'avais quoi que ce fût contre les chanteuses et animatrices de quiz qui, pour amortir l'achat d'un chalet en Estrie malgré une carrière ronflante, sous-traitaient la rédaction d'un livre de recettes que Radio-Canada s'empressait de commercialiser ; pas plus d'ailleurs que j'en avais contre les désespérées, dont j'étais ; et les vendeuses de chars m'ennuyaient, je le crains (*elle rit*) ; seulement l'expression *industrie du livre,* fosse étroite, révélait l'acuité d'un pourrissement.

La cadavérisation béate des médias conspirait avec elle à nous opacifier – au-dehors comme au-dedans. On prenait l'encart publicitaire pour modèle ou succédané de la critique littéraire, et à vrai dire toute communication y cherchait son télos. Chaque segment, à la radio d'info, nous vendait une expérience bien-être, une voiture écologique, une sortie-spectacle, un investissement dans l'or, l'ingrédient clef d'une recette ou l'émission d'ensuite. Et maintenant des livres, à l'occasion du salon, ce qui valait bien le reste tant lire n'était plus la question. Tant lire n'était plus l'enjeu du livre qu'il fallait vendre.

Chaque nouvelle incursion du livre dans l'espace public semblait en effacer le texte et les rapports auxquels il donne lieu. On acquiesçait, on buvait cette jactance étalée. On avait troqué le rapport au sens contre une pratique libératrice de la culture, de la consommation et de la culture comme mode de consommation. Les causeries racoleuses, les conférences promotionnelles et l'esthétique du showcase ayant rénové les médias d'État étaient la partie visible d'une déliquescence plus profonde, qui avait institué dans son sillage une absurdité : l'artiste-entrepreneuse. Concept sans opposition, qui menaçait l'art d'une égression universelle. Au diable la bohème. Une poignée de marchandes en fin de journée s'activaient de part et d'autre de ce passage de tapis bourgogne et me volaient des réflexes hagards. L'une rangeait ses gains dans une bourse de nylon, l'autre renversait l'affichette du deux pour un jusqu'au lendemain matin, aucune ne sentait plus l'élastique de son nez de clown. C'est hélas dit sans métaphore. Peu s'en fallait que des maisons d'édition ne lancent leur propre version du programme Aéroplan – ce qui ne tarderait plus. Je n'y arriverais pas, je le sentais. Réprimer cette colère rejaillie de très-loin. Je n'arriverais pas à y échapper, c'était en moi. Les vers se hâtaient au travers de mon corps.

J'ai fini par croiser Stéphane près de la porte de la grande salle. On avait tous deux publié au Quartanier, mais on ne se connaissait pas très bien. Il dégageait une forme de placidité en contraste avec mes hantises en roue libre. Quelque chose de lui refusait aussi ce pénible cirque. Peut-être parvenait-il seulement à le cacher mieux. Il voyait probablement ce qui se passait à l'intérieur de moi. Il semblait planté dans ce couloir à seule fin de me prouver que je n'étais pas le premier sur terre à désespérer sans remède. Il a posé une main amicale sur mon épaule. Lui et les autres allaient souper à leur location, il m'invitait. J'avais été jaloux de son livre l'année d'avant; maintenant qu'il m'accueillait, je l'aimais d'un amour qui ne se démentirait plus. Si j'ai voulu simuler un grand détachement devant sa voix de coffre, tout de mon corps devait dire : désirez-moi, désirez-moi. J'avais besoin d'hospitalité, d'un lieu quelque part à l'abri de moi.

La location était une maison lambrissée. Les souvenirs musicaux qui y ornaient les murs me rappelaient le propriétaire de mon dernier appartement à Montréal, en face du parc Baldwin. Je descendais mensuellement au sous-sol et frappais à la porte : il m'ouvrait en robe de chambre, sur un arrière-plan de disques d'or et statuettes. On s'échangeait un bulletin météo, je lui tendais le paiement comptant. Il était bon propriétaire. J'oublie les chansons qu'il avait produites et qu'il me listait sans parvenir à me les faire entendre. Il était fier d'une fierté dont je n'avais pas été témoin. On se saluait et je remontais chez moi. Je croisais parfois dans les marches des jeunes femmes, courtoises, qui venaient lui tenir compagnie. Il avait un spa dans le stationnement.

La maison rimouskoise où j'entrais ce soir-là inventait un espace littéraire, au moins par les personnes qui l'habitaient temporairement. Qui l'habitaient sans moi, qui habitais Rimouski. Moi qui en étais sans en faire partie, comme tout s'était toujours déroulé. Je cherchais ma place parmi des personnes qui ne toléraient pas mieux que moi les salons et d'autres qui, au contraire, s'y trouvaient dans leur élément tout à fait. La littérature existait peut-être ici, en marge du salon, ou plus certainement dans une pensée vernaculaire du texte et de sa possibilité – je crois ? L'alcool nous baignait de ses flots délicieux. L'ambiance et le vocabulaire suggéraient qu'on formait une famille ; avec une certaine parenté d'esprit, un ordre symbolique, une étrangeté dont le foyer inquiétait le sens de cette métaphore. Une famille dysfonctionnelle, comme toutes le sont, ses membres allant dans le monde sans trop se soucier des autres, tant pour l'honneur, tant pour l'infamie.

Je devais tenir le kiosque du *Mouton noir* une partie du samedi. On y vendait des t-shirts, des sacs réutilisables, des épinglettes et des coupons de tirage. Les journaux, on les donnait – avec cette particularité inexplicable qu'on en vendait toutefois l'abonnement. En s'abonnant, l'anonyme devenait « ami du *Mouton* » ; la philanthrope, en allongeant la générosité d'un pouce ou deux, devenait « grand ami ». Allez dire après ça que l'amitié ne s'achète pas.

J'arrivais au salon pour m'acquitter de ce rôle de forain, peu après l'ouverture et que j'avais émergé du coma, ça fourmillait déjà alentour de la porte arrière de l'hôtel. J'ai signalé pour entrer dans le stationnement. J'ai passé le trottoir – au bon endroit, je le jure – et j'ai entendu le muffler casser en deux. Le moteur s'est mis à rugir comme celui d'un dragster, le tuyau à frotter contre l'asphalte. (*Elle rit.*) Tous les regards sur moi. Une triomphale entrée en scène. Je me suis stationné. Non, ça va, merci... Je me suis pas blessé, non ; on se blesse pas en cassant son muffler – à moins de s'empaler avec[10]. Il était dû, en effet. Toute bonne

10 A.-A. : LOL.

chose a une fin, oui[11]. Couché à plat ventre, je constatais la répartie populaire et les dégâts : le support avant avait cédé, le tuyau tout grugé par la rouille s'était démantibulé à la hauteur du flexible. Le pot de détente ressemblait à un mille-feuille. J'avais faim, je n'avais pas déjeuné. Je me suis relevé dépité de cette nouvelle dette à l'endroit du garagiste. J'ai secoué les mains, balayé mes jeans, mon manteau de laine. Ouin, ouin, ouin, me suis-je dit, ouin, ouin, ouin, ouin, ouin. On va gérer ça plus tard. Et je suis allé me fondre dans la foule en espérant qu'elle m'avalerait pour de bon.

Au sortir du spectacle de *La vie littéraire*, en soirée, quand Mathieu Arsenault a eu bien achevé de me renvoyer le charlatanisme de mon apathie, je suis allé boire au Bien le malt avec Laurence. Elle était une marionnette de Mourguet exilée sur le sol au milieu des huées, des rires, d'une rumeur égale et mêlée de rock qui est allée se perdre, quand on est entrées, dans cette phrase et la buée de mes lunettes. Elle gesticulait avec des mains de bois, les deux pieds dans de drôles de souliers de cuir qui l'empêchaient de marcher à son aise. Là-bas debout devant le comptoir comme en un triste castelet, à attendre nos pintes ; pendant que je réservais une table et retirais mon foulard d'écrivain. Elle dissimulait maladroitement, sous des gestes maladroits, un mal-être profond. J'avais envie d'être avec elle.

On a bu jusqu'à manquer de cigarettes.

On s'est entendues pour rentrer chez moi en taxi après un croche par le dépanneur.

11 A.-A. : Oh oui.

On a ouvert du vin et *Le Mouton noir* sur mon étal de fleuriste. Laurence s'en voulait à mort pour un texte qu'elle avait laissé paraître dans le cahier culturel et qui valait désormais des critiques à sa qualité de rédactrice en chef. On a relu l'article en question, objectivement pataud. Même en s'y prenant différemment, via la « voix citoyenne », et mues par la volonté qu'avait *Le Mouton* de se montrer « plus mordant que le loup », on ne livrait pas beaucoup mieux que les grands journaux.

— Mais les chroniqueuses de métier lisent même pas les livres ! pestais-je. Elles découpent avec leurs gros ciseaux des extraits du communiqué de presse et de la quatrième de couverture, parfois une ou deux attaques de chapitre, et elles gomment tout ça de colle Pritt et, même si aux coins la colle dépasse, dans les pages d'un journal déjà médiocre ç'a des airs d'article érudit.

Cette pratique du bricolage, il est vrai, avait quelque chose du mandala. Elle pacifiait grandement les sections Livres, Culture ou Arts de vivre, quantifiées sous tous les rapports, cédant à l'entrevue quand le sujet trop personnel d'un texte interdisait qu'on en attaque la forme bancale, multipliant sans fin les palmarès et les notes étoilées pour réduire autant que possible la nécessité de recourir aux mots. C'était un fait, et qui ne jouissait pas toujours d'une syntaxe. Comme dans les pages du *Mouton*.

— À une époque pas si lointaine, me suis-je emporté, les critiques littéraires, c'étaient des gens qui engageaient avec les œuvres un dialogue soutenu. Sans limites. Une relation généreuse moins pour l'œuvre elle-même que pour la pensée.

C'était sans doute moins vrai qu'un peu réac et en tout cas pas très nouveau. La réaction est un moment de l'amertume. Idéalement on n'y stagne pas. Alors on a tassé la table avec ses plantes, et on a dansé et bu. Il y avait déjà une musique pour éprouver ces moments : Sylvan Esso, Agar Agar, Rhye. Des chants qui m'imprègnent aujourd'hui d'une perte intangible, et on a encore bu. On a passé la nuit à danser. Des relances de chansons quétaines : Claude François, Desireless, Mylène Farmer. On parvenait ensemble à être démodées ♪♪ plus loin que la nuit et le jour ♪♪. D'ici quelques semaines, *Footloose* joindrait nos mains pour la première fois, dans le salon de son appartement. On continuerait de danser en bas des escaliers de métal dans la gravelle. La musique n'importerait plus. Pour lors cependant, le téléphone de Laurence n'arrêtait pas de sonner, jusqu'à la boîte vocale et il recommençait. J'avais mal, je me revoyais à l'autre bout du fil, toute une nuit de temps, supplier la mère de Marcel·le Thibodeau, où es-tu ? mais reviens, te dis-je ! Je lui ai demandé d'éteindre la sonnerie. Elle est sortie fumer.

— « J'avais mal », parce tu savais que c'était son mari ?

— Ouin.

Elle rit. Ce n'est pourtant pas si drôle.

La faim nous attendait aux portes du matin pour marquer le cycle qu'on avait rompu. Le Normandin allait ouvrir. La noirceur de novembre nous contenait. On a pris un taxi, une assiette brunch pour elle et une campagnarde pour moi. Elle a mis plein de ketchup et n'a rien mangé.

— Tu manges pas ?

— J'ai pas faim, finalement.

Je n'ai pas compris. C'est comme si les fils s'étaient emmêlés à la croix d'attelle et que la fourchette dans sa main ne parvenait plus à descendre jusqu'à la nourriture. Il lui faudrait un jour refaire l'ensecret – mais cette histoire lui appartient. J'ai avalé mon plat et pignoché dans ses patates.

On a rempli la grille de mots croisés côte à côte dans la banquette, on s'est écœurées de café. Le salon rouvrait à dix heures. Il restait quatre heures à tuer et c'est à peine si le ciel rosissait.

On a marché vers la plage, derrière un vieux motel blanc et rouge. J'ai regardé le fleuve, le ciel, les herbes et l'île Saint-Barnabé.

On s'est allongées sans rien dire dans le sable et les coquillages concassés. C'était la seule tendresse qu'on avait, ne rien dire, ne rien réclamer au silence. Il n'était pas question qu'on se touche, que nos mains s'effleurent. Il n'était pas question de ça.

> — Pourquoi ?
> Ma voix gênée :
> — Parce que c'est comme ça.

Il paraît que je me suis endormi et que Laurence n'a pas dormi. Elle m'a regardé. J'ai respiré fort, j'ai ronflé. Elle a souri, peut-être. Mignon, c'est le mot qu'elle m'avouerait plus tard. Le vent du large était froid. Quand le Dollarama a ouvert, à huit heures, on est allées s'acheter des couvertes de polar et des gants (*elle rit*), et on est retournées à la plage. Ça m'a allégé, cette fois-là, de ne pas avoir à dormir seul, de ne pas penser à dormir. (— Oh.)

J'avais du mal à dormir seul. Je n'osais pas écrire à de vagues connaissances : viens-tu dormir chez moi ? Notre rapport au lit est trop codifié. (— Oui, pis c'est laid.) Je bernais les gens. Je les invitais chez moi pour boire et, quand ils voulaient baiser, je m'endormais à côté d'eux, ou dans leurs bras s'ils avaient commencé leur petite affaire. D'abord irréfléchie, la fraude avait fini par se signaler à ma conscience dans le courant de cette période-là, ou tandis que je l'écris – comment savoir. Je préférais l'alcool à leurs aigres jus, si l'on peut dire, le coma à leurs caresses.

La sexualité me cause un blocage, mais nos relations ne s'en passent pas. Les blagues à la radio, à la télé, au bar ou dans les salles de classe, elles insistent toutes : avoir tiré un bon coup la veille, voilà le sens de la vie, voilà le rêve. L'ordinaire du langage en regard du sexe déteint sur tout. À Rouge FM comme dans un texte soi-disant contreculturel, quel que soit le tour qu'il prend, il célèbre toujours l'inéluctable nécessité de nous mettre les unes les autres. (*Elle rit.*) Le sexe a tué mes relations et leur beauté. Il s'est infiltré partout, dans la théorie qui me tenait lieu de refuge, dans le militantisme qui me trompait d'espoir, au fondement même des identités où j'ai tenté de me reconnaître. C'est si puissant qu'écrire « le sexe a tué mes relations et leur beauté » m'insupporte ; c'est une phrase par laquelle je me sens faible.

— C'est-tu too much ? lui demandé-je.
— Non, m'autorise-t-elle.

Je détestais qu'on me touche. J'avais déterminé que les

personnes en couple insistaient moins, qu'elles comportaient moins de risques que je me réveille avec quelqu'un qui se frotte, qui me joue après, quelqu'un qui me reprocherait le lendemain de n'avoir pas participé à une activité qui ne m'intéressait pas, avec quelqu'un qui me réécrirait des messages de haine pendant des mois parce que je n'avais pas donné suite, pas rappelé.

— ~~Tu fais allusion à ton agression~~ ?
— Comment ?
— Tu parles-tu de ton agression ?
— Ce serait too much, là.

Sandrine était mariée, je l'aidais avec une exposition qu'elle préparait, et on s'allongeait, le temps passait. Anthony était en couple. J'aimais qu'il soit un petit ours pour monter la garde, avec ses yeux bleus remplis de bière, tout vitreux. Laurence aussi était mariée. J'allais boire avec elles, on chialait, on rentrait. On buvait encore un coup et une fatigue grosse comme l'univers nous assommait. Les trois se sont relayées sans le savoir, leur présence m'apaisait. Parfois je dormais, je leur dois ça.

J'ai bondi sur le praticable noir du café de l'Hôtel Rimouski, mouvement surjoué, à moitié pour vaincre la fatigue, à moitié pour montrer l'entrain avec lequel je répondrais aux quelques questions qu'on m'avait déjà posées à la radio communautaire deux semaines plus tôt, lesquelles en tout point se résumaient à ceci : qu'est-ce que je pensais donc du territoire ? Je découvrais qu'écrivant des histoires qui se déroulent en dehors de Montréal, je ne serais jamais invité qu'à parler de territoire. Quand bien sûr on m'inviterait quelque part. J'ai lu un extrait et j'en ai été quitte pour retourner trimbaler ma mélancolie de centre d'achats dans le couloir au tapis bourgogne.

J'apprenais les conventions de ce monde social une défaite après l'autre. Les mécanismes publicitaires – rubriques notées, prix, entretiens – nous plaçaient toutes en concurrence. Ils exemptaient les gagnantes de la convoitise en posant sur elles une grâce unique, assez proche d'un salaire qu'on aurait pris pour un salut. Une convention consistait à n'en rien avouer publiquement, à se comporter en bon produit. Une autre de ces conventions était que les gens se reconnaissaient sans se connaître. Par son association à un titre paru de frais, un nom devait suffire à replacer chacune dans la hiérarchie des maisons d'édition, des critiques et des prix, ce que coloraient ensuite les ragots. Il arrivait, selon le degré de superficialité des conversations, qu'on n'ait que le prénom pour supposer le patronyme et l'œuvre. On pouvait alors mener son enquête en catimini. Ou offrir sa reconnaissance à l'aveugle, c'est-à-dire tomber d'accord symboliquement. Le jeu admettait aussi qu'au fil d'une discussion où l'on avait affiché une certaine familiarité depuis quelques minutes à s'échanger des bons mots, à médire avec bienveillance du milieu (car la discussion délimitait un espace où l'on tâchait de se singulariser par rapport à l'ensemble), on demande à l'autre son nom de famille, Sabrina quoi, déjà ? Cela appelait en revanche, une fois le patronyme mis au jour, un désendettement presque immédiat qui s'exprimait en termes d'évidence, c'est ça je me disais ! et de confirmation, j'ai vraiment aimé ton livre ; alternativement : j'ai pas encore eu le temps de lire ton livre, j'ai vraiment hâte. (Il n'y a pas de Sabrina, cessez de chercher.) Les subtilités du modèle décrivaient une verticale. Plus s'élevait une personne, plus la reconnaissance se portait à la charge des échelons inférieurs, ce qui indiquait aux novices l'initiation : se présenter en présentant surtout l'autre. L'habitude était à en dire plus qu'on en savait. Les cocardes fluidifiaient ces interactions, où chacune remplissait le double rôle de produire et de préserver sa face comme celle de ses vis-à-vis. Je fabulais peut-être. Peu de gens me prenaient au sérieux, j'avais au moins cette chance.

J'ai franchi le pas de la grande salle.

Dans le kiosque du Quartanier, je devais continuer de

m'inventer cette sociologie de comptoir pour justifier ma futilité. Un quinquagénaire en veston, à une largeur d'allée devant moi, se dissimulait la sienne par d'autres stratagèmes : il se faisait appeler docteur. Quelques clientes s'arrêtaient parfois dans son aura, mais elles ne s'y installaient jamais ni ne repartaient avec son guide d'interprétation du langage non verbal. Elles magasinaient, elles flânaient, elles tuaient un après-midi entre amies. Le docteur jouait avec ses gros sourcils et son verre de styromousse, ce qui voulait dire qu'il s'ennuyait et n'avait plus de vin blanc.

Il arrivait aussi qu'il me regarde. Il me considérait d'un œil entraîné, furtif. J'étais bien là à sourire d'envies lugubres, mauvais sans le montrer. Le docteur me tenait, ha ha ha, et il m'a observé plus creux, comme je l'ai observé.

C'était un assez bon livre que le sien, débouchant presque sur la télépathie. J'ai attrapé une bouteille de blanc dans mon sac à dos sous la table, rempli discrètement mon verre et esquissé à l'intention du docteur une grimace qu'il a su décoder. Il est venu se resservir. Cette socialité était la plus douce, la plus simple, la seule que je comprenais. Le reste des usages me semblaient à jeter aux poubelles. Beaucoup de gens acceptaient pourtant sans grand mal que les mots prononcés dans les salons ne signifient rien, que sacrifier le sens y achève au contraire l'agrégation. Le docteur (en anthropologie) concluait que j'avais raté le rite de passage du fait de mon intransigeance. L'intransigeance ne menait nulle part, précisément. Je l'ai remercié pour son diagnostic. Il a franchi mollement l'allée et regagné sa table.

Les clientes et les cris d'enfants se clairsemaient dans des langueurs dominicales. Je repensais à cette nuit aux yeux d'ambre. Peut-être. À ce qu'elle avait inversé du fleuve pour y mettre un peu de nous, au silence qu'intiment les berges. Non. J'aimerais pouvoir dire que je m'accrochais aux quelques instants de beauté qui avaient su inciser la douleur d'une gaieté feinte. Je ne me rappelle pas si je mentirais. Je sais par contre qu'elle a été longue, cette ultime heure d'humiliation, et pire lorsqu'on me disait :

— Vends-moi ton livre !

La foire a trouvé sa fin, et moi mon char dans le stationnement. Câlisse fut le mot. Ça m'est revenu en le voyant. On va gérer ça plus tard, on va gérer ça plus tard. Eh ben, comme on le dit dans le domaine de l'optimisme : l'avenir, c'est maintenant. Je me suis recouché à plat ventre le long de la roue arrière. C'étaient de beaux dommages que ceux-là. Suffisait peut-être que je tire ben fort sur le muffler pour l'arracher... J'ai tiré. Ça n'a pas bronché. L'auto tenait à son membre et refusait l'amputation.

J'ai ouvert le coffre pour évaluer mes options. J'avais cent pieds de corde à linge verte qui avait autrefois servi de laisse à chien. Te voilà, bienfaitrice ! J'ai lancé le rouleau sous la carcasse d'un bord à l'autre pour l'enrubanner. Puis par-dessus, hop ! Et j'ai tendu le câble de toutes mes forces, risquant un triple nœud mais n'étant pas matelot. La gaine de plastique laissait couler le nœud à mesure, pourtant sans qu'il contînt mon cou ; j'ai entortillé le câble en haut du châssis, pour les accents circonflexes, j'ai tendu, tendu. Oh hisse et sans succès. Le tuyau touchait toujours au sol que je reprenais mon souffle. Souqueur incompétent. Je suais dans mon lainage.

J'ai pensé appeler une remorqueuse. Pas envie d'attendre, pas envie de navetter entre le garage et chez moi. Étais-je de cette race d'individus qui capitulent au premier combat ? Une partie de moi croyait au contraire qu'il s'agissait de vouloir afin de pouvoir. Je n'en avais tout de même pas des lieues à parcourir. . . . . . . . . J'ai passé les yeux sur la Caisse populaire, sur l'hôtel. J'ai envisagé le boulevard, pour fondre mon bruit dans le vacarme. En dernière analyse, mieux valait emprunter un chemin discret.

J'ai embarqué. Dans un film, c'est là que j'aurais inspiré profondément, mais je n'avais pas envie de ça non plus. J'ai tourné la clef dans le contact sans cérémonie et je suis parti. Une pétarade coiffée d'un grand son métallique. Je me rentrais les épaules comme pour éviter un coup sur la tête. Un mouvement vain, imbécile. (*Elle rit.*) Je suis imbécile et vain. (*Elle rit davantage.*) J'espérais fuir un son qui me suivait. J'ai pris la rue Ringuet, ça ne s'invente pas, jusqu'à Saint-Pierre, de Saint-Pierre j'ai tourné à gauche sur la côte Belzile et je me suis traîné le muffler et le tutu d'étincelles et le crissement jusqu'à Notre-Dame, avec le beding-bedang que l'exercice suppose à la hauteur du chemin de fer. (*Elle cherche son air.*) Un homme m'a klaxonné agressivement juste avant que j'aie le temps de tourner à droite sur ma rue. J'arrivais presque chez moi. Presqu'enfin. C'était fini.

Je n'avais pas d'idée pour tuer ma soirée. J'étais trop mort moi-même. J'aurais voulu dormir, je n'y arrivais pas, j'avais peur de dormir. J'ai pris des somnifères, mais j'ai tout de suite eu peur de ce qui arriverait si je m'endormais. La panique m'a cerné[12]. Je suis allé les vomir et j'ai essayé de respirer. J'aurais voulu que quelqu'un me veille, que quelqu'un m'empêche de goûter ce fragment de mort emprunté. Je devenais sans aide. Ma poitrine ne se calmait pas. J'essayais de respirer. Rien ne nous sauverait. J'ai écrit à Laurence que j'avais peur et je me suis ouvert du vin. Une nuit entière à épuiser. Boire pour lénifier l'angoisse. Avec un peu de chance, lundi reviendrait. Quel ravage.

Une assiette cogne contre le verre. Je mange et mes propres bruits de bouche, sur l'enregistrement, m'énervent.

— ~~T'aurais-tu aimé ça que ta mère soit là~~ ?

— Comment ?

— T'aurais-tu aimé ça que ta mère soit là ?

— Ma mère ? C'est pas à elle que j'aurais pensé.

12 A.-A. : J'ai mal pour toi. J'aurais aimé être là pour toi.

L'insignifiance des salons du livre, à présent que je l'avais goûtée, m'entravait la gorge. J'avais commencé l'année fébrile à l'idée de publier deux livres. Je l'achevais en désavouant au moins le premier. Il m'était arrivé horrible, l'intérieur sur papier blanc, la couleur variait d'un exemplaire à l'autre, la couverture semi-lustrée se rayait. Une laideur criminelle à côté du soin exquis qu'on avait prêté aux tomes de *3 fois par jour*. Quant au deuxième, le désaveu ne tarderait pas. Je ne supportais pas d'y voir mon nom ni tellement de l'entendre. Sorte de dysphorie. Je n'arrivais pas à me dire auteur ni écrivain. Mes propres lancements m'avaient malaisé au point que, sur place, je niais presque avoir donné un livre dont en principe on était venues reconnaître l'existence. On ne termine pas un livre, écrit René Lapierre, on l'abandonne. Je ne portais peut-être pas la force de cet abandon. Publier ces textes en avait fixé la forme et me les avait arrachés avant de me les renvoyer comme un grand défaut de vanité.

La littérature était le seul aspect de la vie qui me tenait à cœur et je ne pouvais plus l'épargner. C'était une fabrication. J'avais cru à sa sincérité, qui n'était qu'une pub, et à sa vérité, ce qui se révélerait plus douloureux encore.

J'entamais un deuil, un deuil honteux qui me forçait à revenir en boucle sur cette monstration, à regretter l'abjection de laquelle je naissais.

Une douleur me travaillait le ventre en permanence, un labeur infernal qui me perçait au flanc droit. Quand elle devenait trop aiguë pour la bière, je m'en tenais au vin, que j'achetais par caisses, à l'instar de mon père. Revenue de gestion intime aux êtres sans spiritualité, l'angoisse se ritualisait en moi. Elle me dupait dans le sentiment irrémédiable de son originalité. Voir une psy ? L'implorer de me mentir bien. Qu'aurait-elle pu pour moi, simple mortelle ? Me prendre dans ses bras, je l'imaginais me bercer. Ma peur de la mort contenait une peur de la vie. J'étais timoré. La pharmacienne n'avait rien pour soulager mon hamlétisme, et mon médecin, à Québec, me verrait dans six mois, si j'arrivais à obtenir un rendez-vous auprès de sa secrétaire. Il n'avait pas le temps de m'en dire plus au téléphone et celle-là me demandait de rappeler lorsque le calendrier existerait. Le jour de ma guérison restait à inventer. Je me contentais de boire davantage, ce que la pharmacienne, dans sa mansuétude, appelait de l'automédication.

L'automne s'est épaissi et n'arrêterait plus de s'assombrir. Je n'en voyais pas le bout, je ne lisais plus que pour enseigner. Je donnais deux nouveaux cours en plus de mes deux groupes de *Littérature québécoise*. Je rentrais crevé à la maison pour continuer de préparer des leçons, de corriger, surtout pour boire jusqu'à tant de tomber. La nuit m'assaillait sans les armes du sommeil. La disparition possible de mon père m'affolait, qu'aucun mot ne l'atteigne plus, qu'on ne soit plus jamais rien l'un pour l'autre, et tout ce qu'impliquait le néant que j'ignorerais à l'infini; un sentiment d'implosion, pressentais-je – et il m'avait envahi.

J'écrivais la nuit, car c'est tout le temps que j'avais, des histoires que je destinais à l'enfant sans naissance. Cette écriture était un repli tactique, religieux, qui sacrifiait beaucoup à l'ascèse et cédait à la magie. À la puissance performative du dire. Contre l'uniformité classique, j'avais choisi l'hétérogénéité grotesque et régénératrice. Je voulais inventorier tous les modes et toutes les formes du discours, toutes les inflexions de la voix, ses tonalités, et fonder un verbe total, capable d'insuffler la vie. Un logos. Parfois, quand le petit jour prenait, je parvenais à me leurrer assez pour entrevoir l'enfant au confluent d'une phrase et de l'espace qu'elle nous avait créé sous les signes, là où se terre le sens : un royaume sale et souillé, où la folie prenait sa revanche. On n'est que des êtres traversés de langages; c'est de ce tissu même que naissait Thibodeau. Sa doudou dans une main, son linceul dans l'autre. J'étais intoxiqué.

Le mot avait commencé à courir que le directeur du *Mouton noir* avait profité d'un party du salon du livre pour taponner une femme qu'il avait ensuite insisté pour raccompagner – ce à quoi, par bonheur, d'aucunes s'étaient objectées. Le conseil d'administration avait convoqué une réunion d'urgence et Laurence y arrivait avec des lettres de la victime et d'un témoin. Je pensais m'engager dans un projet citoyen nécessaire, j'étais prêt à rattraper un budget à coups d'astuces et de pubs niaiseuses. Je n'avais jamais rêvé de gérer les retombées organisationnelles d'une agression. L'événement allait pourtant s'installer, ponctuer l'ordre du jour de nos réunions, déjà cahoteuses, jusqu'à nos départs respectifs, à Laurence et à moi, devant la stagnation du journal.

Huis clos, analyse des normes du travail, discussions circulaires. Pas un avis qu'on n'ait ressassé, si bête fût-il. Je pense qu'on a tenté de prendre soin de la victime. La vérité, c'est qu'à titre d'administratrices bénévoles, on connaissait très mal les réponses à offrir à la situation. Il y aurait un vote sur les conséquences, sur les mesures à mettre en place. Et d'autres discussions sans effet sur les causes, et des causes sans effets. Congé payé forcé (ce qui ressemble toujours à une récompense), probation assortie de ses conditions, suivi de probation. Un processus à n'en plus finir, aussi baigné d'espoir qu'il s'avérerait inutile.

Quel ravage, le salon du livre. L'ai-je dit ? Quel ravage.

Sénèque : « Personne ne doutera de l'énergie considérable déployée à ne rien faire par ceux que captivent d'inutiles recherches littéraires, lesquels sont légion de nos jours, même chez les Romains. Ce fut d'abord une maladie des Grecs que de se demander le nombre de rameurs dont disposait Ulysse, ou laquelle avait été écrite en premier, de l'*Iliade* ou de l'*Odyssée*, puis si elles étaient d'un même auteur, et autres fariboles à l'avenant, que l'on gardera pour soi sans rien y gagner en richesse intérieure ou que l'on publiera sans passer pour plus savant, mais seulement plus pédant. » (*De la brièveté de la vie*)

Audrey-Ann était absente depuis une semaine[13]. L'assiduité de Jaëlle commençait à fléchir ; Pierre-Luc, lui, se persuadait qu'il réussirait le cours s'il amenait ainsi son sujet : « Depuis très longtemps, la littérature est présente dans nos vies et dans notre société. Je dirais même qu'elle est primordiale au bon fonctionnement de notre collectivité et de notre société. » Il ajoutait, pour orner la chute de son essai, une charmante citation de Louis de Bonald[14] : « La littérature est l'expression de la société, comme la parole est l'expression de l'homme. » Pierre-Luc maîtrisait l'art de soigner son entrée et sa sortie. J'avais, corrigeant, levé mon verre de rouge à ces bons mots, qu'un noble avait écrits sans vouloir reconnaître, dans les textes de ses contemporaines, la Révolution française comme l'expression de la volonté du peuple. Peut-être avais-je impressionné Pierre-Luc avec mon discours carabiné sur le français royal tel qu'on l'a préservé en Canada depuis la colonisation. Cette

13 A.-A. : J'avais quoi, encore ? empalée par un muffler ? Ahahhahahha !

14 Who the fuck is Louis de Bonald, m'étais-je demandé en courant vers Wikipédia.

leçon passe-partout produisait toujours un bel effet pour légitimer le parler de mes rurales élèves.

Audrey-Ann Bélanger a écrit le mer 8-nov-2017 à 17:16 :
Salut Jean-Philippe,
Je ne suis pas en forme cette semaine et je me suis fait hospitaliser hier. Je suis ressortie aujourd'hui. Je suis sur la grosse morphine. Alors c'est pour ça que j'ai raté la semaine. On fait ça comment pour l'évaluation de lundi ? Si on le fait juste nous deux, que dirais-tu qu'on s'appelle ? Merci.

Audrey-Ann avait proposé qu'on parle d'amour au téléphone (la question 1 de ma consigne), ce qui fut fait. Nous traversions l'ère des tables rondes. Non celles des chevaliers ; elles portaient sur *Les luttes fécondes*. Ce livre avait bien marché à l'été. Pas plus fou qu'une autre, je l'avais remis au programme à l'automne. Il m'aidait à vulgariser des idées que je retournais depuis le début de la session : la résistance, le lien sensible aux êtres et aux choses, la liberté. Et bien sûr, comme Audrey-Ann et Gilles Vigneault, il parlait d'amour. Cette chose étrange et insensée que les élèves concevaient selon le modèle de la famille nucléaire. Audrey-Ann écrivait par exemple : « Le droit de ‹ posséder › plusieurs maris ou plusieurs femmes est toléré ou accepté dans certaines cultures. Il est plutôt difficile d'imaginer la polygamie dans la société d'aujourd'hui. Peut-être que d'aller voir où et quand tu veux permet d'atténuer la routine. »

Quand on relit ça ensemble chez elle, une fois revenues au Québec, elle me dit sans ambages :

— Je pense encore exactement la même chose.

Je réponds :

— Mais tu penses quoi, au fait ? parce que tu le dis pas dans ton texte.

Et elle semble déçue. J'essaie de me rattraper avec une plaisanterie, je dis que c'est pour ça qu'elle perd des points. Elle dit qu'elle comprend et on laisse tomber[15].

Qu'il soit difficile d'imaginer autre chose désigne exactement l'enjeu : comment la littérature remet-elle l'imagination à l'œuvre ? Par quel travail nous offre-t-elle la possibilité de nous libérer ?

— C'est la question qu'on se pose depuis huit-neuf semaines, vous voyez. On y revient.

Si les guillemets au mot *posséder* signalent l'absence du mot exact pour décrire un phénomène, je me demande ce qui fonde cette absence, ce manque de vocabulaire que je qualifierais de rapt. On aurait pu utiliser l'expression complexe *être en relation avec,* ou construire la phrase autrement pour ne pas suggérer qu'on tolère un droit, par exemple en disant qu'on fréquente plusieurs personnes ou qu'on vit en polygamie. Plus spirituel : on embrasse la polygamie, on l'épouse. Ou pourquoi n'avoir pas utilisé le terme

15 A.-A. : T'as raison, je ne veux pas me mouiller devant toi. Je pense qu'on doit faire les choses différemment, déconstruire tout ce qu'on a appris. La même personne ne peut pas tout nous apporter : amant, amour, discussion et révolution, vie quotidienne, BFF, confident, faiseur de trucs farfelus... Je t'réexpliquerai.

*aimer* ? J'aime mes diverses partenaires. Qui gagne à ce qu'on n'ait pas le vocabulaire pour dire l'amour ?

— Mais monsieur, m'interrompt Charles, vous trouvez pas que vous exagérez ? C'est juste une faute de langage.

— Comme ton vouvoiement et le monsieur que tu me donnes.

— Pour vous servir.

Son style un peu dix-neuviémiste m'exaspérait. Sans compter qu'il avait continué de décorer sa casquette au fil de la session. Voyons-la : ovoïde et renflée de baleines, elle commençait par trois boudins circulaires ; puis s'alternaient, séparés par une bande rouge, des losanges de velours et de poils de lapin ; venait ensuite une façon de sac qui se terminait par un polygone cartonné, couvert d'une broderie en soutache compliquée, et d'où pendait, au bout d'un long cordon trop mince, un petit croisillon de fils d'or, en manière de gland.

— Quand même, tout se passe comme si on avait une quantité limitée d'amour, et qu'on pouvait pas aimer plus qu'une personne, s'engager dans plus d'une cause. Vous en pensez quoi, du discours que Dorion tient sur le polyamour ?

Ça se taisait, ça chuchotait, ça ricanait. Hi hi hi. Les élèves de cégep ne sont pas toutes matures.

— Parce qu'elle ne parle pas juste d'amour entre des personnes, mais de la liberté du désir tel qu'il peut donner forme aux projets collectifs, aux solidarités. Revenez au sous-titre : *Libérer le désir en amour et en politique.*

Pendant un moment, on allait mettre de côté la politique et le social, la révolte et la révolution, pour régler quelques différends conjugaux. Les élèves pensaient surtout à préserver leur relation de couple, qu'elles avaient jusque-là tenue pour acquise. Fallait-il se mettre à repenser le siège sur lequel on posait le séant ? Dire c'est une ombre et tomber par terre. Certains s'y laissaient tenter ; certaines se butaient. C'était presque aussi tranché que ça ; l'expression des stéréotypes de genre dans l'espace public. Comment mes gars typés gars auraient-ils pu prétendre qu'au soir ils grelottent de peur à l'idée que leur blonde porte l'enfant d'un autre sans le leur dire ? Et ces quelques filles, avoueraient-elles leur envie légitime de courir les jupons, quand la sangria est bonne et le vent léger ?

— Moi je pense que c'est pas égal !

Jaëlle démontrait plus d'assurance que le reste de la classe.

— Les gars voudraient courailler pis que nous on reste là toutes tranquilles. Je prône pas ça.

Je me suis toujours demandé où mes élèves vont pêcher le verbe *prôner*.

— On vous prend pour des potiches, ai-je acquiescé.

J'attrape ces jeunes à une époque de leur vie où elles s'apprêtent à prolonger le modèle d'une solitude affective qu'on leur vend comme un rêve. Elles ont grandi là-dedans. Les objets, la réclame. La famille. Moi aussi j'ai grandi là-dedans. Naître et grandir là-dedans, ça ne veut pas dire qu'on est obligées de s'engager dans une spirale consumériste qui nous garantira d'y mourir. J'essaie d'ébranler leurs convictions et ça les cimente parfois. Certaines étudient en soins infirmiers et paient déjà leur Mazda 3 à tempérament – les clefs restent bien en vue sur le coin de leur pupitre pendant le cours –, elles ont spotté un petit bungalow dans Saint-Pie-X et accroché l'étudiant universitaire, un peu plus vieux, un peu plus mature, avec qui elles parlent d'un premier enfant. C'est pour accueillir ces petits miracles que des promotrices interchangeables rasent des boisés et excavent des milieux humides où elles étendent du bitume et des maisons en rangée.

— Une fois qu'on est casées, on fait quoi ? On va virer en char au centre d'achats ? on regarde ce qu'il y a de neuf à la télé ?

Je ne souhaitais réformer ni sauver personne. J'essayais juste de donner corps aux *Luttes fécondes*, à l'aspect manifestement polémique des remises en question que soulevait ce texte.

— On prend quelques livres, on se trouve gros, on s'achète un tapis roulant. Ah pis de la marde, ça roule mieux quand on est rond. Jette le tapis roulant. La vie finit par passer. C'était juste ça ? qu'on se dit. Eh ben. Et sssst !

J'ai imité la Faucheuse. À bien y regarder, j'essayais peut-être de les épouvanter.

— En autant que le modèle nucléaire soit votre choix. Ou un renoncement. Pas juste une glissade insouciante. C'est ça qu'elle veut dire, Catherine Dorion, quand elle parle de l'existence ronflante de son frère. Faites pas de votre vie un regret juste parce que vous y avez pas pensé.

— Mais vous, m'a dit Charles, vous réfléchissez beaucoup et vous avez pas l'air plus heureux qu'un autre.

Il a roulé du cou de manière à s'agiter le gland doré, derrière la casquette, et s'est bidonné de l'outrecuidance avec Jaëlle.

— Cré ! Insolent, veux-tu !

Ce couvre-chef le rendait vraiment roi du charivari.

— Tope-là, Guigui ! a-t-il dit en se tournant vers son camarade.

Guillaume, fidèle à lui-même, n'a pas bronché. Ç'a mis fin à la fête. Trois des cinq Laurie ont ricané aux dépens de Charles. Pierre-Luc a regardé l'heure sur son cellulaire. Le reste de la classe attendait que je réponde quelque chose. Ça m'angoissait que Charles ait un peu raison. La conscience humaine avait été une erreur de l'évolution ; qui étais-je donc à tenter de propager cette lèpre ? Penser comprendre, vouloir comprendre, vouloir faire comprendre, c'était un jeu mesquin. Les personnes qui ignorent qu'elles sont malheureuses sont bien loin de vouloir qu'on les détrompe. Est-ce que j'y mettais tant d'ardeur par vengeance ? parce que je n'avais pas trouvé l'illusion qui me réconforterait. J'ai levé le cours.

Combien existe-t-il de villas du Jardin secret ? Internet en localise en Suède, au Maroc, au Portugal ou aux Seychelles, en France métropolitaine ou à Saint-Barthélemy, en République dominicaine, « et plus encore », comme l'écriraient mes élèves. Comment cette expression est-elle devenue si populaire au rayon du tourisme ? Le voyage, en tant que déplacement des repères intérieurs, de l'assurance qu'on a d'être quelqu'un, permet-il de descendre dans une vérité intime qu'on se cache à soi-même ? Quelle part du secret appartient au jardin s'il est à la vue de toutes ? quelle part en est métaphorique s'il y a bel et bien un jardin ? Mieux vaut sans doute que je ne surinterprète pas.

Moi j'avais proposé qu'on aille en Espagne – où abondent les villas du Jardin secret –, pour *Don Quichotte* et les musées ; Audrey-Ann préférait la chaleur du Costa Rica et le farniente. Mon dégoût des gros insectes me défendait cette épopée tropicale, mais quand elle a une idée, aime-t-elle à rappeler, elle ne l'a pas dans le cul. On réputait donc choisie la destination. Le principal enjeu entourant la sélection de notre hébergement devenait l'accessibilité. Rarement ai-je considéré des toilettes avec autant d'attention : leur orientation, la forme du siège, la hauteur de l'assise, l'espace à l'avant pour le transfert, la possibilité de s'accrocher au mobilier. Nos recherches n'aboutissaient pas, nos exigences en matière d'accessibilité s'assouplissaient d'une petite annonce à la suivante, à mesure que s'éveillait le rêve édénique. Il fallait une piscine, et une belle. Accessibilité, ai-je dit ? Audrey-Ann a fini par retoucher ce critère, qu'elle résumait désormais à cette formule : on va s'arranger. Elle n'avait pas à rêver moins bien à cause de ses roues, même si je n'haïssais pas me faciliter la vie. Puis j'ai déniché cette maison de feuilles près de Guapinol, qui offrait des cadres de porte très larges et une construction de plain-pied ouvrant sur du dallage. La perle rare sans autre compromis que son isolement. Elle se situait, depuis San José, au-delà d'une vallée volcanique qui nous prendrait sept heures à sillonner via une route de terre et de pierres en corniche, trajet durant lequel Audrey-Ann se péterait la tête à répétition contre les parois de l'habitacle, pittoresque solo de marimba, sorte d'assommoir responsable peut-être de ce commentaire qu'elle formulerait à notre arrivée : c'était super cool !

Jazmín, les cheveux noirs jusqu'à la taille dans une robe aux couleurs vives, nous y attendait avec deux noix de coco apprêtées, plantées d'une paille. Jazmín, me confierait Audrey-Ann, était une apparition divine. Je n'en disconviendrais pas quand je la verrais sortir ses tournevis et démancher les panneaux du meuble-lavabo pour que le fauteuil s'en approche. On avait retrouvé le paradis.

L'accessibilité ne s'improvise pas dans le regard bienveillant d'un comité de valides se réunissant dans la salle de bain du Day's Inn. Nulle ne conçoit un espace sans penser d'abord à ses propres besoins. Ainsi cette maison, que le dueño Brian a conçue alors qu'il était lui-même en fauteuil roulant. Brian est un ancien policier. Une voiture l'a écrasé durant une course-poursuite à l'américaine. Il est resté plusieurs semaines dans le coma avant de se réveiller sans l'usage de ses jambes. Lésion de la moelle épinière. On contrôlait sa douleur avec du fentanyl ; quant à son rétablissement, thoughts and prayers. Je ne sais pas s'il avait repris conscience quand le service de police a décidé de le congédier moyennant une indemnité, dérisoire selon lui, afin de mettre un terme aux versements d'invalidité. C'est avec cet argent qu'il s'est exilé. Après des chirurgies délicates, il avait regagné la capacité de voyager. Il avait remarché. Un peu, quelques pas de son fauteuil à la douche, qui dégoutte en ce moment à cause de sa robinetterie vétuste. Il l'a fait confectionner sur mesure avec un seuil bas et un siège de céramique dans le coin. (Ce siège, on y pose le savon, mais il est trop loin de l'eau et Audrey-Ann n'a pas assez de mobilité pour en profiter ; on se sert plutôt d'une chaise de bois, qui me semble ramollir d'un lavage à l'autre, et on a apporté des poignées à ventouses, qu'on colle aux murs.) Brian répète que le fentanyl le tuait, du temps qu'il en prenait. Personne ne devrait prendre ça. C'est en se débarrassant de ce médicament qu'il a vaincu sa dépression. Pour la douleur, il s'en tient dorénavant au cannabis. Et ce qui l'a sauvé, ce sont les cures d'ayahuasca. Se reconnecter à la plante mère, se détacher de son ego, renaître meilleur. Il est un bon gars, maintenant. Il doit son rêve costaricain à cette mésaventure, à une ancienne vie dont il ne garde aujourd'hui qu'une claudication et un amour pour les armes à feu (il nous parle souvent de ses entraînements au tir d'action, quand il ne nous montre pas les vidéos de ses exploits).

Audrey-Ann reçoit les confidences de notre hôte avec

une grande avidité (et approximativement, vu son niveau d'anglais), d'autant qu'il exerce beaucoup de charisme sur elle. Il arrive à toute vitesse dans son pick-up blanc, annoncé par le couinement de la suspension. Il en sort et se traîne la jambe jusqu'à la paillote. Il s'assoit près d'Audrey-Ann, qui se dore au soleil. Elles discutent ensemble, ou il joue sur son cellulaire.

Mais on est surtout venues ici pour une pause pipi. Entre deux bouts de lecture, dans la salle de bain. C'est l'entracte, quoi. J'avais acheté des appuie-bras pour la toilette chez Canadian Tire ; ce sont deux barres de métal recouvertes de mousse que j'ai vissées sous le siège et auxquelles s'agrippe Audrey-Ann pendant que je vous conte tout ça, en se penchant un peu vers l'avant pour pisser dans le trou.

— Tu pourrais épouser Nelson.

Elle a suggéré plusieurs fois depuis notre arrivée qu'elle aime les gars manuels. Les gars de la construction, les gars plus vieux. Elle les trouve sexy. Et elle a quelquefois lâché un j'y ferais pas mal et son équivalent.

— Je vais commencer par coucher avec.

— Tester la marchandise.

Nelson me demande souvent, un peu incrédule et penaud, si après le voyage Audrey-Ann s'en retournera allí en el frío, là-bas au froid dans sa famille. Ça n'a pas de sens pour lui, elle a besoin de vitamines qu'on trouve seulement sous le soleil des tropiques. Il se met à me parler de macrobiotique et moi à rêver d'une bonne crise d'épilepsie et je ne l'écoute déjà plus, enseveli sous les gargouilles tourmentées de David B. « J'y ferais pas mal » est un drôle de figuré ; j'ai l'impression qu'elle risque de blesser ses sentiments.

— Fini ?

Elle fait signe que oui. Je lui tends une lingette humide.

— Les premières fois, c'est toujours plate.

— Le temps de trouver les pitons.

— Mais : oui, je pourrais l'épouser.

Sans équivoque ni blague. Je propose :

— On vivrait ici deux mois par année.

J'écarte ses cuisses en faisant un bec de canard avec ma main entre ses genoux pour que la lingette tombe dans le bol. On se prend dans nos bras, on force des jambes et, quand elle est debout à se tenir à mon cou, je remonte son bas de maillot. On pivote et l'assoit sur son fauteuil. Je tiens ses pieds sur la palette avec mes pieds et ses genoux avec les miens, elle se glisse au fond du siège. Je boucle la ceinture, serré serré.

— Plus serré.

Parfois je me dis que ça doit lui couper le sang et que c'est pour ça qu'elle ne marche plus. Je complète ma phrase :

— Pis remonter le reste du temps.

— Trois mois ? Janvier, février, mars. On revient en avril.

Elle négocie. Ça veut dire qu'elle est d'accord. Je ne sais pas qui je représente dans l'équation, mais je fais partie du plan.

On occupait toujours le même local D-216, avec ses murs de briques. Les affiches n'avaient pas changé : un Cabaret des auteurs devait bel et bien avoir lieu trois semaines plus tôt et il demeurait malhonnête de plagier. Dehors, ça avait fraîchi. On n'ouvrait plus guère les fenêtres. On endurait l'odeur rance de la deuxième heure, qu'on léguait au groupe suivant[16]. Le local adjacent avait son tableau dos au nôtre. On entendait François transcrire à la craie le plan de sa séance. François était haut et sec, le regard vif, toujours un grand café cartonné à la main. Il enseignait la philo avec beaucoup d'énergie, en même temps que moi le français. On s'était habituées à son martèlement. On s'adressait des expressions complices, la classe et moi.

J'essayais de tirer une synthèse des *Luttes fécondes* avant de sauter au prochain livre. Je demandais aux élèves de relever des passages qui les avaient intéressées et de les mettre en relation avec d'autres textes qu'on avait lus. Qu'elles se placent en îlots, environ quatre par quatre, pendant que je leur fournissais le matériel.

— J'aimerais que vous dessiniez une carte mentale.

16 A.-A. : LOL.

Les techniques de la présidente du *Mouton noir* m'inspiraient.

Les élèves répliqueraient les mêmes sous-groupes qu'à l'accoutumée, par tropisme ou par amitié. Tomiko est resté debout, les châsses rondes comme des billes, deux crêpes le long du crâne (sans doute pour les accents circonflexes), le temps que s'atténue le vacarme des bureaux. Il s'est recouché et rendormi dès que ça s'est calmé. Audrey-Ann restait à l'écart de son équipe, au fond de la classe, près des fenêtres. Le laptop sur ses cuisses l'empêchait de se glisser sous le bureau[17]. Elle devait parfois contempler les érables. Ils s'orangeaient, perdaient leurs feuilles. Elle devait craindre l'éternel retour des saisons. Un instant j'ai cru voir en elle une héroïne romantique. Elle n'oserait pas écrire avec les crayons-feutres sur les grands-feuilles que je terminais de distribuer.

Cette matinée bricolage me permettrait d'inventer moult courants littéraires et d'identifier autant de figures de style, pour satisfaire les fonctionnaires du ministère (rimes internes). Ainsi pouvait-on dire que Catherine Dorion était une poète du pays écrivant ses œuvres à l'aide de métaphores durant la Révolution tranquille. Tout le monde a sorti son petit cahier d'écolière pour consigner cette réponse à l'examen que je ne donnerais pas.

17 A.-A. : Explique pourquoi je fais ça : toujours loin du bureau à cause que j'ai des spasmes. Bang ! et tout le monde se retourne. Ça me gêne. C'est le seul endroit où je peux être loin derrière le bureau et que j'encombre pas personne.

Dorion avait un certain sens de la formule, surtout quand elle citait d'illustres personnages (point sur lequel on ne saurait l'accuser d'être très-woke). Mes élèves avaient beaucoup aimé sa phrase de Bukowski. Je me suis noté de revoir le concept de citation. Chaque équipe l'avait recopiée : « Le plus terrible n'est pas la mort, mais la vie que vivent les gens avant de mourir. Ils n'honorent pas leur vie, ils lui pissent dessus. Ils la chient. Très vite ils oublient comment penser, ils laissent d'autres penser à leur place. La plupart du temps, quand les gens meurent, c'est un non-événement. Il ne reste plus rien à tuer en eux. »

— Qu'est-ce qu'elle vous dit, cette citation-là ?

Bon, c'était déjà une paraphrase des *Pensées* de Schopenhauer. Mais à elles, ça leur disait surtout qu'on ne vit qu'une seule fois et qu'il faut en profiter.

— En profiter pour faire quoi ? pour partir sus le tiguidi laï laï ?

— Ce qu'on veut, là, ce qu'on aime, a proposé Anne-Joséphine.

— Et qu'est-ce que vous aimez ?

Je me rappelle d'avoir entendu le silence qui les habitait, ses tracas, l'avenir comme un bruit de trop. Quand aimer vient à désigner un projet de carrière. Je n'ai jamais su ce qu'elles aimaient.

— Vivre, c'est se trouver des raisons d'aimer, ai-je philosophé.

On a enchaîné en attrapant à la volée d'autres extraits du livre où Dorion elle-même semble réduire sa démarche à YOLO. Elle était d'ailleurs venue donner une conférence à l'université cette semaine-là. Elle avait tenté, en posant une main sur son pelvis, de nous vendre la nécessité d'écouter son magma intérieur – le mien m'élançait drôlement, je devais couver une cirrhose. Quelqu'un lui avait demandé quoi faire lorsque le magma suggérait des choses pas jolies jolies, la haine, &c. Elle avait vasouillé, j'oublie quoi : la liberté d'expression était sacrée, ou les bonnes gens bons (calembour). On ne la savait pas encore populiste.

— Tout est chaos, rien n'a de sens. C'est ça que vous pensez ? Plus rien ne va. Alors on danse, hein. La la la la la la la. Ça me rappelle mes nuits perdues au Carré, je vais vous dire, dans Liège [...]. C'est une réponse légitime, y a moyen d'y puiser des formes intéressantes. Je l'nie pas. Sur le plan artistique, en tout cas. C'est en quelque sorte la position de Dada dans l'enlisement de la Première Guerre, celle de l'absurde après la Seconde, celle de la contre-culture tout le temps. Notez ça pour l'épreuve uniforme : déjà chez les Grecs, les auteures de la contre-culture sont adeptes de Mylène Farmer, et l'ironie est le refuge des sans-causes. Ça fera un bon sujet amené.

J'avais épuisé mon crédit pour cette séquence, plus personne ne prenait de notes. Pas même Daisy, forte de son *y* retrouvé, que le cégep rémunérait à cette fin précisément. Audrey-Ann restait bien droite dans son fauteuil, à me fixer. Pas si différente de Guillaume. Sauf par le sourire, que lui nimbait de mystère.

On a pérégriné par les cartes mentales. On s'est redit d'une demi-douzaine de manières combien c'était important de penser par soi-même. Et, puisqu'enseigner est un art de répéter, on est revenues au point de départ.

— Bukowski nous fait la morale avec la phrase que vous avez ben aimée, mais il buvait jusqu'à s'en chier dessus. Est-ce qu'il parlait vraiment de profiter du bon temps ? Vous pensez pas plutôt qu'il parlait de la vie des idées ? Ce qu'on tue chez les gens, la part de soi que beaucoup s'interdisent, c'est la faculté de penser. En citant ça, Dorion parle encore de conformisme. Rappelez-vous la petite boîte noire intérieure qui emmagasine les insécurités et les peurs, les désirs enfouis, les regrets, la colère, la haine, la boîte qu'on exhume d'un crash de couple ou d'une crise sociale. Dorion dit que toutes les petites singularités qu'on réprime pour se conformer aux règles, à la grammaire du sensible, elles nous tuent de l'intérieur. Pour elle, c'est aussi vrai sur le plan intime que sur le plan collectif : le refoulement nous rend mauvais avec les autres. Jaloux, rageurs, violents, laids. On comprend pas pourquoi. On a désappris à lire nos émotions. On a le magma pogné.

— C'est comme si qu'on était pas conscients des raisons, dans le fond. On s'enferme dans nos pensers.

Anne-Joséphine avait mis le doigt pile dessus.

— C'est ben ça, ai-je acquiescé.

— C'est comme la page où Catherine écrit : « think outside the box », a risqué Lætitia.

— Exact. Peux-tu nous lire le passage ?

— Je me rappelle pas c'est où.

— Page soixante.

Elle ne s'attendait pas à ce que je lui réponde du tac au tac, mais enseigner m'apprenait des livres par cœur, avec les folios. Ses ongles étaient longs et faux. Elle a tourné les pages à deux doigts, une à une depuis la couverture jusqu'à s'acheminer au supplice que je lui infligeais. On aurait dit qu'elle manipulait de la pâte phyllo ou un dictionnaire.

— En bas de la page.

— OK, je l'ai : « J'aime l'expression anglaise ‹ *to think outside the box* ›. En français, on dit ‹ sortir des sentiers battus ›, mais l'industrie du guide de voyage a usé cette expression jusqu'à ce qu'elle ne puisse plus servir à personne. Le fait de ne pas vivre en anglais m'évite de connaître la façon dont on a *scrapé* l'expression dans cette langue. »

— Merci. Ce qui m'intéresse, dans ce que tu viens de lire, c'est que vous compreniez la valeur des mots, des idées, des clichés. C'est puissant, un cliché, ça « empêche de sentir et de penser tout en procurant l'illusion de la pensée et de la sensibilité ». Page quinze, petit vingt.

Toutes sauf Guillaume, qui avait oublié son matériel, tenaient *Les luttes fécondes* ouvert avec le pouce, à la moitié à peu près, à la hauteur du thorax. À l'envers parfois[18]. Elles me regardaient en attendant que l'apprentissage se produise en elles.

— Dans le recueil.

Grand bruit de recueils qu'on extirpe de sacs et sacoches.

— Mon recueil est dans mon case.

— « *Mon* case », ouin ? Suis avec ton voisin, j'en ai pas pour longtemps.

— Moi, le mien, il est aux résidences, c'est parce que ma coloc m'a –

— Suis avec ta voisine. Page quinze, petit vingt : « un cliché a pour fonction de substituer à la pensée et à la sensibilité individuelles une réaction conforme ». Quand elle nous appelle à penser en dehors de la boîte, Dorion nous demande d'inventer de nouvelles manières d'exister – c'est juste dommage qu'elle l'exprime à l'aide d'un cliché de langage, et qu'elle s'émeuve en plus de ça que ses mots ne veuillent plus rien dire : invente d'autres façons de l'illustrer, camarade ! pense en dehors de la boîte qui contient la boîte !

18 A.-A. : LOL. On imprimait pâle.

On le sent immédiatement, à s'emporter devant une classe, si le courant passe. On parlerait plutôt ici d'une surtension.

— Vous avez pas envie de lui servir sa propre médecine ? me suis-je ressaisi.

— Non, moi je trouve que c'est vraiment bien dit. C'est full clair, genre, le choix de mots, ça m'aide à comprendre la matière.

Laurie avait l'air convaincue de son droit à la préférence subjective, et que c'était une pure question de goût.

— Ça te fournit l'illusion de comprendre « la matière ». Mais ça t'apprend pas à lire le monde que tu traverses, le monde dans lequel tu vis. Je vous ramène au premier cours, j'avais écrit une citation au tableau. Prigent. Il nous disait que le nouveau est « ce qui nous réapprend à lire » et place la lecture comme « résistance au déjà-vu, déjà-pensé, déjà-écrit, déjà-figé en stéréotypes, icônes ou idoles et comme affrontement à ce qui déchire et opacifie le texte de l'époque ». J'insiste sur l'expression « texte de l'époque ». Le réel, c'est un aria inextricable de signes. Vous êtes dans un texte. Il faut que vous développiez une herméneutique du réel, la faculté d'interpréter ses signes.

J'ai écrit *herméneutique* au tableau. Je me suis retourné et Guillaume m'a arraché un autre instant de concentration. Il n'avait rien sur son bureau que ses grands bras nus. Il ne me lâchait pas de ses yeux noirs, impassibles, impassiblement passé dans sa même camisole noire (polyptote, allitération). La coéquipière de Guillaume, Lætitia, s'emmitouflait dans son Canada Goose. Nous vivions une ère de toutes les polarisations.

— Parce que je peux pas m'orienter si les signes devant moi me sont indéchiffrables. Dorion dit de se brancher sur l'antenne du cœur, Lapierre dit que notre salut commande la restauration du savoir-lire. Les deux appellent à renouveler notre sensibilité, notre rapport au·x sens. Ça concerne pas juste les relations interpersonnelles ni strictement la littérature, ça exige que j'interroge ce que je suis et ce qui m'est autre pour en déduire des rapports. C'est une écologie.

Le temps était mouillasseux et sombre, déjà qu'à ce point-ci de la session, la plupart des toiles aux fenêtres ne se relevaient plus. Les cordons de perles cassaient dans les premières semaines de cours ; et les rideaux d'habillage gris, par solidarité peut-être, se démantibulaient des tringles. Jaëlle, à droite, avait tiré le bas d'un de ces rideaux pour se chiffonner un oreiller sur son pupitre.

— Ça change complètement la dynamique. Ce n'est plus, comme le chantait Okoumé : pour savoir où on va, faut savoir par où on est allées. C'est : pour savoir m'orienter, je dois comprendre ce qui n'est pas moi. Je dois descendre dans l'altérité, comme Ulysse ou ben Audre Lorde, et en tirer une connaissance. Je dois m'interroger sur ce qui me compose malgré moi. C'est ça, chez Dorion : comprendre ce que j'ai pas laissé me constituer en le renvoyant sous la poche de la conscience. Je dois creuser, creuser, creuser sans peur pour découvrir ce que je suis. Qu'est-ce que je vais trouver en dessous, ça va-tu m'exploser en pleine face ? Qu'est-ce que je serais si j'étais pas cette personne que d'autres ont façonnée ? si j'étais pas tous mes désirs qui me hantent ? Qui c'est que tu serais, Jaëlle, si t'étais vraiment toi !

— Hein ?

— Qui c'est que t'es, Jaëlle, veux-tu ben me dire ! ?

— Ben je suis moi, là.

— Pis c'est plus vrai que tu le penses. Lâche ton cellulaire. Pour réapprendre à lire, donc, je dois lâcher mon cell et je dois porter une attention nouvelle à mes réflexes, à mes interactions. Dorion nous dit que ça passe notamment par le langage. Elle écrit « to think outside the box », « sortir des sentiers battus », et elle nous raconte ensuite comment on a vidé l'expression de son sens à grand renfort de publicités de voyage. Une sincérité qui cache un mensonge, qui vous parle avec vos images pour ramasser votre argent.

Tisser des liens entre les textes, c'était le plus exigeant pour les élèves. Aussi bien pour la pensée que pour le maniement. Elles s'empêtraient dans les surligneurs, les stylos, le livre et le recueil, en plus de l'autre, en avant, qui n'arrêtait pas de parler.

— On avance, on avance. On recule pas. Tenez bon. Page quinze, petit vingt-cinq : « les clichés, les platitudes et les lieux communs, le savoir-lire peut les retourner. Littéralement les remettre à l'œuvre. Un livre en est capable ; une œuvre peut redonner vie à ce qui aura été vidé de sens, traité abusivement, dévoyé et vendu, spolié. Il suffit de faire attention. Lire est le premier devoir. » Et par ailleurs, en devoir, vous relirez *Renversements*. Apprendre à reconnaître ces éléments de l'imaginaire. « Faire attention », porter une attention singulière à ce qu'il y a là devant soi, quelque chose, quelqu'un. Peut-être une classe qui commence à trouver que le cours achève ou, y avez-vous pensé ? un enseignant qui essaie de transmettre une idée qu'il trouve importante. Rétablir le lien, comme le suggère Elisa dans *Les luttes fécondes* – page soixante-dix, si ma mémoire est bonne. Page seize, petit vingt-six.

— Quelle page ?

Elles fatiguaient. Les élèves du prochain cours s'agglutinaient près de la porte.

— Dans le recueil, page seize.

L'une des rares fenêtres à n'être pas obstruée offrait le parc en théâtre entre ses pans de rideau déglingués. Un berger australien chiait qui paraissait beaucoup plus intéressant que moi. On s'était habituées à Tomiko. Il dormait toujours. On ne le voyait plus.

— Il me reste trois minutes quarante secondes ; restez avec moi.

Tout le monde était distrait. Je ne pouvais pas rivaliser contre un chien de plus, encore moins une pauvre bête accroupie dans sa pauvreté, pliée en deux comme un tube de dentifrice en fin de vie.

— « Ce rétablissement du lien, c'est à la fois celui de l'écriture, de l'histoire et de la philosophie. Il se présente à nous comme une tâche énorme. Nous ne nous en acquitterons jamais. Nous ne l'entreprendrons même jamais si nous ne tentons pas de lire entre les lignes, de chercher au-delà des comportements prescrits le sens de ce que nous sommes. » Wow. Tenter de lire entre les lignes, de chercher au-delà des comportements prescrits le sens de ce que nous sommes. Moi, ça me tourne tout le temps dans la tête, une vraie obsession. Ça résonne, non ?

Je pense que ça résonnait chez certaines. Peut-être chez Kamylle, mais elle avait un cours de peinture à midi dix.

— Oué, ça résonne. Et c'est pareil pour Dorion, entre autres à la page soixante et onze, quand elle parle des soirées où « des liens humains se renforcent entre des gens qui saisissent leur situation ensemble plutôt que de rester chacun chez eux devant *Vendre ou rénover*. » Imaginez des soirées qu'on passerait ensemble à rêver. Imaginez tout le temps qu'on mettrait à inventer ensemble un projet, une œuvre, une révolte, une révolution, une société juste, tout ce que vous voulez. Mais imaginez. Elle est là, votre liberté. C'est votre imagination. Réclamez-la.

Oui, réclamez-la (phrase injonctive).

— Je reviens à Lapierre (page onze, petit dix-sept), je vous jure que j'arrête sur ce passage-là. « Le savoir-lire ne correspond pas à la consommation des signes, il nous appelle à la possibilité de composer avec eux – et avec la difficulté, la résistance du réel. Tout ce qui est autre appelle du signe. Lire est le contraire de forcer à obéir. Aimer est une discipline. » Composer avec les signes, avec leur difficulté. Le réel ne s'donne pas entier au sens. On ne l'attrape pas d'une seule main, comme le chien au lasso, ayah !

— Eille, j'espère que son humain va ramasser son tas.

C'est vrai que c'était préoccupant.

— Il est déjà bien loin des lieux du crime.

Charles a pris une voix de basse et un français à l'accent international :

— Le berger australien est le plus intelligent des chiens. Chaque jour, dans la province de Québec, des maîtres leur font exécuter des centaines de tours.

Je perdais le contrôle de mon texte et du cours. Je me demandais comment on en était venues à voir dans l'obéissance du chien le signe d'une intelligence supérieure, et à attribuer cette intelligence à une race en particulier. Mon envie de terminer la séquence sur *Les luttes fécondes* a toutefois eu le dessus :

— En résumé, Anne-Joséphine...

— Oué.

— En résumé, retenez peut-être qu'on doit interroger ce qui nous résiste, et qu'à travers ce processus-là, c'est surtout soi qu'on refonde. Ce qui appelle du signe demande du décodage, et le décodage demande une sensibilité sans cesse renouvelée.

Anne-Joséphine avait toujours l'air empêtrée dans ses nombreux sacs et sa guitare. Et là, ça la talonnait de partir pour le conservatoire, l'autre bord de la rue.

— On peut se demander ce que l'amour et sa discipline viennent faire là-dedans, à part renverser le règne de la raison comptable. Pensez-y, on en reparlera si vous voulez. Mais engagez-vous dans un projet, grand Dieu philistin ! c'est ce que je vous souhaite. Sentez le mouvement s'emparer de vous. Et aimez, mes oiseaux, aimez quelqu'un ou quelque chose au point de vous y perdre. Aimer, c'est la seule vraie raison de vivre, le plus dur des chemins à suivre. Ça s'apprend pas dans les livres. Là-dessus, là-dessus, allez en paix. Bonne fin de semaine. Oubliez pas que je vous aime fort – à condition que vous preniez de l'avance avec *La déesse des mouches à feu*.

La classe s'est vidée et remplie d'un coup. Je devais replacer en rangées les bureaux restés en îlots, sous la surveillance désœuvrée du groupe suivant. Daisy était partie. À l'évidence, son horaire la pressait.

— En fait, Daisy, c'est comme une Delphine.

Delphine est d'Audrey-Ann une amie pas mal occupée.

— Elle est bookée au quart de tour. Elle a plein d'affaires de prévues. Elle a pas le temps de niaiser quinze minutes de plus.

— Elle a pas l'air de ça, elle a l'air…

J'aurais pu dire : aérienne.

— Elle travaille full. Je pense que, au cégep, elle avait soixante heures de travail semaine. Elle est sauveteuse. Sauveteur ? En tout cas. Sauveteur pis elle donne des cours dans l'eau.

Moi aussi ça m'arrivait de donner des cours dans l'eau.

Un jeune gars était entré avec le changement de quart. Il s'est précipité vers Audrey-Ann et l'a prise dans ses bras. L'approche me semblait invasive. (*Elle rit.*) Il reproduisait rituellement sa simagrée, semaine après semaine depuis le début de la session, en y ajoutant toujours : salut, ma cousine roulante adorée ! Ce n'était pas hardi de supposer qu'elles étaient cousines. Après tout, en région, on n'est qu'une grande famille. Je n'en restais pas moins incrédule. Je sentais un peu d'art dramatique là-dessous. On aurait juré qu'il cherchait à exhiber son amitié pour une fille handicapée. (*Elle rit.*) Après tout, « les valides aiment montrer qu'ils ont des amis handicapés ». (Je ne contredirai pas Zig Blanquer sur ça.)

Vincent. J'allais lui enseigner quelques sessions plus tard. Un élève en techniques policières, parmi les très disciplinées, par opposition aux petits coqs qui veulent incarner la loi pour s'y soustraire. Vincent attendrait un an pour entrer à Nicolet après son DEC. Puis il irait en stage à Granby. C'est à le croiser par hasard et à discuter avec lui chez la mère d'Audrey-Ann que je rayerais en bonne partie la thèse de l'art dramatique. Il était affable alors que les gens de théâtre sont surtout expansifs. Je découvrirais entre lui et sa cousine une affection véritable, et qui m'échappait parce que je ne l'avais jamais éprouvée[19].

— Te souviens-tu de ce que j'y répondais ?

— Sans doute pas.

— Salut mon cousin qui marche, ou mon cousin sur deux pattes.

— Je vais le garder, mais je vais le mettre plus tard.

À force de bouger les paragraphes, je nous ai ramenées dans le son velouté de la chambre.

— Je t'avais-tu dit, il est rendu policier à –

— Ben oui, je l'ai revu depuis qu'il –

— À Baie-Comeau.

— À Baie-Comeau ?

— Il a eu une permanence de cinq ans.

Je n'appellerais pas ça une permanence.

— Il est-tu content ? ou... Il s'est rapproché... si le traversier fonctionne.

Elle rit.

— Il a vécu longtemps à Baie-Comeau, il ~~va venir pis tout le monde là-bas ils~~ le connaissent (*inaudible*).

Je crois qu'il est content.

Audrey-Ann a fini de se ramasser en même temps que moi. Après ma harangue sur la nécessité de se lier aux autres, j'ai réprimé l'envie que j'avais de m'enfuir. Car si j'élève une belle grosse bâtisse en bois franc, un palais de vertu, il ne

19 A.-A. : Ça me donne envie de pleurer.

faudrait quand même pas qu'on me prenne à habiter un chenil. On a remonté le couloir ensemble. Je ne me rappelle plus ce qu'on s'est dit. Il me semble qu'on a parlé de nos âges, d'où on en était dans cet état de la vie qui passe. Elle me trouvait jeune pour enseigner. Je me suis gardé de lui dire que je la trouvais vieille pour terminer ses cours de français. (*Elle rit et on dirait un petit phoque.*)

Tomiko était un chien de traction. Audrey-Ann ne l'avait pas harnaché. Elle se roulait à bras, avec lui à sa gauche, son étrangleur lié au fauteuil par une courroie en nylon, et j'étouffais un malaise, celui de ne pas savoir où me mettre, s'il aurait été de bon goût que je l'aide, ni quoi dire à quelqu'un qui se roulait là, à côté de moi. (En joie ? Je m'aperçois que « mon pas de joie » peut être une négation.)

On était tout sauf coordonnées (*elle rit*). Le malaise s'amplifiait d'autant qu'elle était basse, pas à ma hauteur, et lente, pas à ma vitesse. Le moment s'est éternisé.

On a atteint les portes au centre du D-200, qui permettent l'accès à la salle Georges-Beaulieu, à la bibliothèque Gilles-Vigneault et aux escaliers de l'entrée principale. Elle s'arrêtait là, près des marches de la place des Grands Hommes, et j'allais, moi, rejoindre mon bureau dans l'aile C, tout au bout du couloir. J'étais sauvé. J'ai voulu la saluer et poursuivre mon chemin. Elle m'a retenu. Ça m'a surpris, on n'avait que des riens à s'échanger.

— Est-ce que tu pourrais m'ouvrir la porte ?

L'ascenseur était de l'autre côté d'une porte coupe-feu pas automatisée.

— Tsé, quand tu dis que tu te souviens pas trop de ce qu'on disait, moi je m'en rappelle.

— C'est quoi ?

— On parlait que j'avais annulé mon cours d'été parce que apparemment j'avais fait un (*inaudible*) que le neuro pensait c'était un Guillain-Barré. Avais-tu enseigné en été ? Le matin – j'avais un cours le soir –, j'étais à l'hôpital et j'avais annulé mon cours d'été. Finalement, je trouvais que ça adonnait bien.

Elle avait dû reprendre son cours à l'automne, dans ma classe. Sa mésaventure avait donc donné lieu à un grand bonheur. Elle me le dit comme pour la première fois alors qu'elle revient souvent à cette synchronicité quasi magique[20] qui a permis notre rencontre, toujours sur le bord de me demander si je crois au destin – se l'interdisant à peine pour s'éviter une bonne correction.

— Déjà ?

— Moi, je t'aimais ben. (*Un temps.*) Un prof jeune et cool.

Je n'aurais pas pensé qu'elle avait ressenti ça aussi tôt. Le premier souvenir que j'ai de cette confession, on est dans le stationnement chez elle, je l'aide à sortir de ma voiture. Été 2018. On revient du Moussonneur, un café où on est allées discuter de ses textes. Elle va manquer son transfert vers son fauteuil, tomber par terre sur l'asphalte. Et, tentant de la relever, je vais lui fracasser les tibias sous la portière. C'est plus tard, forcément c'est beaucoup plus tard.

20 A.-A. : C'est magique, J.-P.

Décembre approchait avec sa robe de froid dont la traîne blanche empiétait sur novembre. La session suivait sa cadence infernale. Le vent du fleuve remontait l'avenue de la Cathédrale, que je descendais en fixant l'horizon d'eau noire, entre le clocher en décrépitude et la tour bétonnée du Fonds de solidarité. Le fleuve m'appelait avec une violence que je n'arrive pas à dire. Ça avait à voir avec son mouvement et sa manière de le dissimuler. J'ai senti mon téléphone vibrer dans ma poche. Sûrement un MIO. J'ai hâté le pas jusqu'au cégep.

J'avais soulevé avec le groupe l'hypothèse selon laquelle le roman contemporain réinterprète souvent des formes anciennes. Ça n'avait rien de très audacieux, sauf à faire passer la forme elle-même pour un courant littéraire. C'était une obligation du devis ministériel d'aborder les courants littéraires, exercice qui supposait l'invention arbitraire d'ensembles étanches, pour désigner certains thèmes en vogue à une époque donnée, chaque époque étant prise, par un curieux artifice, dans sa franche coupure par rapport à la précédente. Il y avait longtemps que les écrivaines ne s'unissaient plus autour d'écoles, trop occupées que nous étions à gérer notre petite entreprise et nos communications de manière à obtenir une pige à la radio. Écrivaines en attente de mieux. L'héritage structuraliste pesait lourd sur les humanités collégiales, un enseignement plus ou moins figé, comme coupé de l'histoire des idées, de sa marche, encore attaché aux « valeurs sûres » du canon et aux dates rondes ou carrées. Une discussion départementale au sujet des corpus suffisait pour comprendre à quel point le courant littéraire, en tant que synonyme de *période historique*, n'avait pas bénéficié de l'apport des études comparatistes (au sens libérateur où l'entend Gayatri Spivak dans *Nationalisme et imagination*, comme une détranscendantalisation de l'imaginaire national). On resterait prises dans le temps, prises dans l'espace, à se trouver jeunes pas mal de permettre à nos élèves d'écrire un peu en joual, à les inspirer avec des tounes de Richard Desjardins, à porter du tweed et des lunettes de plastique. Si j'avais déjà proposé de dénationaliser les corpus – véritable hérésie, qui attentait au legs de Jean Lesage –, je m'étais convaincu, devant des collègues requérant plutôt qu'on sanctionne l'obligation d'enseigner plus d'œuvres québécoises, de ne plus parler durant les assemblées. Un collègue péquiste a suggéré que je ne m'intéressais pas assez à l'histoire, et je soupçonne qu'il m'a aussi jugé insuffisamment canadien-français. L'ironie est sans pitié.

La classe était le seul vrai espace de liberté ; à l'extérieur, même si on s'en cachait, tout le monde voulait décider ce que vous y feriez. La joie était que personne ne venait vérifier ce que vous y faisiez en effet. Je préférais pour ma part identifier des continuités entre les textes, et la rupture comme l'une des formes qu'elles prenaient. Je présentais les traditions narratives comme des technologies qui se transmettent sur des siècles. Je cherchais à replacer les livres dans des manières de raconter. Ce n'était pas bien plus vilain que de présenter la littérature contemporaine comme un courant.

— Bien sûr, ai-je précisé, je suis pas en train de dire que les écrivains sont toujours conscients qu'ils réinterprètent de l'ancien. La réalité prouverait le contraire. Et puisqu'on raffole du nouveau...

Une poignée d'élèves ont paru consigner cette phrase ambiguë dans leur cahier. Le dernier droit du dernier cours suscitait une nervosité certaine. Ce qu'on y disait prenait une importance démesurée. Les élèves avaient calculé les efforts à engager d'ici la fin : combien de points me manque-t-il pour obtenir soixante ? combien d'heures est-ce que je peux réserver à la préparation de l'examen ? et à l'épreuve uniforme ? Ah ! l'EUF, on en tremblait toutes.

— Quand vous surlignerez votre roman du premier au dernier mot, il y a une question que j'aimerais que vous gardiez en tête : est-ce que *La déesse des mouches à feu* est un roman de (dé)formation ?

On avait déjà discuté des trois parties du roman d'apprentissage traditionnel : la jeunesse rêveuse, idéaliste, voire naïve de l'héroïne ; la période d'inadéquation ; le retour à l'équilibre grâce à l'apprentissage. La plupart étaient à un âge où ça leur parlait. Et engagées dans un rituel de passage. Le cégep était ce seuil chargé de les convertir en adultes ou en personnages liminaires.

— Si vous perdez pas de vue que *La déesse* entretient certains rapports à la tradition du roman d'apprentissage, vous allez mieux lire les scènes finales : la marche dans le bois avec le père, la pluie, le déluge. Ces scènes-là donnent un peu son sens à l'ensemble. Si on tournait jamais un film avec ce livre-là, faudrait pas les couper. Ça convertirait la traversée en errance. Les rites de passage supposent une renaissance après la mort d'une partie de soi.

On a l'impression que le chaos se calme et que Catherine retrouve une certaine sérénité après une année de crise et de rébellion, à expérimenter le divorce de ses parents, la droye, le chexe, le rejet.

— Et on voit apparaître cette phrase : « On détourne pas des rivières pour après ça penser que tout va bien aller. La nature, à un moment donné, elle reprend ses droits pis elle vient te mordre le cul. » Est-ce qu'on peut penser que ça parle d'autre chose que de la rivière ? Je sais pas, moi, est-ce qu'on peut penser que ça concerne aussi Catherine ?

— C'est peut-être comme un détournement fiscal.

Je n'invente hélas pas cette phrase, mais je n'ai pas noté qui l'a prononcée ni ce que j'ai répondu. On avait bien travaillé, on était ramollies de la calotte. Je leur ai suggéré d'y réfléchir en vue de l'examen.

— Je vais vous donner un extrait de *Moi, Christiane F., 13 ans, droguée, prostituée...* Vous allez aussi pouvoir choisir un sujet comparatif pour la dissertation.

— C'était tellement bon, ça ! J'ai envie de le relire.

Jaëlle n'avait pas pu retenir sa chronique culturelle.

— Tu l'as lu ?

— Oué, ben quand j'étais jeune, là.

Elle était plus vieille que le reste du groupe, mère de deux enfants. Un retour aux études en soins infirmiers.

— Comme Catherine.

— C'est pour ça que je l'ai trouvé plate, le roman. On aurait dit que c'est comme une version fade de *Christiane F.*

Elle en avait bien le droit. C'était cette fois-ci une question de goût.

— *Christiane F.* s'approprie les outils de l'étude sociologique, du récit, du témoignage. Devant ça, c'est vrai que le romanesque peut sembler limité. Sinon, je sais pas… j'imagine qu'à force de se répéter, les histoires pâlissent.

Elle semblait n'avoir pas trop mal viré de sa lecture.

À mon bureau, j'ai constaté que j'avais reçu un MIO d'Audrey-Ann : elle manquerait l'examen final (une secrétaire venait de lui confirmer son rendez-vous en orthopédie à Québec).

> — ~~J'étais donc ben tannante.~~
>
> — Comment ?
>
> — J'étais donc ben tannante.
>
> — C'est quand même beaucoup de messages. Ç'a été long, les copier dans un fichier.
>
> Un jour, qui sait, une universitaire publierait peut-être notre correspondance.

Elle pourrait le reprendre à la maison. Avec une collègue qui « mentorait » les élèves à besoins particuliers, on s'était assurées auprès du ministère qu'Audrey-Ann aurait droit à des accommodements pour l'épreuve uniforme (temps supplémentaire réparti sur plusieurs jours, mêmes logiciels qu'à l'habitude, &c.). Elle rédigerait cet examen dans les locaux des services adaptés, au pavillon F. Je le lui précisais inutilement, elle connaissait l'endroit mieux que moi. Je n'aurais jamais su m'y rendre en fauteuil roulant tant la transformation sur le tard d'un ancien séminaire a créé un dédale impraticable. Le deuxième étage du pavillon central, le D, communique avec les deuxième et troisième de l'aile C – quatre marches vers le haut ou vers le bas, sans rampe –, qui elle-même devient le troisième étage de l'aile B, au bout de laquelle on trouve une cage d'escalier menant aléatoirement aux méandres de l'aile A (*elle rit*), bâtiment dont personne ne s'explique la géographie, ce pour quoi, chaque début de session, on plante des bénévoles dans les couloirs pour guider les élèves. Il y a des ascenseurs saupoudrés çà et là. Il faut parfois en emprunter trois pour éviter une seule volée de marches. Et, comme le résume Stella Young, vous avez beau sourire, ça ne la transformera pas en plan incliné[21].

L'illustration la plus singulière de cet excès d'ingénierie est un ascenseur qui ouvre sur le palier central d'un escalier transitant du D au C. Le palier mesure quatre mètres carrés, environ, et ne donne accès qu'à l'ascenseur et un placard à balais. Sans doute offre-t-il un point de vue si imprenable sur les casiers du sous-sol que l'architecte, au moment de griffonner ses plans, s'est donné pour mission d'en permettre l'accès à toutes. (*Elle rit.*) N'empêche, à cause de cette originalité, impossible de traverser du D au rez-de-chaussée du C en fauteuil roulant. Et si une double porte extérieure non automatisée ouvre sur le rez-de-chaussée du C (on pourrait donc s'y rendre par dehors ; suffirait de remettre son manteau et de demander l'aide d'une accompagnatrice pour passer le sas, ses seuils et ses tapis de caoutchouc), cettedite porte, double en largeur et en épaisseur, se voit souvent condamnée l'hiver,

21 A.-A. : LOL.

pendant les quelques jours que nécessite périodiquement le vidage du toit, et pendant des semaines au printemps, à cause des chutes de glace.

Je ne l'avais pas remarqué avant de l'écrire, je suis allé sur place hier pour vérifier. Concédons qu'il y a une certaine logique là-dessous : le rez-de-chaussée du C concentre les bureaux des enseignantes en soins infirmiers et leur salle de classe théorique. On doit s'être dit que les personnes à mobilité réduite par l'environnement, les malades et les rompues appartiennent à l'autre camp, qu'elles seront soignées plus qu'elles ne soigneront jamais quiconque. Sans trop forcer, on vient de se raconter l'exemple 101 du modèle social. L'inaccessibilité à un lieu produit un handicap et maintient (physiquement et symboliquement) certaines personnes à l'écart d'un champ particulier.

## APARTÉ 3 :
## ESPACES TRANSITOIRES

*relatant une visite à l'urgence et venant interrompre le récit déjà long d'une session interminable*

Les enseignantes ont tendance à casser vers la fin de la session, c'est notre type à nous, avec ses variantes : d'aucunes déversent leur fiel sur les élèves, d'autres l'emmagasinent et s'absentent pour maladie. En ce qui me concerne, me voici à l'urgence, à me plaindre de douleurs aux tripes. Laurence m'a convaincu de consulter. J'ignorais encore la contagiosité de son anxiété, qu'avait accrue le cancer que je m'inventais depuis quelque temps. Après le triage, j'ai comme toujours réexaminé les motifs de ma visite. La salle d'attente exerçait sur moi une vertu curative, mon mal s'y atténuait pour céder la place à la culpabilité. Qu'étais-je venu engorger le système ! J'ai forcé pour que la douleur reparaisse avant qu'on m'examine, six heures plus tard, en fin de soirée.

L'urgentiste observait des gonflements à l'abdomen, une douleur à l'hypocondre droit et à l'épigastre, et notait que mon père avait un historique de reflux. Elle a écrit le sigle ROH quatre fois en deux pages, après quoi elle m'a mis à patienter sur une chaise en cuirette dans la salle de prélèvements. La stagiaire est arrivée d'un pas de sœur grise, elle avait préparé tout son matériel comme on le lui avait appris, sur un linge stérile à côté de l'appuie-bras. Elle se révélait toutefois incapable de percer ma veine quand bien même elle piquait tout partout et derechef. Marc est apparu à la porte et a ouvert l'emballage d'un nouveau papillon. Il enseignait en soins infirmiers. Je ne sais pas pourquoi, peut-être parce que j'avais occupé un bureau près du sien ou parce qu'on se faisait de l'œil, on avait commencé à se saluer et à se sourire dans les couloirs du cégep. Il exhalait dans son passage une odeur d'eau de Cologne et de tabac, qui s'est précisée quand il s'est approché.

— T'as mal à ton bedon?... Ça va piquer.

Je me souviens du mot *bedon,* et qu'il a trouvé la veine du premier coup. Ses gestes étaient précis et pleins d'onction. Ça me gênait de le connaître. J'aurais voulu que le personnel ne vive que pour me soigner.

— Tu travailles ici aussi?...

Je ne me rappelle pas ce qu'il a répondu sans interrompre sa gestion des tubes de sang, sûrement pas non. On ne conversait pas, on échangeait des évidences. On chargeait la parole de recréer l'anonymat.

Ensuite j'ai attendu parmi les toussoteuses et les petites braillardes, par procuration desquelles je revivais l'une de mes six cent douze otites séreuses. Il était deux heures trente-quatre quand l'urgentiste m'a rappelé. Elle me prescrivait une échographie, que je passerais à dix heures. Celui qui relèverait celle-là de son quart de nuit me reverrait pour sa part à dix heures et demie. Les résultats préliminaires indiquaient l'état normal de mes tripes, « compte tenu d'un petit kyste cortical de 10 mm au tiers inférieur du rein gauche ». La connotation de l'adjectif *petit* me rassurait dans ce contexte. L'urgentiste avait des impressions de « pulmo multiples », qu'avait souvent partagées mon médecin de famille, sans parvenir à les confirmer ou à me les vulgariser. Quand on a parlé d'alcool et du verre de vin que j'étais mûr pour boire, après toutes ces heures endurées à l'urgence, il a raturé rageusement ses impressions pour écrire en grosses lettres et calligraphie enfantine : « ROH+++ ». L'acronyme installait ma consommation d'alcool dans la sphère du diagnostic. Le médecin a alors ouvert les vannes du franc-parler, du gros bon sens, du seul à seul entre adultes, et j'ai appris le sens littéral de l'expression *tord-boyaux*.

— Ah! me suis-je écrié, lucide à présent.

Peut-être une gastrite ? je m'étais inquiété pour rien. Il renouvelait mes antidépresseurs, ajoutait de la quétiapine pour les crises métaphysiques, me laissait du dexlansoprazole pour les reflux et de la dicyclomine pour les crampes.

— Tu reverras ton médecin de famille.

Et il me tutoyait maintenant.

— Merci, j'ai dit, en fourrant la prescription dans ma poche.

Je recevais toujours le diagnostic avec une résignation mêlée d'abattement[22] ; une peine, un prix à payer. Je m'en suis retourné penaud et sans sommeil vers le cégep, remuant cette crainte nouvelle : que Marc me croise dans le couloir et me demande la morale de mes tribulations et que je n'aie rien à lui répondre que rien, je n'avais rien. Ou pire : que j'avais peur de n'avoir rien[23]. La douleur et les tests s'étendraient encore quelques mois, jusqu'à ce qu'on me juge rempli de merde et qu'on me prescrive de chier mieux.

22 A.-A. : Idem.

23 A.-A. : Idem.

Je lui ai déjà relu nos MIO et elle ricane déjà de les réentendre. On sent sa fébrilité.

Audrey-Ann Bélanger a écrit le mar 12-déc-2017 à 10:12 :

Salut,

Est-ce que demain tu vas m'apporter mes dictionnaires au F-208 ?

Merci.

Jean-Philippe Chabot a écrit le mar 12-déc-2017 à 10:12 :

Oui. Justement, je voulais te demander c'était où.

Je vais les laisser quelque part aux S.A. cet après-midi. Je t'enverrai une carte au trésor pour que tu les retrouves.

À+

Audrey-Ann Bélanger a écrit le mar 12-déc-2017 à 11:10 :

Ahahahajahaha t'es tellement drôle 😜 (*J'en mets un peu en l'imitant.*) J'ai adoré ma session avec toi, c'était pas compliqué parce que tu es pas sur les nerfs et c'était super. J'ai même aimé les livres, sauf le premier.

Je t'envoie l'examen final avant le 15.

Merci.

Ça me rassénérait [*sic*], dans ce fouillis, de lui faciliter la vie et de la faire rire.

— Ça veut dire quoi « rassénérait » ?

— Ça me donnait un peu de sérénité.

Peut-être parce que j'étais épuisé, délirant, peut-être parce que j'étais adepte à mes heures de la cartographie fantaisiste de Champlain et des fabulations de Stevenson, j'ai décidé de pousser la blague. J'ai tiré un stylo de mon étui et une feuille 11 × 17. J'ai tracé un plan et remonté le couloir jusqu'à la photocopieuse pour le numériser et le lui envoyer. (*Elle rit.*)

J'avais orné mon dessin d'une poignée de diablotins, crocodiles et monstres marins, de forêts, monts et vaux fruits d'une main allègre. Une croix indiquait l'emplacement du trésor.

Audrey-Ann Bélanger a écrit le mar 12-déc-2017 à 17:32 :

Ahahahaahaahhaahhaahaha je ne respire plus. (*À nouveau, j'en mets un peu en l'imitant, et son rire se dédouble.*) T'es encore plus drôle, j'me tiens pus debout (joke d'handie ♿ 😜).

Audrey-Ann Bélanger a écrit le mar 12-déc-2017 à 19:07 :

J'ai une question qui n'a pas du tout rapport au cours.

Le 11 janvier, je pars dans le Sud me réchauffer les articulations. Et j'apporte pas Tomiko. Juste pour tâter le terrain, aimerais-tu le garder et l'apporter partout ? Si ça t'intéresse, il y a beaucoup de règles strictes pour pas le gâcher, genre : être autoritaire. Mon garçon est comme un ado, si on lui donne un pouce, il prend un pied.

Je sais que tu l'aimes bien et je prends la chance de te le demander... Je truste pas beaucoup de monde pour garder mon enfant, et mes amies sont pas vraiment trustables.

Merci.

Elle pousse un gros rire, un peu comme si je l'avais frappée dans le ventre. Elle échappe sa fourchette dans le pyrex où elle pique encore ses morceaux d'ananas.

— Ça, je me rappelais pas ! chante-t-elle dans les aigus.

— Ben... ça devait être un peu dans l'esprit de la blague, là.

Elle rééchappe-relance bruyamment sa fourchette.

Je n'ai pas répondu tout de suite à cette demande. Elle sortait du cadre de l'enseignement.

Audrey-Ann Bélanger a écrit le mer 13-déc-2017 à 07:15 :

Hey, je vais être là, j'ai bravé la neige.

Si jamais tu te demandais pour les dictios.

Merci.

Jean-Philippe Chabot a écrit le mer 13-déc-2017 à 12:12 :
Est-ce que tu as trouvé le butin ?

Audrey-Ann Bélanger a écrit le mer 13-déc-2017 à 16:55 :
Oui 😂 ç'a full bien été, je viens de finir.

Jean-Philippe Chabot a écrit le mer 13-déc-2017 à 17:12 :
Tu l'as fait en une seule séance ?

Audrey-Ann Bélanger a écrit le mer 13-déc-2017 à 17:12 :
Oui. Je suis bonne, hein ? 😘[24]

Je me méfiais de ce bec soufflé.

— C'était pas voulu !

Elle rit.

— Tu l'as accroché ?

— Je l'ai sûrement accroché. Parce que même si j'avais voulu t'en envoyer un… ~~ç'a pas rapport.~~

— « Ç'a pas rapport » ?

Dialogue d'oiseaux : — Fui fu. — Fi li fui.

— Non.

Je lui offre une voie de sortie :

— À la limite, moi je prenais ça un peu comme : je suis bonne, hein ? Kiss my ass.

— Ouin, non.

Elle rit. Ça me semble quasiment pire de rejeter cette interprétation. Elle ajoute :

24 A.-A. : C'est sûr c'était ça ? Ça se peut pas ? Lui qui sort la langue, peut-être ?

— Vraiment pas.

Je recommence à lire et elle m'interrompt.

— T'es vraiment sûr que c'était un bonhomme soufflé ?

Je dépose ma canette.

— T'es vraiment sûr ?

— Uh-huh.

— Ah ouais ?

— C'est un copier-coller.

— Mon Dieu.

Jean-Philippe Chabot a écrit le mer 13-déc-2017 à 17:12 :
Mets-en ! Bravo ! Bonne chose de faite.

Audrey-Ann Bélanger a écrit le mer 13-déc-2017 à 17:25 :
Oui, merci.
Je vais bien dormir ce soir.

« Bien dormir », la chanceuse. Je séparais les messages d'ordre personnel et ceux de l'enseignant.

Jean-Philippe Chabot a écrit le mer 13-déc-2017 à 17:12 :
Encore moi,
Je n'avais pas répondu à ta requête en gardiennage.

D'abord, content de savoir que tu t'en vas dans l'Sud, où tes articulations vivront mieux qu'ici. Où vas-tu donc ? (*Je rote, elle rit.*)

Quant à ton bon et fidèle ami, j'aurais été très heureux de le garder et de le traîner partout pour me vanter, mais imagine-toi donc que je pars moi aussi dans le Sud, autour du 6 janvier, pour six semaines. À moins que tu veuilles que je l'emmène en road trip voir les alligators dans les bayous ? J'aurais peur qu'il se fasse manger.

Je suis un peu triste de manquer ma chance de nourrir Tomiko avec du pouding chômeur et de le chouchouter si bien qu'il ne voudrait plus partir d'ici.

J'espère que tu penseras à moi comme gardien une prochaine fois.

À+

j.

Audrey-Ann Bélanger a écrit le mer 13-déc-2017 à 18:55 :

Ahahah du pouding.

Je vais sûrement au Mexique.

Où vas-tu, toi ? Six semaines, c'est cool. As-tu déjà fait des road trips ? Si oui, où ? Je suis curieuse, hein ? 😜 Pars-tu seul ?

C'est évident que je repense à toi pour une prochaine fois ! Vas-tu encore avoir Omnivox même si tu n'as pas de cours à l'hiver ? Normalement, je voyage beaucoup mais j'attends une chirurgie, alors je vais être calme sur les voyages.

Je me méfiais aussi de cette curiosité et de son objet : si je partais seul.

> — Peut-être que je te trouvais jeune, avec des tattoos, des lunettes rondes, je pensais que t'étais du genre hippie à partir tout seul, pack-sack. Voilà. C'est ben dommage que ç'a l'air bizarre.

Elle rit et se tait. Elle plisse un peu les yeux dans le soleil. Elle joue dans ses fruits. Puis elle reprend :

— Mais est-ce que je peux dire beau ou ça se dit pas ?

— Faut tout dire, on aura pus le temps, quand on va être morts, de dire des choses.

— Ouin, ben, genre, je t'ai tout le temps trouvé beau.

Elle se tait. Ses poumons frétillent de coquinerie. Elle ajoute :

— Un beau jeune homme avec des tattoos, sûrement du style à partir avec ~~une tente sur ton dos.~~

— « Une van » ?

— Une tente.

Même si ce n'est pas ce qu'elle parvient à exprimer au sujet de ces vieux messages, je me dis qu'il y a peut-être là-dessous un simple désir d'indépendance dont j'ai été le miroir à cette occasion. Une envie d'éprouver cette liberté-là. Nous avions plus ou moins le même âge. Nous partions toutes les deux en voyage. Moi, « seul » avec mon amie. Elle, avec sa mère. Quand je relis la vie d'Audrey-Ann, je ne peux pas m'empêcher de penser qu'elle souhaitait elle aussi partir « seule » avec son ami.

Les élèves de la formation générale avaient converti leur savoir en une pile de dissertations, qu'il m'incombait désormais de convertir en résultats chiffrés, que le ministère convertirait en diplômes, qu'une employeuse convertirait en revenus. Ce travail de machine m'angoissait moins que la nuit. J'ai voulu ingérer le remède de l'urgentiste. J'ai gagné le matin métamorphosé en grosse coquerelle. Par un paradoxe inouï, en vertu d'une efficacité suprême, la quétiapine parvenait à me faire désirer la mort que je craignais. Elle dorait le charme du néant. C'est comme si on m'avait inoculé un bréviaire de philosophie pessimiste.

Il me restait des cours en arts et lettres. J'en ai annulé un en me déclarant malade – je l'étais. Le métier rentrait, je devenais par là un enseignant accompli.

Audrey-Ann Bélanger a écrit le jeu 21-déc-2017 à 12:30 :

Salut,

C'est où que tu pars en voyage pour six semaines ?

Jean-Philippe Chabot a écrit le jeu 21-déc-2017 à 12:38 :

Salut !

Tu me rappelles que, sous la correction, je n'ai pas répondu à tes derniers messages. Je pars à Lafayette, en Louisiane. Ça fait un moment que j'ai envie d'aller voir ce qui se passe là-bas, surtout au temps du carnaval. Y a des archives de folklore pas mal prometteuses et des histoires de pirates que j'aimerais voler.

Toi, où vas-tu ?

Audrey-Ann Bélanger a écrit le jeu 21-déc-2017 à 12:42 :

Est-ce que c'est ton premier voyage de même (aussi longtemps et sac à dos) ?

Tu vas dormir où ?

Moi je vais en République. :)

J'ai décidé de ne plus répondre. La session s'était achevée. J'avais retourné chaque élève à soi-même, en leur rappelant à toutes que j'avais surtout voulu les remplir de questions. J'avais voulu que notre cours, et avec lui l'idée de lire, instille à mes élèves un désir, collectif peut-être, et une sensibilité plus aiguë, un doute, quelles que soient leurs conditions d'application. Je laissais le temps s'occuper du reste, à certaines questions, à certains enjeux le soin de revenir les travailler de l'intérieur. L'œuvre littéraire est itérative, sournoise, elle revient nous surprendre quand on croit en avoir fini avec elle, pour éclairer une image, parce que le réel la signifie qui le signifie. Rebonds spéculaires. Je n'avais aucun contrôle là-dessus et n'en revendiquais aucun. Ma correction était terminée, j'avais rendu mes notes. Une euphorie recouvrait l'épuisement à l'approche des vacances. Je m'étais donné pour règle de ne pas garder de lien avec mes élèves après la fin d'un cours. Cette limite était claire pour moi. Les messages d'Audrey-Ann connaîtraient le même sort que ceux de Marianne et de Lucille, ils resteraient lettre morte.

— Merde ! crie-t-elle.

— Quoi ?

— Ben, c'est plate.

— Ça se termine-tu comme ça, tu penses ?

Bruit de fourchette dans le pyrex.

— Non, je pense qu'on est au Costa Rica.

Mais elle constate que je ne recommence pas à lire et s'exclame à nouveau :

— Hein ! C'est-tu la fin ?

Son impression de manque était sans doute plus justifiée lorsque le chapitre comptait trois fois moins de pages.

— On arrive à un autre chapitre.

Les oiseaux sont constants, on dirait des criquets.

— Wow.

— On va-tu se baigner, astheure ?

— Ouin.

— Qu'est-ce t'en penses ? Commentaires ? des idées ?

— Au début, là, je me demandais… je me demandais c'était quoi le lien avec Laurence. Et là, quand t'as… après la deuxième page, quand t'as marqué le petit bout qui m'a full touchée, ben là je comprends.

Elle parle du moment où j'écris que sa rencontre et celle de Laurence, pour des raisons différentes, finiraient par me sembler d'égale importance.

— Je prends bien des détours. J'ai décidé de parler d'un peu tout ce que je croisais.

Elle a l'air contente.

— C'est cool ! Mais là, page soixante et quatre, ça descend vite. Ça veut dire qu'il en reste combien ? Il reste deux parties ?

— En fait, on n'a pas fini le premier livre. Si on lit trente pages demain, on le finit. Après, on va tomber dans le deuxième. Ça fait longtemps je l'ai pas lu, faque je vas peut-être le relire cette nuit ou demain.

— Euh, cette nuit.

L'intonation ne suggère pas de point d'interrogation ni qu'Audrey-Ann remette en question ma suggestion. Je réponds tout de même :

— Ben... ce soir. Je vais essayer d'imaginer une façon d'intégrer la plupart de tes remarques. M'as y songer.

Je lui montre quelques exemples, mais ça la chicote moins que moi.

— Sais-tu, je regarde mes MIO, j'avais donc ben l'air wack.

Elle s'arrête, puis reprend :

— Mais je le suis encore un peu.

Un oiseau pit-pite par-dessus les autres.

— T'as toujours été wack.

— Ouin, mais... je sais pas, j'ai envie... j'ai envie de me dire : mais encore. Je dis plein de trucs qui ont... mettons quand je t'ai demandé : pars-tu seul ? Tu m'as déjà dit que tu trouvais ça bizarre. En effet, c'est bizarre quand je le lis. Mais quand je l'ai pensé, là, ça devait pas être si bizarre. Tu comprends-tu ?

J'y réfléchis et réponds :

— Non.

On éclate de rire.

— Des fois, je dis des choses qui ont d'autres... d'autres connotations ?

— Sans t'en rendre compte ?...

— Ouin. Ouin, sans m'en rendre compte. Depuis quand on demande ça à quelqu'un, s'il part tout seul ?

Son visage s'ouvre tandis que sa tête pivote vers le sol, à gauche, et elle hausse les épaules. C'est pour exprimer l'exaspération. Je me lève en attrapant ma canette vide. Je fais trois pas vers le frigo et remarque :

— Ta face !

— En même temps, j'essaie de me trouver une raison. Mais...

Le silence s'empare de la pièce. J'attrape le bac à glaçons dans le congélateur et le craque. Elle abandonne sa phrase :

— Je sais pas.

Quelques secondes fuient. Je lance à la blague :

— T'as juste à admettre que t'étais follement amoureuse de moi.

Elle rit, je crois qu'elle est gênée.

— Non... En plus, à ce moment-là, n...

— À ce moment-là, non...

Elle réagit en deux souffles étonnés :

— Tu vois ! Ce que je viens de dire !

— Ouais. C'est wack.

On éclate d'un rire qu'elle tient plus longtemps que moi. Ça se transforme en long cri. Et sans s'arrêter de rire, elle conclut :

— Je me trouve conne.

20 janvier 2023. On a lu les pages 30 à 64 d'*Aux aurores*. On a lu plus vite, elle a moins commenté. Elle en a peut-être perdu des bouts ; c'est de l'onanisme par moments. Elle a dit qu'elle aimait ça et je la crois sincère, même si au fond je garde l'impression qu'elle adhère à la proposition pour me faire plaisir. Mon but demeure qu'elle en apprécie les grands ressorts, pas qu'elle comprenne chaque détail et détour.

Je m'explique magistralement dans le mauvais sens. Ce qui vient est à certains égards très aride, ou cérébral, mais aussi très près de ce qui m'intéresse et qui, pour cette raison, pourrait l'intéresser. J'aimerais qu'elle accède à mon regard.

21 janvier 2023. Laurence arrive demain soir. J'ai loué une voiture pour aller la chercher à San José, on va y dormir une nuit. On a préparé la valise d'Audrey-Ann. Men at Work chantait *Who Can It Be Now* pendant que je lui attachais les cheveux et j'ai bien peur d'avoir joué du saxophone avec sa queue de cheval. J'ai ramassé la maison. J'essayais de choisir un livre à mettre dans mon sac, elle a roulé un peu

au-delà du cadre de ma porte. Elle a repris sa marque sur la cucaracha et m'a remercié pour ces vacances. Pas d'horaire, elle ne se sent pas comme un fardeau.

Je suis heureux d'être avec elle dans ce ♪♪ monde d'en dessous où les femmes brillent et les hommes pillent ♪♪. Je l'ai remerciée à mon tour. Elle me permettait aussi de me reposer au chaud. Avec elle, la course effrénée des jours se suspendait. Et j'ai pensé au même moment à tout le travail que je m'étais apporté, contrats et textes à rendre, et « le livre », que j'aimerais terminer.

Elle a dormi cet après-midi. J'ai cherché en ligne un endroit à San José où acheter un nouveau masque pour son BIPAP. Quand elle s'est levée de sa sieste, vers quatre heures et demie, elle s'attendait à ce qu'on continue la lecture du manuscrit. J'ai choisi de remettre ça, il y avait tout compte fait des passages que je désirais revoir avant de les lui lire. Elle a semblé déçue et j'ai trouvé que c'était bon signe.

*21 janvier 2023. Celeste m'a offert un collier. Elle a dit : c'est pour que tu ne m'oublies pas quand tu vas partir. J'ai été touchée.*

*Nous faisons nos valises pour aller à Jaco et chercher Laurence. J.-P. a mis de la bonne musique. J'ai découvert des nouveaux artistes comme Junip et MGMT.*

*Nous étions chacun dans notre chambre. Je suis allée retrouver J.-P. pour lui dire qu'il m'offrait des vacances de rêve et sans doute les plus belles dans mon cœur. Il m'a demandé pourquoi. C'est pour le temps, ne pas me faire pousser dans le cul.*

*Juste avant, je me suis étouffée avec l'eau de la douche en riant. Étouffée fort. J'en ai vu d'autres, mais cette fois ç'a été particulièrement long avant que je puisse respirer à nouveau.*

*Assez long pour que J.-P. me donne une grosse tape dans le dos. Quand j'ai enfin respiré, j'avais la tête penchée, les cheveux dans la face, j'ai pleuré. C'est toujours épeurant, chercher son air. J'ai posé ma tête sur le ventre à J.-P. J'ai arrêté de pleurer. J'ai toussé ma vie. J'ai repris mon souffle seulement trente minutes après ma douche.*

22 *janvier* 2023. *On part de Parrita pour aller chercher Laurence à l'aéroport. Cette fois, nous avons pris la route de la mer en passant par Jaco. C'était beau. À un endroit, il y avait un gros trou dans la chaussée ; les gens ont mis un divan pour avertir.*

*Il fait froid à San José.*

*23 janvier 2023. En me couchant hier, j'ai hésité pour choisir ma position pour dormir. J.-P. m'a dit : tant que je ne me relève pas dans vingt minutes. Alors j'ai enduré mon masque qui me faisait mal. Je suis tellement sensible. Tout me fait de la peine.*

*Ensuite, en sortant de l'hôtel, Laurence a dit qu'elle allait se briser le dos à la place de J.-P. pour mes transferts. Ça m'a fait de la peine, mais je n'ai pas parlé tout de suite. Quand je lui ai demandé si c'était vrai, elle m'a demandé si ça m'avait blessée, je n'ai pas répondu, car je ne voulais pas pleurer et dire ce que ça signifie pour moi. De toute façon, je ne peux plus parler quand j'ai des émotions.*

*J.-P. a tout compris, lui. Le pourquoi du comment, sans que je dise un mot. Si c'est pas de l'amitié, ça ? Faque, j'ai pleuré. Je n'arrive pas à m'enlever de la tête que je suis un fardeau.*

*Nous sommes revenus à Parrita. J'ai seulement rentré dans l'eau et Lau a dit, en moins de deux minutes : OK, on sort-tu, là ? Je me sens bousculée.*

*Ils étaient couchés et je voulais me mettre au lit. C'est insultant de demander de l'aide pour des trucs aussi banals que se faire mettre au lit.*

24 janvier 2023. *J'étais dehors et Nelson a pris mon cellulaire pour me demander sur Google translate si je voulais son numéro. J'ai dit oui, évidemment. Je suis flattée de savoir que je suis fourrable.* LOL.

*J'ai passé l'avant-midi dans l'eau. J'ai adoré. Personne ne peut se douter de comment l'eau me fait du bien. Ensuite, Celeste est venue me trouver. J'ai pratiqué quelques mots de mon vocabulaire en espagnol, aujourd'hui c'étaient principalement les couleurs.*

*Nous avons dîné dans un petit restaurant du rang. La vue est impressionnante. Le proprio et serveur, Andrés, nous aime bien, je crois.*

*Nous avons fait de la trail. Laurence tenait mes épaules et ma tête contre le siège, de derrière. Mes genoux étaient attachés avec ma bande élastique et J.-P. tenait ma ceinture comme une laisse. Ahahah.*

*Nous sommes allés à la playa. Je me suis couchée sans presse.*

25 janvier 2023. OK, *je pense que je suis frue. Je suis souvent grumpy en me levant. J'apprends qu'il n'y a pas d'eau et j'ai cru que c'était nous qui avions vidé le réservoir. J'ai pas le droit à une douche aux deux jours, mais quatre fois par jour pour Lau, c'est* OK*?*

*Nous sommes allés à la plage et j'ai vu un berger allemand qui jouait comme Toto. J'ai pleuré. Nous avons soupé sur la route du retour, j'avais les yeux bouffis. Lau m'a posé une question sur ma consommation d'ativans. J.-P. a dit : ça brasse pas mal dans sa tête.*

*26 janvier 2023. Brian m'a fait les ongles et nous avons parlé. J'avais la main sur sa cuisse avec les doigts écartés pour qu'il m'applique le vernis. J'ai regardé ma main et je l'ai ensuite remise sur lui. Je crois qu'il a pris ça comme une avance. Il m'a dit des trucs un peu wack. Genre, que ça ne lui dérange pas que je sois topless, au contraire. Qu'il ne pouvait pas se lever tout de suite, car il avait une érection. C'est très bizarre qu'il soit le double de mon âge. J'aime avoir cette attention.*

26 janvier 2023. J'ai aidé Audrey-Ann à s'extirper de sa chaise longue de l'autre côté de la piscine, dans l'ombre que grignote le soleil dans sa course. À son midi, il impose sa chaleur. On rentre. Je vois bien que ça ne va pas dans son corps. Sa voix m'est presque inaudible, je la sens fatiguée, en douleur. Pas de lit orthopédique depuis bientôt un mois. On est dans la cuisine, baignées de soleil et d'anxiété, elle me demande de lui lire le manuscrit. Audrey-Ann a parfois des désirs d'immédiateté : « Mon espérance de vie réduite fait en sorte que je n'ai pas le temps d'attendre », formule-t-elle dans son témoignage.

Je ne suis pas prêt, il me reste des scènes à corriger, des morceaux à déplacer, des passages à réécrire – tout travail d'écriture qui lui demeure étranger. Peu s'imaginent ce que ça exige en temps de travail et de repos, un livre. Tout le monde veut croire à la magie. Tel chef-d'œuvre a pris dix jours à écrire, telle politicienne a pondu ses mémoires pendant les vacances de Noël. Ces mythes font mal à la littérature. Et quand même j'y adhérerais, je n'ai pas le talent pour les rendre effectifs. J'écris lentement des histoires que je couperai à la réécriture ou à l'édition. Je me relis au point d'en faire une maladie : j'envoie le manuscrit quand les anti-inflammatoires ne suffisent plus à atténuer mes maux de dos. C'est un travail physique.

Ce qui m'inquiète et me retient n'a pas tellement changé depuis le début. J'ai beau l'avoir informée que ce premier livre parlerait de moi, je sens toujours que je la trahis. Je sais que je la trahis.

Il y a pourtant eu cette nuit où je suis allé la chercher dans son lit, à la Roseraie. On partait à la chasse aux aurores boréales le long du fleuve, jusqu'à la Pointe-au-Père. Je me suis confié à elle. Je venais de réviser un livre portant sur la maladie et j'avais l'impression une fois de plus qu'on me servait un scénario connu, celui du livre que j'étais moi aussi en train d'écrire à partir de son récit, sur sa vie. Ça me semblait de plus en plus intenable de continuer dans cette voie, de raconter le grand drame qu'avait été sa maladie, mais sans pathos ! et la grande force de caractère dont elle avait fait preuve. Je devais essayer autre chose, peut-être écrire notre relation telle que je l'avais vécue. Depuis le début, depuis notre rencontre dans la classe.

On revenait bredouilles, on était sur la montée Industrielle, en direction des hauteurs de Rimouski. C'est là que je lui ai redemandé ma liberté. Je voulais me délivrer de son récit, de la nécessité de mentir à travers son *je*. Elle m'a dit se sentir soulagée de la proposition, comme je l'étais, ça lui en mettait moins sur les épaules. La première idée n'est pas toujours la meilleure, a-t-elle raisonné, c'était une belle surprise.

Je me suis enfoncé dans ce projet. L'objectif que je me fixais de dresser un portrait plus transparent d'Audrey-Ann exigeait que je me rende aussi vulnérable. Ce cliché nécessaire constituait à mes yeux une éthique de la confession : ma nudité contre la sienne. Le biographe allait parler de lui-même et balancer son tracassin, il apprendrait le prix de cette vérité qu'il réclamait. J'ai ensuite compris qu'on ne s'était pas comprises, elle et moi, moi et mon texte. Et je ne me suis plus jamais libéré de l'idée qu'il était parfaitement illégitime que j'existe dans ce livre. Que je n'en avais pas le droit. Que ce livre n'aurait pas dû dévier.

C'est elle qui voulait exister dans un livre.

Elle est là, d'ailleurs, les balles à l'air. Entre sa chambre et la table de la cuisine. Elle aspire une gorgée dans sa gourde. Elle échappe la gourde sur ses jambes, elle s'aveugle dans la lumière. Elle est de mauvaise humeur, elle a mal et son bas de maillot aux genoux (j'oublie pourquoi on ne l'a pas remonté).

Avant son départ, ses amies ont demandé à Laurence si elle ne se sentirait pas de trop, à venir nous rejoindre comme ça dans notre lune de miel. Tout le monde voyait bien cette coupable disponibilité chez moi quand il était question d'Audrey-Ann... L'atmosphère est tendue, très tendue depuis son arrivée. Audrey-Ann, de son côté, déplore que Laurence se soit « invitée dans notre voyage ». Larmes, larmes. Quoi répliquer à ça quand on est moi. J'essaie de consoler l'une et l'autre, l'une de l'autre. La consolation n'est pas ma seigneurie. Ce sont des querelles dont tout le monde se passerait, mais dont il semble qu'on ne puisse plus se passer. J'ai l'impression d'en être l'objet et l'arbitre. Quelque chose a éclaté et nous pourrit la vie sans s'avouer. Ce n'est plus nos joyeux brunchs à trois avec les chiens. Ce n'est plus notre trio d'idiotes à la piscine. Ce n'est plus Laurence qui dépanne comme préposée un soir par semaine. Chacune voudrait que je prenne parti, ou suppose que j'ai naturellement pris le parti de l'autre. Lâchons prise, ai-je envie de dire, lâchons prise.

Je n'ai que des mots de psy pour moi-même et, pour elles parfois, je ne les ai même pas. C'est un piège dans lequel j'ai mis les pieds auparavant, me retrouver coincé entre deux allégeances, me prendre pour une héroïne cornélienne, jouer sur les deux tableaux, m'embrouiller dans mon script, tout perdre. Ça explique pourquoi je n'entretiens plus d'amitiés, sauf celles-ci, qui me paraissent de moins en moins assurées de survivre à ce voyage. Nœud de vipères.

— T'es sûre que tu veux pas faire une sieste avant qu'on lise ?

Audrey-Ann insiste. Pas de sieste. Elle préfère qu'on continue notre « révision ». Elle a tendance à employer le mot *révision,* que je corrige, agacé, irritable : *lecture.* Je ne suis pas prêt. Ce n'est pas indiqué de poursuivre la lecture de mon voyage en Louisiane avec Laurence. Je n'en ai pas envie, j'ai peur. Je suis incapable de dire non.

— T'as pas faim ? Tu veux-tu que je te réchauffe ta pizza, avant ?

— Non.

Elle va la manger froide. Je remonte dans le document. Je l'ai devant les yeux. On s'installe dans les reflets de la sale table, sous le regard des geckos. Je démarre l'enregistrement.

J'ai mis en épigraphe un passage du *Survenant* où il est question de passion. Je le lis et ça accroche.

— ~~Euh je comprends rien.~~

— Han ?

— Je comprends rien.

Je réentends « rien ».

— Tu comprends pas quoi ?

— ~~Ben, la citation.~~

— Qu'est-ce tu comprends pas ?

— Ben, qu'est-ce qu'elle fait là pis qu'est-ce que ça veut dire.

Ç'aurait pu être un signal. Je m'entends plutôt expliquer tous les sens du mot *passion* et résumer l'histoire du *Survenant*.

— Ça correspond à mon errance personnelle, au fait que moi aussi j'ai cette passion pour la boisson.

— D'accord.

Je réentends ma voix monocorde, sans volume et sans rythme, livrer ce qui suit.

On m'appelait généralement à la rentrée d'automne pour me proposer une tâche complète et il arrivait qu'on me donne à l'hiver un groupe ou des mesures d'aide (enseigner toute la grammaire française en douze heures ; lire des livres à des personnes dyslexiques[25]), parfois un cours

25 Un directeur des Études, ancien prof de géo, avait voulu réinventer les services offerts aux élèves dyslexiques. Il n'était pas question d'engager une orthopédagogue ; une enseignante de français lirait les livres à celles qu'un trouble neurologique empêchait de comprendre un texte aisément. La dépendance plutôt que l'autonomisation. Je fus cet enseignant, et ce court épisode, l'un des plus joyeux de ma carrière, car j'aime les élèves et lire à haute voix. J'étais toutefois conscient de l'inutilité de la mesure dans le parcours de l'élève, que je dispensais d'une épreuve – la seule précisément requise par le cours, c'est-à-dire lire.

Ces élèves m'arrivaient attentives, une à une dans mon bureau, au rez-de-chaussée du C, où je séjournais encore parmi les enseignantes en soins infirmiers, comme laissé au seuil de mon propre département (les bureaux manquaient, deux étages plus haut). Je lisais trois ou quatre fois chaque livre, et j'estime que mon interprétation s'améliorait de la première à la deuxième, avant de dégringoler et de céder à la lassitude à mi-chemin durant la quatrième lecture.

de préparation à l'épreuve uniforme, qui commençait à la mi-session. À l'hiver 2018, on ne m'avait pas appelé. Mes études en lettres m'avaient mené au chômage ; mon père avait donc eu raison de les réprouver.

— Attends peu. Ton père, il voulait quoi ?

— Que je fasse de quoi d'utile.

À vrai dire mon père n'a jamais exprimé d'opinion claire au sujet des arts et des lettres, qui ne l'intéressent tout simplement pas (contrairement à mon passé de chercheur en financement de l'éducation, dont il me reparle souvent, avec le désir manifeste de me voir y replonger). C'est moi qui, plus jeune, projetais mes craintes sur notre relation : le théâtre,

Je gardais pour moi mes opinions sur les corpus de mes collègues et sur les livres eux-mêmes. Autant que possible. J'avais eu du mal avec *La femme qui fuit*. Il faudrait, pour ne pas le trouver imbuvable, refuser d'interpréter la dernière scène, où la narratrice, apparemment mue par une « soif inaltérable d'aimer », tente surtout de montrer qu'elle a réussi là où sa grand-mère a selon elle échoué : « Je suis libre ensemble, moi. » Éloquente apposition. Voilà ce qu'elle reproche en fin de compte à sa grand-mère, l'abandon de sa famille, c'est tout ce que le tracé du roman lui aura enseigné sur la vie d'une artiste qui, au prix d'affirmations douloureuses, s'est réclamée à ce qui enfermait son époque. Bien sûr que cette narratrice est capable de mener une vie d'artiste libre et convenablement révoltée, heureuse d'élever des enfants dans sa résidence secondaire à la forêt ; elle est née dans une société qui a beaucoup évolué, entre autres grâce à des personnes comme sa grand-mère ; elle a hérité d'un rapport à l'art, d'un peu d'argent et d'un nom. J'étais si en colère, la première fois que j'ai lu cette fin-là, que j'ai laissé échapper auquel j'aspirais, bouillant dans les petites jeans que j'achetais du côté des filles chez Urban Planet, allait-il me révéler dans les fonctions d'un homosexuel à ses yeux ?

— Ben, c'est utile !

— Pas selon lui.

J'avais fini par en parler à ma mère, qui avait prétendu qu'une telle association ne lui évoquait rien. Elle m'avait offert, ce Noël-là, un livre sur Ex Machina, la compagnie de Robert Lepage.

— Qu'est-ce qu'il aurait aimé ?

— C'est une famille de comptables. C'est concret, la comptabilité, l'administration. Des domaines qui donnent une job stable.

un voyons donc, câlisse. Devant une élève de Chute-aux-Outardes. Ça l'a saisie, je ne vous le cache pas. Pour m'en repentir, je lui ai interprété tous les rôles de *Being at Home With Claude* avec maestria. J'ai mieux contenu mon irritation les fois suivantes.

Je me rappelle un autre de ces élèves, qui me parlait de son désir de devenir historien. J'ai pensé sans le lui dire qu'il aurait mieux fait de choisir une profession moins écrite. Cette idée furtive, dans ses habits d'évidence, surgissait d'a priori plutôt étroits. Il y avait bien mille manières de faire l'histoire qui n'étaient pas l'historiographie traditionnelle, et qu'avec un peu de vigueur il inventerait peut-être.

Quoi qu'il en soit cette mesure n'a pas duré. L'ingénieux directeur a pris sa retraite deux sessions peut-être après son implantation. Sa successeure a mis fin à cette initiative et inventé d'autres façons d'aider les élèves. Une même personne n'occupait jamais très longtemps ce siège, dont l'utilité première était de rehausser la pension de qui s'y assoyait au seuil de sa vie utile.

Par contre la stabilité, comme enjeu, me rappelle le moment où j'ai annoncé à mon père que je mettais mon DEC sur pause pour aller me découvrir au Pérou. Il m'avait invité à souper en ville dans un restaurant végétarien, lui qui n'avait jamais eu beaucoup de sympathie pour mon végétarisme, seul à seul, nous qui n'avions jamais expérimenté une telle intimité. Il m'avait questionné. Où allait ma vie ? quels étaient mes plans ? Une coriace dépression me travaillait depuis le début de l'adolescence et de l'alcoolisme. Ma mère avait dû lui conseiller de s'inquiéter. Ça lui avait suffi que je lui explique mon besoin de changer d'air après treize ans passés sur les bancs d'école. J'étais mûr pour mon Grand Tour. Je m'en tirerais avec la promesse de reprendre mes études l'année suivante. Et du reste nous n'avions pas beaucoup de conversation.

D'après mes collègues, je pouvais espérer une permanence après onze à quinze années de service – la moyenne dans notre département. Je me demandais si une telle situation existait dans d'autres secteurs que l'enseignement. J'ai voulu transformer ce malheur en opportunité, à l'image d'une entrepreneuse inspirante. J'ai décidé de partir.

La Louisiane s'était imposée à moi quand j'étais tombé sur Jean Lafitte, un pirate qu'on répute avoir financé l'impression du *Manifeste du parti communiste* de Marx et Engels. C'est le premier livre que j'ai acheté de mon initiative, avec mon argent de poche en secondaire un, au Renaud-Bray des Galeries de la Capitale. M'avait particulièrement marqué sa proposition troisième, « Abolition de l'héritage ». Je la remâchais, elle m'appelait de l'écriture. La Louisiane pouvait aussi compter sur les pirates de Michel Séligny et sur celui de Philippe Aubert de Gaspé fils, ivrogne fugitif devant son être et l'État, vaguement journaliste à La Nouvelle-Orléans avant qu'on le retrouvât sans vie en travers d'une route de la Nouvelle-Écosse. J'avais lu des blogues au sujet de la Louisiane, de Mardi gras et des quartiers à habiter. La Nouvelle-Orléans s'était révélée hors de mes moyens. J'avais ciblé Lafayette et la bibliothèque de son université. J'avais envoyé un courriel à Jean Arceneaux, un écrivain et folkloriste, professeur à la retraite. J'allais m'installer, lire, écrire, fouiller les archives.

Il s'agissait de ne pas tout planifier ; j'en laissais une part à l'aventure – vestiges émotionnels de la chevalerie. J'envisageais un voyage théorique ou, en tout cas, pratique sur le plan de la théorie. Je m'intéressais à la notion de carnavalesque, je me demandais comment elle parvenait encore à s'incarner de nos jours, si le carnaval préservait sa capacité à rénover le rapport au corps, à tout renverser : le haut et le bas, les hiérarchies, le profane et le sacré, les rites. Si le carnaval parvenait encore à purger les passions, s'il était ce monde second, hétérogène et gouverné par la folie, qui relâchait l'ascèse et célébrait le grotesque.

Tout au fond quelque part, j'espérais plonger en ma déréliction.

— C'est quoi « déréliction », tu vas me dire.

Elle a dû faire un geste ou je suis d'une humeur caustique, et sûrement les deux.

— Ouin.

— C'est l'état d'un être humain sans recours devant Dieu, sans Dieu ? c'est l'idée d'être sans secours, vulnérable, abandonnée.

Seul était le but. Vaincre le gouffre. Partir, disparaître. Par défi ou par désarroi. Je m'étais déjà imaginé louer un appartement dans l'Ouest (en Alberta, hélas), m'enfermer avec Janson et son *History of Art*. M'enfermer et traverser ce livre, devenir historien de l'art, pourquoi pas, trouver un sens qui me dépasse. Entrevoir cette évasion me changeait déjà. J'imaginais que, seul, je pourrais devenir quelqu'un que j'endurerais. Les autres concevaient trop d'attentes à mon endroit, je m'aliénais dans leur regard. Le social exerce sur moi une formidable orthopédie. Je ne me suis jamais reconnu la possibilité de changer, comme si changer m'absoudrait trop commodément d'une faute que je dois porter jusqu'à la fin. L'identité, la première faute, l'unique. Exister. Changer romprait la cohérence, la continuité du récit qui m'inscrit à la reconnaissance. J'en traînais des regrets dont j'aurais voulu que la solitude me lave. La Louisiane devait m'offrir cette fuite.

J'avais conçu ce plan à l'instar d'un prêtre, avec foi, durant les quelques mois qu'avait duré ce célibat entrecoupé d'idylles inconséquentes. Tout près de m'embarquer pour cette renaissance magique, cependant, j'ai vu Laurence sur la causeuse de laine, au milieu du salon de mon appartement donnant sur Cathédrale. Elle macérait dans l'odeur du Dixie Lee. Elle puait la panure à présent qu'on l'avait gâtée. J'oublie comment elle me l'a appris. Elle avait arraché la demi-promesse qu'on la reprendrait peut-être à son retour à la librairie, où elle travaillait depuis cinq ans. Elle partait avec moi. Je suis persuadé de m'être senti irrité et de n'en avoir rien dit sur le coup. J'avais bien pu orchestrer moi-même ce sabotage, l'inviter, saoul et désespéré, depuis le creux d'une nuit où la perspective de la solitude m'avait ravalé[26].

On s'était revues souvent, je pense même qu'on se « fréquentait ». Je me reconnaissais dans sa détresse et, même si la vie demeurait un mensonge, le monde me paraissait moins faux quand j'étais avec elle. Elle demandait à ce que je l'aime. Je ne pouvais pas lui donner ça[27]. J'avais autrefois prononcé des je t'aime absolus, peut-être sans jamais parvenir à en renouveler la signification. Des filles m'en avaient donné et les avaient repris. Je les avais accumulés comme des trahisons et des hypocrisies. Et c'est comme si je n'avais plus la force d'engager une parole dont je sentais qu'elle pourrait se disloquer à tout moment de ses effets. J'évoquais le livre de Dorion pour me défiler.

(*Avant, ici ou plus tard, je pourrais très bien m'évanouir qu'on ne s'en apercevrait pas. C'est très pénible à réécouter.*)

Laurence m'avait parlé des agressions sexuelles qu'elle avait vécues, elle m'avait fait prendre conscience de ce qui m'était réellement arrivé à Liège six ans plus tôt. Ça me frappait qu'on puisse mettre des mots sur des événements si lointains et que ces mots parviennent à les révéler, à les resymboliser. Je ne dirais pas que ça m'a aidé. J'avais développé la fâcheuse habitude, quand toujours complètement saoules on s'essayait à la sexualité, de revoir le gros sieur et

26 Laurence me montre des messages où je lui demande si elle peut avoir un mois de congé pour m'accompagner ; et où je lui suggère, dans le cas où on le lui refuserait, de taponner quelqu'un à la librairie afin d'obtenir une suspension avec solde.

27 A.-A. : Bout important.

de pleurer. Ce n'était pas la sécrétion idoine, mais Laurence s'en contentait. On avait passé la fin de l'automne à se lire *La raison des fleurs* de Michaël Trahan. À tour de rôle, calées dans la causeuse de laine avec un verre de vin. On trouvait ça exceptionnel et parfois, pour un rien, on se mettait à parler en répétitions parce que c'étaient la manière, le rythme, le souffle qui nous en restaient. Rendues aux trois quarts, on avait rangé le livre dans ma bibliothèque en se jurant que, si on décidait un jour de ne plus se voir, on le terminerait ensemble sans avoir besoin d'autres mots. Entre le moment de notre véritable rencontre et celui de notre départ pour la Louisiane, il s'était écoulé deux mois.

Laurence était allée dans sa famille en Beauce, puis elle avait pris l'autocar jusqu'à Lévis pour venir célébrer Noël au condo de mon frère. Elle avait pu apprécier les méthodes par lesquelles mon père m'avait inculqué la rhétorique depuis le plus jeune âge. L'engueulade, en style libre, portait cette année-là sur les idées nouvelles du plus ancien politicien de l'Assemblée nationale, un homme fortuné qui avait roulé ses partenaires d'affaires et qui, par un illusionnisme de palais des glaces, avait gagné la confiance d'une populace impatiente de voter contre elle-même, fébrile à l'idée d'être flouée à son tour.

On avait dansé avec ma mère dans le salon. Mon frère ne s'y était pas plus risqué que sa fille, une ado trop brillante pour ne pas se tourmenter, prise dans son corps et ses désirs, les bras le long du tronc debout à côté du sofa.

## APARTÉ 4 : PORTRAIT DE MON PÈRE
*en tant que marque d'affection profonde*
*et pourtant gauche pour*
*cet homme que je ne*
*comprenais*
*pas*

Il y avait de singulièrement incarné chez mon père, comme chez beaucoup d'hommes qui ont vécu la Révolution tranquille hors du milieu culturel, qui l'ont vécue depuis les lignes de côté, où se réinventaient les ruses de la finance, qu'à ses yeux ma génération n'était qu'une bande de rêvasseuses idéalistes sans prise sur le réel. Des pelleteuses de nuages, on l'avait souvent entendu en 2012. Mon père avait raison ; pour beaucoup, nous rêvions de mieux et notre jeunesse tolérait mal la demi-mesure. Il négligeait cependant de reconnaître que ses aspirations relevaient elles aussi de croyances et de récits, notamment d'une adhésion aux promesses du néolibéralisme, aux mythes du self-made-man et du Canadien français émancipé, et – même s'il n'avouait jamais son affection que pour les « valeurs » catholiques – d'une adhésion à la religion qui avait fondé son être, lui avait offert une direction depuis l'enfance et le plongeait maintenant dans un douloureux manque de transcendance.

Il était d'une génération que ses croyances avaient trahie. Par son parti pris pour l'entreprise privée et le travail acharné, il avait conçu un dédain pour la fonction publique, à laquelle il avait renoncé en même temps qu'à d'avantageuses conditions de travail et de pension. Il semblait en garder une amertume, qui nourrissait sa haine des fonctionnaires. D'autant qu'avec la crise financière de 2008, peu avant sa retraite, il avait perdu près de trente pour cent de ses économies en placements. Sur les autres tableaux, il devait constater que les dirigeants d'entreprises importantes demeuraient anglophones, voire que des femmes réclamaient un siège à la table de direction, et que la crédibilité des curés s'usait au fil des scandales sexuels qu'on révélait dans les médias. Il continuait somme toute d'accorder sa confiance aux médias, et aux curés, eux qui l'avaient élevé dans le sport au patro, qu'il avait fréquenté assidûment avec d'autres jeunes impécunieux. La certitude qu'il avait pu entretenir quant à l'existence d'un Ciel avait été entamée. Restait peut-être la maison familiale, qu'il avait bâtie de ses mains, sa fierté. Or quand il l'avait vendue à contrecœur pour s'en aller en condo, s'estimant trop vieux pour s'en occuper, se réconfortant qu'elle accueille les moments de réjouissance d'une nouvelle petite famille, les acheteuses n'avaient pas tardé à le poursuivre pour vice caché. Mon père n'avait rien caché, il n'avait jamais menti de sa vie. Il devait même laisser son sens de la justice le trahir. La cause était exagérée, mais elle ne l'en grugeait pas moins nuit et jour, il devenait l'ombre de l'image qu'il concevait de lui-même, il perdait le sommeil, du poids et son aplomb, et il avait payé pour recouvrer sa santé. D'abord une avocate, qui laisserait traîner l'affaire. Puis les plaignantes directement, pour se débarrasser aussi de l'avocate.

Quand j'ai compris tout ça, et que mes propres aspirations ont commencé à me jouer des tours, je me suis mis à lire autrement les remarques vindicatives par lesquelles il avait paru me reprocher de rêvasser. C'étaient des remarques maladroites, comme tout l'avait été de la paternité de cet homme sans moyens devant sa tendresse, élevé dans un milieu austère et froid, mais des remarques qui, malgré de catégoriques vilenies, n'en constituaient pas moins un avertissement sensible et honnête. Mon père avait voulu que mes rêves ne me détruisent pas. Il en appelait à ma lucidité. Il m'enjoignait de voir que j'étais, moi aussi, d'une génération que ses croyances trahiraient.

Après notre retour à Rimouski, les tempêtes avaient forcé la fermeture de la 20 et retardé notre départ de quelques jours. Je suis arrivé chez Laurence, de l'autre côté de ma rue, épuisé par les fêtes et les tripes à l'envers. C'était un matin de janvier. En bas de l'escalier arrière, la déneigeuse avait amoché un vélo cadenassé à la clôture frost. On a chargé ses bagages, mis sa caisse de livres avec la mienne sur la banquette de la Pontiac Wave. Elle s'est assise à côté de moi et je lui ai montré mon porte-clefs, un revolver magnum miniature que j'avais ramassé sur le trottoir. J'estimais l'occasion idéale pour l'étrenner.

On a roulé sans savoir où on s'arrêterait. On s'était gravé de la musique et des livres audio sur des CD. On a préféré la lecture à haute voix. *Lolita* me mettait mal à l'aise sans que je l'aie jamais ouvert. C'était le livre préféré de la mère de Marcel·le Thibodeau, qui s'identifiait beaucoup à ce qu'elle présentait comme le pouvoir séducteur de la protagoniste. Qu'une nymphette puisse appâter un vieil homme, si c'était bien ça l'histoire – et ce ne l'est pas –, je ne voyais pas trop d'intérêt à ce qu'on me l'explique. Ce roman réverbérait aussi ma tendance à me lier à des orphelines de père et je n'avais pas tellement envie de savoir ce que ça disait de mon paternalisme. Laurence avait lu *Lolita* trois ou quatre fois. Elle l'a recommencé pour moi tandis qu'il faisait clair et qu'elle ne tenait pas le volant. On a tinqué à Cornwall en soirée, sur une île juste avant les lignes, sans penser que la gazoline s'y négociait plus cher qu'aux États-Unis d'Amérique.

L'éclairage du poste-frontière nous a éblouies. Le douanier s'intéressait hautement à notre voyage et à notre relation. Where are you headed ? Lafayette. Je lui ai remis la réservation de notre hébergement. Are you two a couple ? Pas vraiment, it's complicated. What do you do for a living ? I work in a little bookshop, a dit Laurence en se prenant pour une polly pocket. Also I am a poète. Et c'est avec un salaire de libraire-poète que vous allez passer un mois et demi en Louisiane ? Vous avez combien d'argent ? Right now I have twenty-four dollars in my pockets, de dire Laurence (libre citation de *Thrift Shop* ?). (*Elle rit.*) Mais ni les vingt-quatre dollars ni la carrière de jongleresse n'ont convaincu le douanier, qui a redemandé : avec quoi vous allez payer votre voyage ? I have a debit card and a credit card. Il n'y avait qu'une espiègle pour fournir une réponse aussi littéralement vraie. Le douanier a coché la case « petit clown » sur son formulaire (*elle rit*) et il m'a adressé les mêmes questions. Repu, il a encore demandé : vous couchez où, ce soir ? Chicago, ai-je déclaré, sans réaliser que cette ville, à onze heures et demie de route, n'était pas même sur notre chemin. Le douanier m'a indiqué où ses collègues allaient fouiller le char. (*Elle rit.*) Un grand garage bardé de lampes halogènes. Laurence m'a expliqué que je voulais dire Buffalo, on allait manger des ailes de poulet à Buffalo. J'ai coupé le moteur et on est sorties, moi avec les clefs dans la main.

— Leave the keys in the car!

L'agent portait dans la voix cette inquiétude communicative qui laissait présager qu'il pourrait nous plaquer au sol à tout moment. Je me suis mis à penser à mon petit revolver, dont le barillet, grâce à l'aimable délicatesse de sa conceptrice, pivotait et basculait hors de la carcasse. S'il fallait qu'on me le prenne! J'ai pensé le leur braquer dessus, avant de me raviser. I left the keys in the car[28] et on s'est acheminées vers le bâtiment principal du poste-frontière. Lie low, carpaccio. Un inspecteur en veste pare-balles nous a invitées à poireauter sur des chaises de plastique dans une salle nue. Les portraits de Donald Trump et de Mike Pence nous regardaient.

— Est-ce que c'est commun?

La bande-son grésille un peu. On se croirait dans l'ancien temps.

— «Est-ce que c'est commun?»...

— De te faire fouiller ton char.

— Ça m'était jamais arrivé.

Le superviseur a fini par nous appeler. Il était assis très haut par rapport au comptoir qui nous séparait, avec un agent derrière chacune de ses épaules. Une mise en scène destinée à nous intimider. Il nous a posé les mêmes questions que le douanier dans sa guérite. On a poussé à nouveau les réponses, cette fois avec une caméra à deux pieds de la face. Celui-ci, à la différence du précédent, s'intéressait à l'art. So you're writers, a-t-il dit. What do you write? Do you have a blog of some sort? J'ai pensé à ce

28 A.-A. : LOL.

que j'aurais pu écrire en ligne. Pas grand-chose d'incriminant. Laurence a dit : I am a poète, I write books. Le superviseur nous a demandé si on transportait des marchandises, de l'argent, des objets qu'on comptait vendre. Laurence a dit : I have four books, but it's not for selling. It is for giving, if I meet people, you know. Maybe to the person where we are going to visit – et l'explication a couru encore un moment. Le superviseur a paru aussi exaspéré que désolé quand il a laissé tomber : just forget about your books[29]. (C'est ainsi que Laurence raconte cet épisode.) Il nous a congédiées pour passer au crible nos réseaux sociaux. On a attendu, rassies comme deux pains.

Une demi-heure plus tard les agents nous rendaient nos téléphones et nos ordinateurs. On a chargé le reste des bagages, qu'ils avaient étalés sur des grandes tables en stainless dans le garage. J'avais d'abord cru que le porte-clefs m'incriminerait. En définitive, la réplique d'une arme leur renvoyait leur langage. Bienvenue en Amérique. Je suis sorti du garage en m'aidant des rétroviseurs, avec cette précaution extrême, ridicule, qu'on prend devant des policières, et j'ai emprunté l'allée vers la 37, que j'ai suivie. Il était tard. Notre compilation jouait en boucle. Le riff de guitare qui ouvre *Age of Consent* de New Order marquait le retour à la piste 1. On a cherché du cidre et de la bière, allant et revenant sur cette route en quête d'un dépanneur et d'un motel. On dormirait à Ogdensburg.

Chaque fois que je réentends les premières notes de cette chanson, je nous vois, depuis le fleuve, parcourir une route bleu foncé qui le longe en deux dimensions. On monte et on descend derrière des arbres sombres,

29 A.-A. : LOL.

notre voiture en carton noir avec ses phares jaunes devant, comme dans un film de Wes Anderson.

Le matin nous a levées. Une feuille plastifiée dans la chambre du motel nous intimait de ne pas ouvrir les fenêtres durant les « harsh Canadian winters ». Nous qui pensions être entrées en Amérique, entrerions-nous jamais là où nous sommes déjà ?

Dans le restaurant-cafétéria hors saison en tapis : trois tasses d'eau de vaisselle, deux toasts au Jif. On méprisait déjà la confiture de raisin, dont raffolait singulièrement une paire de trentenaires venues dire le bénédicité à la table d'à côté. Ça commençait raide. On a repris la route vers le sud.

Ma gourde est une paille qui filtre l'eau. Quand je bois, elle fait le bruit d'un vire-vent au micro-ondes. Je suce et vous l'entendez.

— Questions ?

Audrey-Ann n'en a guère.

— Ça va. Commentaires ?

Elle ne dit rien sur le coup qu'un hum.

— Maggie Nelson dit –

— En fait, je trouve ça beau, quand la musique joue, de savoir que tu t'imagines encore, que tu te vois faire ça.

Je craque le moule à glaçons en acquiesçant :

— Ça fait ça, la musique, hein.

— J'ai beaucoup trop les doigts gras. Veux-tu ~~la pointe~~ ?

— Si je veux la boire?

Elle soupire. Je l'imite qui soupire.

— La pointe de pizza.

— Peut-être tantôt.

— On continue?

— Maggie Nelson dit : « ‹ La liberté pour nous, la servitude pour vous › est la déclaration opérante depuis la fondation de la nation américaine. »

Cette épigraphe a été coupée au montage.

Greenville Ohio, Greenville Indiana, Greenville Kentucky, Nashville Tennessee. La température était clémente, aidée par cette chaleur urbaine et sale qui émane des bouches d'égout. Une nuit dans la Music City, à passer d'un honky tonk à l'autre.

> — C'est quoi?
>
> — C'est des bars où il y a des chansonniers country. C'est typique, dans cette ville-là, il y en a plein.

Il est arrivé qu'on sorte d'un bar sur l'introduction de *Take Me Home, Country Roads* et qu'on entre dans le suivant au refrain. On n'a pas compté le nombre de fois qu'on a entendu cette chanson; j'en garde un grand sentiment d'ininterruption.

> — Je vais te la faire écouter.

Je trouve la chanson et la fais jouer. Je tape le rythme sur le micro sans m'en rendre compte.

— Je la connais. Il y a eu pas mal de reprises.

— Oui, des tonnes et des tonnes.

« J'entends sa voix aux aurores, elle me réclame
La radio me rappelle ma maison tout au loin
Je conduis sur la grand-route et j'ai le sentiment
Que j'aurais dû être chez moi depuis hier, hier

Routes de campagne, ramenez-moi chez moi
Là où j'ai mes racines
Virginie-Occidentale, montagne mère
Ramenez-moi chez moi, routes de campagne »

Nostalgie de cette autre qu'on aurait pu être. Regret de n'être pas ce qu'on aurait à faire, pas au bon endroit, de toucher trop tard à une vérité : home, le foyer. John Denver plonge dans la beauté de cette « almost heaven, West Virginia », femme-État autour de laquelle se rapaillent tous ses souvenirs. Il y trouve une beauté perdue qui se lie à l'effet du temps sur la matière, au déracinement dont le temps nous afflige, à l'affront continu du réel : le passé était notre royaume, qui se dérobe inéluctablement.

— À ce moment-là, t'aurais-tu voulu être tout seul ?

— Euh. À quel moment ?

— Durant ton voyage où tu t'imaginais seul.

— Je pense qu'une fois parti, je me suis laissé glisser dedans. Ç'a juste pas été ce voyage d'introspection que je fabule depuis que je suis enfant.

— Est-ce que tu penses encore à en faire un ?

— Ça me revient pas mal toujours.

— Penses-tu pouvoir en faire un ?

— Je sais pas. J'avais pensé que je partirais en mer. Finalement, on est ici à la place... C'est pas pire que ça.

— Oui, mais t'es pas tout seul.

— Non, mais c'est la vie. C'est difficile d'être tout seul, dans la vie.

— OK, je t'ai interrompu.

On entend dans cette road song toute la mélancolie américaine, la lamentation d'un peuple témoin de l'effritement de ses mythes, qui rêve d'un fast car pour le mener à l'envers de ton corps. Il faut voir avec quelle passion, avec quelle souffrance, les gens du Sud chantent *Take Me Home, Country Roads*. J'ai le souvenir précis de trois femmes côte à côte portant des chapeaux de cow-girl. Précis pourtant sans contexte. Elles ont un verre de bière en plastique à la main, passent l'autre bras autour du cou de l'amie. La terrasse est sur un toit. Le temps se couvre. Le chansonnier joue sous un auvent, et les trois femmes dans l'assistance unanime hurlent avec lui. En transe. Il y en a une qui pleure, la gorge déployée, les yeux au ciel. Elle adresse une prière.

Composé par Denver en 1971, ce ver d'oreille pastiche un thème folk popularisé par James Bland cent ans plus tôt : *Carry Me Back to Old Virginny*. On crédite Bland de plus de cinq ou six cents chansons (des exégètes lui en supputent même une centaine de plus), dont cinquante seulement sont publiées sous son nom. Il meurt de la tuberculose, seul et pauvre, le 5 mai 1911.

C'est ennuyant à réentendre. Je m'enfarge dans les mots. Je précise pour rien :

— Je parle de sa tuberculose parce que je vais y revenir plus tard avec un essai de Susan Sontag sur la maladie.

Et je reprends, sans vigueur, sans rythme.

Sa dépouille est inhumée dans une sépulture anonyme. Trois décennies s'écoulent avant qu'on la localise à Merion, en Pennsylvanie, à l'initiative de l'American Society of Composers, Authors, and Publishers. L'État de Virginie porte *Carry Me Back to Old Virginia* au rang d'hymne peu de temps plus tard, en 1940, moyennant quelques ajustements lexicaux. Dès 1970, cependant, Douglas Wilder, premier Afro-Américain à occuper des fonctions de sénateur aux États-Unis, organise la lutte contre la chanson et son contenu offensant. Il y consacrera vingt ans de vie politique, sans succès. C'est en 1997 que le Sénat de la Virginie « promouvra » la chanson au rang d'hymne émérite, curieuse invention destinée à épargner le capital politique des républicaines. On ménage ainsi la chèvre et le chou : on ne chantera plus l'hymne, mais on lui assure, à perpétuité, un titre honorifique.

Je m'arrête pour modifier une phrase. Audrey-Ann en profite pour dire :

— Je comprends pas trop où tu veux en venir.

— Ouin. C'est ce que je pensais qui allait arriver. Là, je parle de musique, c'est là que je vas. Je parle des États-Unis, où je suis. Je parle des choses avec lesquelles j'entre en contact. Ce que tu devrais comprendre de ça, au-delà de l'information très factuelle que je suis en train de te donner, c'est que, quand je suis dans le monde, c'est ça que je vois.

Elle ne répond pas.

Si on a tant tenu à la chanson, dans cet État, c'est que les paroles du ménestrel Bland, lui-même descendant d'une lignée d'« hommes libres », louangent l'esclavage et les vieux maîtres :

« Ramenez-moi à l'ancienne Virginie,
où poussent le coton, le blé d'Inde et les patates,
où les oiseaux chantent un printemps mélodieux,
c'est là que le cœur du vieux Noir souhaite aller.

C'est là que j'ai trimé si dur pour mon vieux Maître,
jour après jour sur la plantation de blé d'Inde ;
nul endroit sur terre que j'aime plus sincèrement
que l'ancienne Virginie, l'État où je suis né.

Ramenez-moi à l'ancienne Virginie,
que j'y vive jusqu'au déclin, jusqu'à la fin,
j'ai tant erré près du Grand marais lugubre,
c'est là que la vie du vieux Noir s'achèvera.

Maître et Madame sont mortes bien avant moi,
nous nous reverrons sur cette rive brillante,
nous y serons heureuses et libres de chagrins,
c'est là que nous serons réunies pour toujours. »

Les premières ménestrelles américaines, dans les années 1830, sont blanches. Elles se griment en noir et produisent un spectacle de variétés burlesque où se rejouent des stéréotypes racistes dans des sketchs dénigrants, mais où le prolétariat, en tant que classe et matière poétique, s'éprouve parfois de manière transraciale – aussi paradoxal que cela puisse paraître. (*On entend qu'elle gigote sur son fauteuil.*) Dans les décennies qui suivent et mèneront à la guerre de Sécession, cependant, le ton durcit : les ménestrelles observent presque exclusivement les questions raciales et s'obligent à l'éloge de l'esclavage, à l'aide de représentations contraires à celles qui sous-tendent les arguments abolitionnistes. La guerre se mène sur le champ de l'imaginaire.

On entend qu'elle cogne sa gourde un peu partout, contre la table et le micro.

— Ça t'emmerde-tu ?

— Non, mais c'est long.

Elle rit. Et elle ajoute :

— ~~Je suis honnête, han~~ ?

— Comment ?

— Est-ce que c'est honnête ou blessant ?

— Ben, c'est blessant, c'est sûr. Mais… je crois que je m'y attendais un peu.

Le chant des criquets est un silement quand

il étire sa continuité aiguë. J'entends que je note cet échange. Audrey-Ann articule ces phrases avec beaucoup de mal :

— Mais ~~est-ce que... Je~~ sais, tu ~~me l'as expliqué,~~ mais je comprends pas. ~~Je comprends pas vraiment~~ où tu veux en venir.

Je ne réponds pas tout de suite. J'entends que je continue de prendre des notes inutiles. J'entends que j'essaie de me rassembler. J'entends que j'avais tellement appréhendé ce moment. C'est sans doute ça que j'avais dans les épaules, le ventre, la gorge, la voix.

Chloé Cooper Jones : « Mon mécanisme de défense habituel prenait le dessus, qui consistait à me sentir supérieure tout en m'abstrayant dans la théorie. » (*Easy Beauty*)

Time is out of joint, le récit sort de ses gonds.

— Comment t'expliquer... En fait, qu'est-ce qui te pose problème ? C'est que toi t'es pas curieuse de ces affaires-là, dans le fond, ça t'intéresse pas ?

— Euh. Non, j'aime ~~pas~~ l'histoire.

— OK. L'histoire de quoi, t'aimes ?

— ~~J'aime rien~~ ! J'aimais les cours de français avec toi parce t'apportais une autre version de l'histoire, que j'avais jamais questionnée.

— OK.

— On dirait je suis trop légère, parce je veux ~~pas~~ penser à ça.

— Tu veux « pas » penser à ça ?

Il y a bien cinq secondes entre chacune des répliques.

— Ouin.

— Faque il faut pas que j'écrive là-dessus ?...

— Ben, en même temps, ~~c'est ton bout.~~

— En même temps quoi ?

— ~~C'est ton bout.~~

— « C'est mon bout » ? Ouin.

C'est plutôt douze secondes, cette fois-ci.

— Mais continue.

— Ben, euh. Je veux dire, je vais pas continuer pis t'emmerder. Je vais trouver, soit à ce qu'on se comprenne ou…

Douze secondes à nouveau, comme si c'était une respiration. J'aurais pu arrêter ça là, je demande :

— Tu t'attends à quoi du livre, en fait ?

Douze secondes.

— Euh, réfléchit-elle.

Vingt-deux secondes.

— ~~Une surprise.~~

Je murmure :

— J'ai pas compris.

Elle soupire.

— ~~Une surprise.~~

— « Une surprise » ? Qu'est-ce que tu veux dire par « surprise » ?

— Ben, ~~de voir de~~ tes yeux, ~~de~~ tes yeux à toi. (*Inaudible.*)

— Qu'est-ce qu'ils ont, mes yeux à moi ?

— De voir (*inaudible*).

Je murmure, comme pour passer sous sa voix :

— J'ai pas compris.

Elle gémit. Elle soupire. Trente-cinq secondes s'écoulent, suspendues au silence, à ce qui voudrait se dire.

— Annu. Annuler.

— On peut pas vraiment annuler ça.

— ~~De voir~~…

— « De voir » ou « de te voir » ?

— De voir.

Elle s'interrompt trente-deux secondes et reprend :

— (*Inaudible.*)

Elle rit de désespoir. Je craque le moule à glaçons et secoue des bidules sur la table, contre le micro. Je vide la glace dans la limonade. Nelson est venu nous porter un sac d'agrumes ce matin, on en avait déjà à n'en plus savoir quoi faire. Le silence tient un monologue de trois minutes, par-dessus le chœur des criquets. La porte de la chambre s'ouvre. Laurence émerge dans la cuisine.

— Qu'est-ce tu fais, lui demandé-je par tic de langage.

— Salut, répond-elle.

Elle fouille dans le frigo. Puis elle remarque à la blague, en se rendant au comptoir avec un melon d'eau :

— Pourquoi qu'est tounue ?

— Est pas tounue, elle a un bas de maillot de bain aux genoux.

— Ah ! Bon. Très bien.

Audrey-Ann a écrit un message sur son cellulaire pendant ce temps-là.

— « De voir dans tes yeux notre lien, parce que moi j'aime pas l'histoire » ? Mais t'as dit l'inverse tantôt, t'as dit : « J'aime ça l'histoire. » T'as dit : « J'aime *pas* l'histoire » ?

— Non, j'aime *pas*.

Laurence tire une planche à découper et le couteau émoussé de l'égouttoir à vaisselle.

— T'aimes *pas* ça. (*Un temps.*) Faque si t'aimes pas ça, faut pas en parler.

— Non, c'est correct.

On entend qu'elle a souri de gêne.

— T'as-tu une curiosité pour quelque chose, en général ?

C'est dit aussi calmement que c'est vicieux.

— Hum. Les humains.

— OK. Pis ça, c'est pas de l'humain ?

— Ouin, c'en est.

— Je vas te poser une question qui va être cruelle, mais c'est qui, Anselme, pour toi[30] ?

Elle rit.

— Un de mes préposées.

— Un de tes préposées, c'est tout ce qu'il est ?

— Une histoire, il porte une histoire.

— Pis c'est quoi, son histoire ?

— Il me l'a pas toute racontée.

— Ben moi il m'en a raconté quand même un bout. Pis moi ça m'intéresse évidemment, pis tsé, son histoire, c'est entre autres d'être obligé de fuir son village parce que les gens arrivent avec des kalachnikovs. C'est aussi un rapport à l'esclavage, c'est un rapport à l'immigration, à la fuite, au racisme. Pis après ça, hum. Ben... je me dis que, si on s'intéresse à l'humain, faut qu'on comprenne aussi c'est quoi ces dynamiques-là, non ?

On entend le couteau taper sur la planche à découper. Audrey-Ann prononce une sorte de hu-hum qui manque d'air.

— Tsé, ç'a-tu un lien à l'histoire ou pas ? L'histoire individuelle, est-ce qu'elle est liée à celle des autres par l'histoire collective ?

— Mais... OK, c'est correct, je comprends ton point de vue. Moi, quand je veux en savoir sur l'histoire, Anselme m'a parlé d'une couple d'affaires que ça m'a intriguée pis ~~je suis allée écouter des podcasts.~~

— « Pis t'es allée écouter des podcasts » ?

— Sur l'histoire.

— Hu-hum.

— C'est rien qu'que moi, ~~j'y arrive pas.~~

30 A.-A. : Je me suis sentie attaquée.

— « Tu y arrives pas » ?

— Ben... (*Inaudible.*) Mais ça va.

— Ça va pas, non.

— Annule tout ce que je viens de dire depuis vingt minutes.

— Tsé, ça s'annulera certainement pas. C'est pas de même que les échanges interpersonnels fonctionnent. C'est parce... juste dire notre lien, dans mes yeux, juste ça ? je le ferai pas. Ça, c'est sûr. Je veux dire, je suis prêt à canceller le projet, ça m'intéresse pas du tout. Parce que mille personnes l'ont fait pis on est pas spéciaux, là, vraiment pas. Après ça, je peux comprendre que tu trouves ça lourd. Mais il va falloir que j'y repense.

— Non.

Deux minutes où la chair du melon d'eau se déchire, frout-frout, et le couteau tac-tac.

— ~~Au pire, recommence.~~

— Comment ?

— ~~Recommence.~~

— J'ai pas compris.

Audrey-Ann écrit sur son téléphone pendant deux minutes, un oiseau s'est approché de la porte-patio et a raconté l'histoire d'un cri strident, j'ai toussé et cliqué un peu partout sur mon ordinateur, entre les postillons, Laurence a continué de dépecer son melon, ouvert et fermé le frigo : « Recommence, c'est OK, au moins je sais que c'est l'histoire à Anselme. »

— Mais c'est moins son histoire que l'histoire d'une chanson...

Je dois me chiffonner le visage. Je soupire et j'ai oublié ce qui se passe pendant encore deux minutes. C'est long, deux minutes de silence sur un enregistrement sonore.

— Est-ce que l'histoire à Laurence et moi, ça t'intéresse ?

Audrey-Ann semble articuler un oui.

Laurence plaisante :

— T'es mieux de dire que ça t'intéresse.

Elle n'a pas saisi toute la lourdeur de la situation. Rien dans nos voix n'a mis au jour la tension que révèlent les mots sur la page. Audrey-Ann me tend son téléphone.

— Qu'est-ce que tu veux dire, tu vas « laisser faire les commentaires » ? C'est la seule raison pour laquelle je te le lis, tes commentaires[31].

Silence. Elle écrit autre chose sur son téléphone. Je ne le lis pas à haute voix et réponds :

— Mais je veux que t'en fasses, j'en ai besoin[32].

Elle me montre à nouveau ce qu'elle a écrit sur son téléphone. Je déduis qu'elle m'a demandé de recommencer à lire. Je saute l'exposé sur Bland et reprends dans un bar en tapis gazon. Elle m'interrompt après une phrase.

— Monte.

Dans le texte, non à cheval.

— J'ai sauté des paragraphes pour passer l'essai.

— Non. ~~Je veux lire.~~

— Quoi ?

31 A.-A. : Ça me rappelle comment je me suis sentie idiote à côté de toi et que ç'a fini en crise d'angoisse. Je ne veux plus que ça réarrive, on a le droit de ne pas être d'accord, mais pas d'escalade. Je sais que toi, tu t'intéresses à plus de choses que moi. Tu t'intéresses à l'actualité, la politique, l'histoire. Tu lis beaucoup plus que moi, tu es instruit, tu es intelligent. Plus que moi. Par contre, cette journée-là, j'ai senti l'écart pour la première fois. L'écart et le jugement.

32 A.-A. : C'était la dernière chose que je voulais, me sentir jugée.

— Je veux lire.
— Tu veux le lire…
Je rembobine le document jusqu'à la fin des années 1800.

Dans les décennies qui suivent et mèneront à la guerre de Sécession, le ton durcit : les ménestrelles observent presque exclusivement les questions raciales et s'obligent à l'éloge de l'esclavage. Au même moment se forment des groupes de ménestrelles afro-américaines, se destinant d'abord au même public, mais gagnant l'affection du public afro-américain. Elles aussi se peignent le visage en noir, parfois le tour des yeux en blanc. Hors scène, elles tiennent le personnage ; sur scène, elles livrent les mêmes répertoires, auxquels elles contribuent aussi. La chanson cristallise alors un modèle commode pour les sudistes, qu'elle reproduit ad nauseam : des esclaves libérées, au Nord, rêvent de retourner travailler pour leurs maîtres, au Sud.

C'est dans ce contexte que James Bland écrit, autour de 1878, *Carry Me Back to Old Virginny,* qu'adapteront notamment Alma Gluck, Louis Armstrong, Bing Crosby, Jerry Lee Lewis et Ray Charles, et qui adapte à l'origine, dans l'esprit du moins, un thème folk anonyme popularisé par Charles White et publié par E. P. Christy en 1847, une chanson au sujet d'un cueilleur d'huîtres qui, au crépuscule de l'âge, rêve de refaire sa vie à mieux, de devenir fermier et, pourquoi pas, de marier la belle Dinah. Ô good ol' times, they are a-aching.

L'idée générale – en revenir à la bonne vieille Virginie – était déjà suffisamment populaire en 1859 pour que des paquets de tabac s'ornent de vignettes où des esclaves heureuses dansent en famille devant leur case, entre les deux lignes du slogan « Oh carry me back to ole Virginny ». Entre ramène-moi dans le passé et ramène le passé à moi, il n'y a qu'un pas et deux figures du conservatisme – deux pirouettes. À appeler le mouvement qui mène au même, on se réinscrit dans le temps cyclique, on s'agenouille devant cette autre itération du topos de la chute : rendez sa grandeur à l'Amérique. Avec à la clef ce mythe, c'est-à-dire ce mensonge : remets-moi ça *comme ç'a déjà été*. La nostalgie de l'absolu passe pour être universelle ; la nostalgie de la domination est dangereuse. Et la deuxième enfile souvent les habits de la première. Qui n'endure pas de n'être rien aspire à écraser les autres.

Thoreau a voulu renvoyer cette imbécillité au miroir de sa propre morale : « Que dira un État comme la Virginie à sa décharge, le jour du jugement dernier, elle pour qui les esclaves et le tabac ont été les principales productions ? Quel fondement le patriotisme peut-il bien avoir dans un tel État ? » Mais, c'est connu, les fils de Dieu, ainsi qu'il les appelle, n'ont jamais eu honte de trahir leur père quand la manœuvre leur bénéficiait. Les fils trahissent leur père, c'est l'histoire de l'humanité.

L'expression *mal du pays* traduit mal ce que *homesick* peut dire de toutes les versions de cette chanson, même au-delà du tour scandaleux que, soumis à des contraintes socioéconomiques évidentes, Bland sera forcé de lui insuffler ; *homesick* dit l'essentiel de l'existence humaine dans la perspective judéo-chrétienne – une rédemption, une reconstruction de soi et du monde à partir de matériaux corrompus[33]. Souffrir son ciel, expier. Le sentiment

33 « *Homesick* is a platitude », me répond Eli Clare, c'est un cliché. Et je

d'avoir perdu ce qu'on n'a jamais possédé, ce sentiment qu'on éprouve que la vie, avec les lieux, passe et disparaît, cet état d'apesanteur que la route induit et par lequel on se livre à l'introspection. Cela s'appelle de la mélancolie. John Denver l'a parfaitement traduite. Voilà pourquoi, Laurence et moi, on sortait d'un honky tonk sur le refrain de cette chanson pour entrer dans un autre à l'envoi. (*Laurence transbahute la vaisselle de l'évier à l'égouttoir. L'eau coule à grosses coulées.*) Dans un bar en tapis gazon sur lequel, devinait-on à l'odeur, il était tombé pas mal de bière au fil des années, on a demandé *Sweet Home Alabama* à un chanteur qui jouait de la gas-tank bass. Il a résisté tout un set de temps – et, si on avait pris la peine d'étudier les paroles de la pièce de Lynyrd Skynyrd, on aurait pu inférer les raisons de ce refus ou, avec plus de perspicacité encore, s'abstenir de la réclamer. Il a fini par céder quand il s'est rendu à l'évidence : on serait les seules à danser cette soirée-là, avec un couple d'Albertaines qui se sentaient si étonnamment proches de nous que même le serveur les prenait pour nos amies. Il partageait nos pichets avec elles. Soirée d'oubli, qui reviendrait en halos pour nous cerner.

Et farewell, Nashville. On repartait.

À Memphis, le réceptionniste de l'hôtel nous a reçues caché derrière une vitre pare-balles. Laurence, impressionnée, s'est empressée de consulter les statistiques de criminalité de la ville en entrant dans la chambre (*elle rit*), sur un site où les chiffres ont force de faits et de sociologie tout à la fois. Après vérifications, elle ne voulait pas qu'on s'attarde ici ni qu'on ressorte après qu'on se serait

m'aperçois que j'ai fait comme Catherine Dorion.

chassé un souper (son expression). On a visité une librairie, le lendemain matin, où j'ai déniché une édition correcte d'*Huckleberry Finn.*

— Pourquoi « une édition correcte » ? demande Audrey-Ann.

Laurence continue de jouer dans l'eau et la vaisselle.

— Parce qu'elle était particulièrement laide, mais elle se targuait d'être l'édition définitive d'*Huckleberry Finn.*

Laurence précise, attendrie :

— C'était donc une belle petite librairie, avec les chaises pis les machines à écrire au bout de chaque rangée !

— Ouin.

— Je vous ai fait du melon d'eau, les amies.

Laurence prend une bouchée et ajoute :

— Hum.

Elle mastique, un doigt dans les airs et l'envers de l'autre main sur la bouche. Elle signale par là qu'elle va déglutir et parler.

— Ça te dérange-tu si j'écoute ce petit bout-là ?

— Ben non.

— Je trouve ça beau, ça me rappelle, euh.

— Ça te rappelle la route ?

— Hu-hum.

La dynamique du souvenir pousse peut-être Audrey-Ann à se sentir mise de côté.

On est allées travailler dans un café hipster, qui m'a donné envie de m'ouvrir un café hipster et librairie, on a mangé en face dans un buffet chinois insipide. Et au diable Graceland et l'Elvis Presley Boulevard, on avait eu notre dose de country et de blues à Nashville.

On est entrées au pays du steamboat et on a suivi le fleuve Mississippi, gros égout de l'Amérique. (*Audrey-Ann rit.*) On découvrait des maisons bricolées à partir de morceaux disparates. Rien à voir avec les villes de la côte, on le constaterait au retour, où même les vieilles cabanes de pêcheuse à l'abandon présentent un caractère pittoresque. On découvrait des commerces sales et mal approvisionnés, des rues désertes, des stations-service inquiétantes et rouillées. On frissonnait d'une crainte étrange, un tressaut nous tendait dès qu'à l'arrêt, on formait le dessein de sortir de la voiture. Malgré l'objectif que lui prêtent les apôtres de la NRA, l'open carry ne nous rassurait pas.

— L'open carry, c'est que tu peux transporter un gun, mais il faut qu'il soit visible.

Audrey-Ann rit en puisant son souffle.

— Comme ça, c'est ben plus sécuritaire, ajoute Laurence.

Greenville Mississippi, Old Greenville Mississippi, Vicksburg, Natchez. J'aurais voulu dormir à la Mark Twain guesthouse, mais l'aubergiste nous a avoué au téléphone que le chauffage manquait, et l'hiver avait recommencé de nous pourchasser. Le verglas avait lissé la chaussée. Les pick-up nous dépassaient, fiers de bouffer la route. On les recroisait dix, vingt milles plus loin, dans le fossé (*Laurence rit*), parfois sans conductrice, parfois le conducteur sorti de la cabine, qui constatait le résultat d'une audace mal inspirée (*Laurence rit*), excitée par la voix rauque d'une publicité ou de Dieu, ce qui revient au même.

Bâton-Rouge est apparue, avec son pont immense qui enjambe le Mississippi et les terminaux pétroliers, et la maudite chanson d'Isabelle Boulay. L'odeur du sud des États-Unis : mélange de vase et de mercaptan[34]. On a remarqué le panneau annonçant le zoo, emprunté et suivi la 10, bâtie sur pilotis au-dessus des bayous, improbable. Dans le stationnement de l'Acadian Superette de Lafayette, voisine de notre destination, on a posé les pieds dans un demi-pouce de grêle accumulée.

— Est-ce que ça va ?

Nous louions une chambre dans une petite maison jaune, aussi en ordre que mal isolée, faite sur le long, « a shot gun house, explique Jeanne Castille, une maison où un homme armé d'un fusil peut tirer tout droit d'une extrémité à l'autre ». Tirer sur qui dans sa propre maison ? Les Américains sont cinglés. (*Audrey-Ann rit.*) On la partagerait avec l'employé de l'hôte et une locataire affligée comme on l'était. (— Sarah ! *dit Laurence.*) Elle allait vite devenir notre amie après nous avoir indiqué le chemin du Tammy's, où

34 Le gaz naturel est inodore. Pour la sécurité des usagères, les pétrolières l'odorisent avec différents composés chimiques, dont le mercaptan, qui sent le pet de chien et, possiblement, le guapinol. Le mercaptan irrite la peau, les yeux, la gorge, les poumons, et il peut causer des maux de tête ou des maladies respiratoires.

on achèterait chaque jour, pendant les six semaines suivantes, nos cheladas, notre sangria, notre vin blanc et nos bières – toutes boissons de qualité exécrable. Sarah connaissait du français trois mots : *bonjour, merci* et *bitch*. (*Laurence rit.*) Elle les avait appris à Montréal, lors d'un échange scolaire. Elle ne l'avouait pas, mais elle se languissait de son passage à l'Academy of the Sacred Heart, un réseau d'écoles privées qui opérait une succursale à quarante minutes de Lafayette. L'uniforme, les amies. Sarah retournait ces souvenirs, elle cherchait un prétexte pour nous emmener à Grand-Coteau. Elle finirait par le trouver, l'école était justement sur le chemin de la brasserie où elle nous avait invitées à bruncher (plutôt sur l'un des chemins qui y mènent, quand on regarde les cartes après coup, et pas le plus court). Sur la droite, là, il suffit de suivre la desserte. Elle me demandait d'arrêter – elle ne conduisait plus, permis suspendu, la faute à la maudite boisson. Elle est descendue et s'est mise à faire le tour de la bâtisse, infréquentée le week-end. Elle a localisé une fenêtre mal verrouillée. (*Audrey-Ann rit.*) On s'est introduites dans son enfance.

Elle nous a montré tout un tas de salles assez belles dans leur genre, très conformes à l'idée qu'on conçoit d'un collège privé américain, et qui ne signifiaient rien pour nous. Les boiseries foncées, les tableaux à craie, les bricolages. Ces salles ne contenaient pour nous le souvenir d'aucune amie ni n'étaient le repaire d'aucun chagrin, d'aucune consolation. Les lieux n'avaient rien retenu de Sarah. Une ancienne enseignante surprenant son expédition ne l'eût sans doute pas reconnue. Sur les centaines d'élèves qu'on voit, on en oublie beaucoup qui se rappellent de nous. Et vice versa.

Elle nous a traînées dans un couloir étroit, sinueux, jusqu'au deuxième étage. Il y avait en haut une porte menant dans le vide et, en bas, un grand champ gazonné. J'ignore ce qu'elle cherchait, quels démons elle combattait. Elle a voulu pénétrer dans la chapelle, nous montrer où elle avait prié quotidiennement, avec quel mépris pour les sœurs ! Quand elle a poussé un vitrail qui y menait d'une enjambée par-dessus un demi-mur, elle a renversé une peinture contre un banc. Grand bruit, grande peur. Dommages ? Méfaits ? L'air m'a manqué, contrairement à l'imagination : un Grant Wood percé bord en bord, et l'artiste nous pourchassait avec sa fourche en travers du champ. J'ai tenté de n'en rien laisser voir. Laurence avait les bras droits le long du corps, les yeux terrifiés et les souliers de cuir qui piétonnaient la marqueterie. Elle a suggéré qu'on ressorte au plus vite. (*Laurence rit.*) On a retrouvé notre chemin sans attendre l'autorisation de notre guide. (*Audrey-Ann rit.*) Comme une paire de cosmonautes dans *Fusée* XL-5.

Sarah nous rejoignait quelques minutes plus tard, pas inquiétée.

— What's up, bitches ?

Elle avait ressous d'en arrière du pavillon principal et s'était allumé une clope (*elles rient*). On a marché sur le campus. La chênaie séculaire plantée en allée, les boisés où Sarah s'enfuyait, les chants pieux qui roulent dans un paysage de guerre civile. Le campus s'étendait, vide, verdoyant, dans son étrange clarté de matin. Ne manquaient que des canons ci et là, un filet de brume et des lits d'infortune. Le son des détonations, la lente hâte de la haine.

Quelques giclées de sang dans l'objectif de la caméra. Là, c'était l'écurie. Un bâtiment sans envergure mais bien entretenu. Sarah avait pratiqué l'équitation durant son passage à Sacred Heart.

On comprenait que c'était une école pour jeunes filles friquées, catholiques en terres protestantes, braves en cela, et que pour Sarah tout avait mal tourné. Sarah ne croyait pas et pas à grand-chose, surtout pas en elle. Suspension, désistement. Puis pas d'université. Contrairement à sa sœur, qui avait tout réussi, elle tremblait à l'idée d'aller souper chez ses parents. Elle se cherchait à l'aube de la trentaine, tiens tiens, vivait de petits boulots, d'un chèque à l'autre, et espérait sans conviction travailler sur des plateaux de cinéma (elle avait déjà assuré la fonction de costumière). En fin d'avant-midi, chaque jour, elle allait s'acheter deux litres de vin et une conserve de jus d'ananas –

— (*Inaudible*), ajoute Laurence.
— Comment ?
— J'ai dit « pis des clopes », excuse-moi.

Deux litres de vin et une conserve de jus d'ananas, qu'elle mélangeait au fur et à mesure, pour battre le temps. Vers cinq heures, elle sortait prendre un verre. Elle cuisinait tout, même le bacon, à l'huile de coco, which is, affirmait-elle, very good for your health. (*Elles rient.*) Sarah nous avait offert un cours de géographie à notre arrivée : éviter Freetown–Port Rico, de l'autre côté de la rue, ne pas traverser le chemin de fer et demeurer prudentes au centre-ville en soirée. Duly noted. Notre séjour à Lafayette allait concentrer ses itinéraires peureux dans un quadrilatère de quelques kilomètres carrés, autour de la rue Jefferson.

— La suite, il faudrait encore que je patente un truc.

Je plie mon portable. Si j'avais amorcé la lecture au pas terne des promenades digestives, je l'ai terminée au galop et bon débarras.

— Suggestions ? demandé-je.

Pour n'en obtenir aucune.

— Tu te passes de commentaires[35] ? dis-je en poussant un ricanement nerveux.

Puis j'ajoute :

— Je vais regarder comment je peux réduire ces pages.

On n'entend plus rien. Un silence pur. C'est que l'enregistrement est terminé.

35 A.-A. : J'avais saisi.

J'ai choisi de donner tel quel le morceau précédent, avec la reprise malavisée de la lecture après notre échange braqué. J'ai affirmé que le témoignage d'Audrey-Ann présentait des zones d'ombre, je n'allais pas omettre ce passage parce qu'il ne m'avantage pas. La forme consigne le malaise. J'éprouve ce malaise à nouveau, de manière aussi vive, lorsque je relis l'enchaînement[36]. C'est difficile de résister à l'envie de me dire ta yeule depuis la marge où je vois la partition se jouer, de me voir poser la chausse-trape et le pied dedans.

15:39
C'est juste que je suis pas intelligente comme toi
pis les grands mots et l'histoire me perdent
J'aurais juste mieux fait de me coucher avant
de lire

15:55
Je suis ben capable d'en prendre, ne t'en fais

36 A.-A. : Moi aussi, en le lisant.

pas. Je vais songer à tout cela et voir si je trouve ces détours nécessaires.

16:13
Pis ça m'a bousculée que tu me dises que tu étais prêt à cancel après un commentaire négatif. J'en avais d'autres à te dire mais je vais attendre un peu.

17:23
En fait, j'ai surtout dit que je ne raconterais pas notre stricte relation selon mon point de vue ; ce que tu disais penser que je ferais. Tu pourras me dire tout ce que tu penses quand tu le voudras.

17:26
👍

17:28
👍

17:28
On pourrait-tu canceller cette journée de marde ?

17:34
Qu'a-t-elle, cette journée ?

17:35
La révision
Je pleure depuis 2 h

17:40
Que faire avec cela ?

17:42
Rien
Je vais me laver pis ça va passer
Lau m'a donné un ativan
J'ai encore fait une crise d'angoisse

17:46
J'espère que ça t'a soulagée ?

17:56
Bof
Quand tu es prêt pour ma douche je le serai
J'écris fek presse-toi pas

17:58
D'accord. On finit de lire sur les effets de l'ativan et j'arrive.

17:59
😂 on a tous pris des ativans ?

18 :00
Je vais en mettre dans les pâtes tantôt.

18:00
?

18:02
Pour adoucir l'atmosphère

18:04
Bonne idée sérieux
J'en ai en masse

18:16
Ce doit être amer, par contre.

18:17
LLok

20:50
Si jamais il y a un accroc, n'oublie pas de péter.

21:06
lol 😆

22:51
Est-ce que tu es debout ?

23:12
Yo

23:13
Yo
Je regrette à chaque fois [👎]

23:14
...

23:14
Mais il était très gentil [👍]
J'ai envie pis je veux dormir [👍]

Je vais la chercher dans son lit. Nelson l'a rhabillée avec le t-shirt de Cannibal Corpse que son ex lui a cédé. On s'extirpe de là et on roule jusqu'à la toilette. On engage un pivot, elle s'agrippe à mon cou, je baisse son bas de maillot à la volée, et elle se laisse tomber sur la toilette. Elle lui avait dit avec le traducteur de son cellulaire : n'aie pas peur de me casser. J'avais placé ses condoms bien en vue sur la tablette à la tête du lit. L'amant les a enfilés pour les « deux rounds » (son expression). Le reste fut série de gestes et sensations. Si on m'avait dit en 2017 qu'un bon soir au Costa Rica, au détour d'une brouille avec mon ancienne élève, j'allais lui préparer une débarbouillette avec du savon doux pour qu'elle se « lave la chatte », j'aurais trouvé la blague vulgaire.

*25 janvier 2023. La révision avec J.-P. s'est mal déroulée. Pourtant la première partie de la révision, quand Laurence n'était pas là, était détendue. Pas comme aujourd'hui. J'hésitais entre faire une sieste et réviser. J'avais full de la difficulté à parler. J'ai senti beaucoup de pression sur mes épaules lorsqu'il m'a demandé impatiemment quelque chose du genre, que crois-tu que je* [phrase incomplète].

*Avec les émotions, pour ne pas pleurer, j'ai écrit une petite réponse qu'il n'a pas aimée. J'ai été hyper bousculée lorsqu'il m'a dit : oublie ça et je suis prêt à tout laisser là. Je me suis sentie attaquée lorsqu'il m'a demandé : c'est qui, Anselme, pour toi ? Je lui ai juste dit un commentaire négatif sur soixante pages. C'est bien, non ? Il me roaste à chaque ligne de mon témoignage et de mes* MIO. *Je n'ai pas envie de dire les autres commentaires maintenant.*

Les émotions pétrissent la mémoire, non fiable devant le temps qui, lui, ne défaille jamais. André Comte-Sponville cite Schopenhauer de mémoire : « Ainsi toute notre vie oscille, comme un pendule, de droite à gauche, de la souffrance à l'ennui. » C'est pas mal. Plus synthétique, plus direct que l'original. Peut-être plus vrai aussi.

Sous-entendre qu'elle ne s'intéresse pas à la vie d'un de ses préposées – voire à rien du tout – procédait d'une cruauté certaine[37]. J'interroge ma réaction. J'en ai voulu à Audrey-Ann, mais de quoi ? Je crois que je n'ai pas supporté de la sentir impatiente, doucement irritée, et que sa déception a déclenché mes mécanismes de défense. L'aveu candide de son ressenti mettait en cause la teneur littéraire, digressive et essayistique du projet. L'attente active du récit biographique devenait soudain, sous la tournure « où tu t'en vas avec ça », une sorte de jugement péremptoire involontaire, et sa réponse : nulle part. J'ai voulu me protéger en l'humiliant[38]. La véhémence de la riposte camouflait mal mes propres insécurités, l'incapacité dans laquelle j'étais de traduire mes intentions et mes craintes. Je ne semblais jamais trouver les bons mots.

J'ai voulu éviter d'affronter le fait qu'à nouveau, comme dans *Le vagabond*, je m'enfuyais chevauchant l'écriture vers le lointain, trop loin où je voudrais être. Dans les idées. N'être qu'une idée, toutes les idées à la fois. Un pont entre

37 A.-A. : Oué...

38 A.-A. : Oui, mais je t'aime pareil.

elles, qui me traversent. Peut-être que j'ai voulu éviter d'expliquer les raisons qui m'avaient poussé à écrire sur un ménestrel américain. Elles appartenaient à ma mégalomanie : inscrire des existences banales sur une fresque des luttes sociales. Elles présentaient toutefois à long terme l'indélicatesse de toucher à l'intimité d'Audrey-Ann, à l'espace au sein duquel on l'avait autorisée à demander des soins, à sa position de receveuse de soins précisément.

Mes raisons étaient-elles claires et rationnelles ou tout juste chimériques ? J'y voyais certes un lien. Nous ne lynchons plus les gens comme nous l'avons fait des Afro-Américaines, mais la « société inclusive » a une façon bien à elle de discriminer et d'enfermer les personnes handicapées. James Bland m'évoquait Audrey-Ann qui donne une conférence. Je veux dire par là que les personnes racisées et les personnes handicapées ont une histoire en commun. Les ménestrelles avaient chanté l'idéologie des dominantes[39] pour trouver une place dans une époque qui les rejetait. Le mouvement des droits civiques, s'intensifiant à partir des années cinquante, avait eu raison de ces spectacles. Et cette lutte, quand elle n'avait pas pris la défense de toute personne opprimée, avait par sa puissance émancipatrice inspiré d'autres luttes, par exemple celle des personnes handicapées. Ça bouillait par en dessous, la colère cherchait sa forme. Au début des années soixante-dix, à l'Université de Berkeley en Californie, des étudiantes se coaliseraient autour du mouvement Independent Living. Erving Goffman, de l'École de Chicago, avait

39 C'est bizarre au féminin, n'est-ce pas ?

en quelque sorte ébauché le modèle social dans *Stigmate* en 1963, puis Saad Z. Nagi l'avait explicité en 1965 dans un article intitulé « Some Conceptual Issues in Disability and Rehabilitation ». Le mouvement Independent Living s'emparait de ces outils théoriques afin de revendiquer le handicap comme une identité politique minoritaire, et avec elle des droits. Les militantes situaient mieux les structures politiques à l'œuvre derrière un système oppressif, atomisant et d'aspect carcéral. Cette lutte engendrait une prise de conscience collective, un élan de solidarisation, une constitution en classe des personnes handicapées. Et vous voyez, écrivant cela, je ne sais encore pas si je m'éloigne ou si je m'approche de mon sujet. J'aime penser que c'est un peu des deux.

Pour rester dans le contemporain, il aurait été plus économe de dire que l'organisation de notre société contraint des ingénieures congolaises à occuper des postes de préposée aux bénéficiaires pendant qu'elles refont des cours au Québec et acquittent à nouveau les frais de scolarité d'un diplôme universitaire qu'elles détiennent déjà. C'était en partie ça, l'histoire d'Anselme, quarante-sept ans, père de cinq enfants (ses « petits bandits »), arrivé l'an passé de Belgique avec sa femme, elle formée comme infirmière mais tout aussi préposée. Même si Audrey-Ann et Anselme s'aimaient bien, rigolaient ensemble, même si elle se montrait plutôt courtoise avec lui et qu'il lui apprenait des expressions françaises dans la douche, la réalité c'est que ni l'une ni l'autre n'avaient choisi cette situation. D'un côté, Audrey-Ann ne recevait pas tous les soins dont elle avait besoin et, de l'autre, Anselme était devenu la face visible d'un service en sous-effectif où, pendant qu'il aidait une patiente, une autre l'appelait, tombée de son lit trois portes plus loin, s'aigrissant, irritée par l'attente, le roulement de personnel et l'incompétence des débutantes. Incompréhension, mauvaise foi ; réenseigner son corps à une nouvelle personne pas toujours perspicace. Toutes les préposées n'agissaient pas de manière sensible et respectueuse comme Anselme. Au contraire, les conditions de travail usaient leur patience et leur corps, les découvertures les rendaient amères elles aussi. Le définancement chronique de ce milieu de vie opérait une néolibéralisation en douce, parallèle à celle du système de santé, où l'on avait introduit le paiement à l'acte pour faciliter la sous-traitance vers des cliniques privées. Le fait est que le privé avait besoin de l'échec du public, au moins symboliquement, que les administratrices gouvernementales avaient choisi de coordonner cet échec, et que les médias d'État comme privés avaient choisi de l'amplifier. Le déficit de ressources dans les résidences pour personnes âgées et handicapées n'avait pas d'autre finalité que d'opposer « soignante » et « soignée » pour mieux les débiliter. Il les montait l'une contre l'autre pour les empêcher de s'unir – il leur était d'ailleurs interdit de développer une relation d'amitié –, alors que toutes deux étaient prisonnières d'une structure nécropolitique où on les considérait comme une population jetable, et par laquelle on les maintenait dans un rapport constant à la précarité.

Je parle des intentions premières du texte, des raisons pour lesquelles je semais le récit de James Bland. Je ne le précise pas pour m'excuser (sans doute un peu), seulement pour donner du sens à une histoire qui sera là de toute manière, dans la page et dans le livre, désormais pour témoigner d'un conflit. Ce conflit, ou plutôt le reproche déguisé que j'ai adressé à Audrey-Ann, me désespère. Je n'avais encore jamais réagi de la sorte avec elle. J'avais jusque-là senti qu'elle éveillait en moi une patience qui me demeurait hors de portée dans tout autre contexte[40]. Je suis sujet de mes clichés.

Je me demande pourquoi je fais du mal aux personnes que j'aime, d'où me vient cet instinct viscéral de la contre-attaque. Je me demande s'il est un lieu où je sais être aimant et plein[41].

40 A.-A. : Tu m'en as souvent parlé, mais je n'avais jamais senti cette impatience avant ce jour-là.

41 A.-A. : Déjà, que tu te rendes compte que tu as été impatient avec moi, ça règle une partie du problème. Ça n'efface pas comment tu es bon pour moi et patient envers moi.

*30 janvier 2023. Ce matin, lorsque J.-P. travaillait sur le livre à la table, il m'a demandé si on était mieux de continuer de réviser après le départ de Laurence car, pour l'instant, nous sommes trop à fleur de peau. J'ai acquiescé, mais je ne croyais pas que ça l'affectait lui-même. Il doit être habitué de vivre avec elle.*

*Lau m'a réveillée en me flattant les cheveux. Ça m'a encore mis malpatiente.*

*J'ai envie de crisser mon camp, car je me sens de trop.*

*31 janvier 2023. Je voulais juste qu'ils passent un bon moment. J'avais tellement de peine. Je pleurais. Ce qu'on sait, c'est que je suis une crisse de conne naïve et insouciante qui gâche tout ce qui lui fait du bien.*

*7 février 2023. C'est fait, c'est fait. Je ne peux rien y changer. J'ai toujours honte et je me sens tellement coupable. D'avoir fait vivre une psychose à mon ami pis sa blonde, d'avoir gâché la fin du voyage, de ne plus avoir mon* BFF *dans ma vie. (Mom m'a dit de lui donner du temps.)*

*Très peur d'avoir scratché mon cerveau pour toujours. J'ai décidé d'arrêter tous les médicaments et les problèmes. Les flash-back se dissipent.*

Je comprends qu'Audrey-Ann a écrit et daté l'entrée du 31 janvier a posteriori, car elle n'a pas été en état d'écrire après « l'événement » (son expression). On avait eu ce matin-là une longue discussion en tête à tête au sujet du conflit qui perdurait entre elle et Laurence, au terme de laquelle elle m'avait dit d'aller faire un tour. Je n'étais pas convaincu par l'idée, mais les solutions commençaient à manquer. Je l'avais aidée à se mettre au lit et j'étais parti marcher à Jaco avec Laurence. On avait deux ou trois heures devant nous.

À notre retour dans la villa d'aucun bruit, Audrey-Ann était à moitié assoupie et cent pour cent défoncée, la face contre la tablette électronique sur le bureau de sa chambre. Elle a relevé la tête, souriante, et dit qu'elle avait pleuré. La voisine lui avait offert un gummy de THC pour la ragaillardir. Est-ce que je voulais l'installer dans le petit bassin de la piscine ? Non, je ne souhaitais pas qu'elle s'y noie. Je l'ai couchée dans son lit et me suis couché moi aussi.

Elle s'est réveillée en fin d'après-midi et m'a raconté autre chose. Ils m'ont droguée… Elle manquait de souffle. Ils m'ont… J'ai vu un *v* se dessiner sur sa bouche. Elle tentait d'articuler le reste, elle n'y arrivait pas. À quatre pattes par-dessus elle dans son lit, j'ai nié le mouvement que ses lèvres esquissaient à répétition, muettement. Je ne voulais pas que ce soit ce mot-là. Elle a fini par le prononcer. Deux vieux hommes, et la voisine. Une « escorte ». Le jus de betterave sur le comptoir était plein d'ayahuasca. J'ai examiné son corps, aucune trace de rien. Les bergers allemands du dueño jappaient dans sa tête, son passeport ? des sons voulaient le lui enlever, on avait filmé la scène et c'était de la sextorsion, elle avait vu l'agression depuis le plafond et jusque dans la paille, là où on lance des haches au rancho, est-ce qu'il n'y avait pas des haches au rancho ? il y en avait. Peut-être trois hommes, et d'autres personnes regardaient, même Nelson regardait par-dessus une palissade en bois. Il n'y avait que des lettres, pas toujours des mots ; et l'horreur pour combler les trous.

Il y a eu que j'ai songé à lui injecter de la naloxone. Vraiment, j'y ai songé. Puis je me suis dit ben non, c'est pas la faute au fentanyl. Ça n'aurait pas coûté cher d'essayer. Je voyais les images et les symboles défiler derrière ses yeux quand ils s'ouvraient. J'aurais tellement voulu ne pas la croire. Mais comment ? Je suis allé en parler à Laurence, dans notre chambre. Je craignais qu'elle s'écroule en choc post-traumatique. Elle a gardé son calme.

Il y a tout de suite eu qu'on devait croire Audrey-Ann. Laurence l'a rejointe dans son lit, elle l'a serrée dans ses bras tout le temps que je vidais la maison, et on a quitté le domaine à la hâte sans avertir personne.

Il y a eu les discussions parfaitement inutiles avec l'ambassade, une visite à l'hôpital, un interrogatoire de police dont j'étais le truchement.

Il y a eu la peur.

Il y a eu un grand sentiment de culpabilité qui ne nous lâcherait plus. L'interruption du voyage et le retour dans l'hiver. Le plus froid.

Il y a eu les visites en gynécologie, les rencontres avec le Centre d'aide et de lutte contre les agressions à caractère sexuel.

Il y a eu des doutes en quantité.

Il y a eu que nous ne saurions jamais vraiment ce qui s'était passé.

Il y a eu que je ne voyais plus comment croire à un monde qui avait fait ça.

Anna Akhmatova : « Non, ce n'est pas moi. C'est quelqu'un d'autre qui souffre. / Moi je ne pourrais pas souffrir autant. / Ce qui s'est passé, qu'un drap noir le recouvre. / Et qu'on emporte les lumières... / Nuit. » (*Requiem*)

J'avais du mal à comprendre ce qui nous était arrivé. Beaucoup de choses se mélangeaient : la chicane entre Audrey-Ann et Laurence, notre altercation à la lecture du manuscrit, « l'événement ». Audrey-Ann était en état de choc. Elle avait vécu notre retour précipité comme un échec personnel[42] et voulait se convaincre qu'elle pouvait toujours voyager. Quelques jours à peine après notre retour, elle m'a demandé si je voulais repartir avec elle. Elle cherchait à s'assurer qu'on maintenait un lien. Son tourment informait une image fausse de la réalité. Sur le plan de l'amitié, lui avais-je pourtant écrit, elle n'avait pas à se ronger les sangs ; mais sur celui des gaz à effet de serre, j'avais consenti à tous les compromis dont j'étais capable en une année. Et, maintenant qu'on était toutes en sécurité, j'avais besoin de décanter cette histoire.

Audrey-Ann a réservé un vol pour la Californie avec son amie Jade. J'ai inspiré, j'ai expiré (plusieurs fois par minute, sans m'en rendre compte). Si cet empressement me désemparait, je lui souhaitais non moins bon voyage. J'espérais que ça la rassurerait. J'ai toutefois évoqué les tensions en

42 A.-A. : Un gros échec, la honte colle encore sur moi.

Afrique de l'Ouest quand elle m'a annoncé, encore quelques jours plus tard, qu'elle repartirait à Abidjan aux fêtes, dans la famille d'une préposée. Des élections s'en venaient en Côte d'Ivoire, connue pour ses épisodes quasi structurels de violence lors des cycles électoraux. Le président Alassane Ouattara appelait au calme avant même que ce soit commencé, dans un contexte où l'ennemi politique qu'il avait fait déloger par ses milices et quelques roquettes françaises en 2011, l'ex-président Laurent Gbagbo, récemment acquitté de génocide par la Cour pénale internationale, était rentré au pays et tentait de se faire inscrire comme candidat. Audrey-Ann trouvait idiots les conseils et avertissements aux voyageuses que publiait le gouvernement (et que, par vieux réflexe de téléphoniste, je venais de lui envoyer). Elle estimait que j'aurais dû me réjouir pour elle. Elle aurait du mal à me pardonner d'être à ce point « négatif ». Et c'est sans doute pourquoi elle me cacherait qu'elle envisageait aussi d'aller au Nicaragua, dans la famille de Celeste et Nelson. Je me sentais souvent marcher sur des œufs. Une distance apparaissait entre nous, qui était aussi à l'intérieur de moi : un fossé entre mes convictions politiques et ma capacité à éprouver de l'empathie.

Dans les moments où je ne sais pas être patient, ni expliquer, ni transmettre, ni aimer, il m'arrive de repenser à Philippe, un chargé de cours à l'université que j'avais connu à l'occasion d'un séminaire de maîtrise où il était venu nous présenter ses intérêts de recherche doctorale, en duo avec un dénommé Jean-Simon. Jean-Simon avait profité de sa tribune pour dénigrer gentiment son collègue, en rappelant devant la classe que ce dernier n'avait publié aucun livre alors que lui beaucoup.

J'avais par la suite été auxiliaire d'enseignement auprès de Philippe, je ne me rappelle plus trop si je corrigeais ou commentais des travaux, ou si je préparais du matériel didactique. Je me rappelle seulement qu'après un cours, pour débreffer le travail abattu durant la session, on s'était réunies avec d'autres sur la terrasse en pavés du Benelux, dans la rue Sherbrooke Ouest à Montréal, pas très loin du centre d'appels de la Croix bleue, où je travaillais de nuit comme agent à l'assistance voyage. Philippe s'était ouvert de ses projets. Il animait depuis un bout de temps un cercle de lecture dans une résidence pour personnes âgées. Elles lisaient *Notre-Dame de Paris,* elles en discutaient, elles en apprenaient l'une sur l'autre. Philippe disait quelques mots de l'œuvre, au besoin. L'expérience, sa liberté, le contact humain, tout cela le vivifiait. Lire pour être ensemble, pour prendre soin. Il abandonnait le doctorat et la carrière académique pour devenir préposé aux bénéficiaires. C'était avant que ce métier n'attire l'attention du gouvernement et les subsides compensatoires ; quand quelqu'un nous annonçait une fantaisie de la sorte, on avait tendance à se demander qui de son entourage avait des soucis de santé. Découvrir qu'une proche avait besoin d'aide semblait la seule raison de se convertir au travail du soin, travail qu'on réduisait pour l'essentiel à la manutention de fèces. Dégoût de cette proximité avec la déchéance du corps, sa décomposition inéluctable jusque dans les couleurs, les odeurs, bande-annonce insupportable du cadavre qu'on parfait en soi. Je ne me rappelle pas si Philippe avait une proche malade. Il me revient surtout à l'esprit pour un texte qu'il avait reçu de son directeur de thèse et tenu à m'offrir : « Si je veux réussir à accompagner un être vers un but précis, je dois le chercher là où il est, et commencer là, justement là. Celui qui ne sait pas faire cela se trompe lui-même quand il pense pouvoir aider les autres. Pour aider un être, je dois certainement comprendre plus que lui, mais d'abord comprendre ce qu'il comprend. Si je n'y parviens pas, il ne sert à rien que je sois plus capable et plus savant que lui. Si je désire avant tout montrer ce que je sais, c'est parce que je suis orgueilleux et que je cherche à être admiré de l'autre plutôt qu'à l'aider. Tout soutien commence avec humilité devant celui que je veux accompagner ; et c'est pourquoi je dois comprendre qu'aider n'est pas vouloir maîtriser, mais vouloir servir. Si je n'y arrive pas, je ne puis aider l'autre. »

Je l'avais jugé léger, sur le coup, sans usage. Il y a à dire, aussi, qu'il est apocryphe ; traduit dans un ouvrage sur la pédagogie « d'après le philosophe danois Søren Kierkegaard », il vogue de site en site sans autre référence. Plus tard seulement ai-je apprécié qu'il offre une alternative aux bâtardes théories de l'éros enseignant, où le phallus, quel que soit le stratagème qu'on emploie pour le dissimuler dans le cul du concept, ne reste jamais que ce qu'il est : conversion du savoir en vigueur sexuelle, allégorie d'une vieillesse qui se cherche dans le trou de la jeunesse.

Cette méditation s'est vraiment signifiée quand j'ai commencé à enseigner. Sa puissance réside dans l'abolition de la relation maître-élève[43], qu'elle retourne en compagnonnage. Kierkegaard me remet à l'œuvre, il m'invite dans le lieu de l'autre. Pas au-dessus, pas en dessous ; à

43 A.-A. : Pas juste la relation maître-élève.

sa place avec l'amie ou celle qu'on appelait l'élève. Justement là, à côté d'elle ou à sa hauteur. C'est un travail difficile, peut-être impossible, de comprendre ce qu'elle comprend. Mon orgueil voudrait sans cesse lui en remontrer. J'erre entre la détresse et l'anesthésie. Je dois renoncer à la volonté d'avoir raison, au privilège aveuglant de la vérité. Je dois me rappeler de n'être rien de plus que là. À peine une présence. Je crois que, souvent, je n'y arrive pas.

C'est grâce à ce legs de Philippe que je parviens à vaincre la colère que j'ai dirigée contre Audrey-Ann, contre son incompréhension, contre mon insuffisance. Je trouve la volonté de tout reprendre du début et d'être patient, aimant. Kierkegaard m'enjoint de « fructueusement désespérer jusqu'au bout ». Les croyantes sont parfois utiles, et pas toutes idiotes. J'entre en supplication. J'appelle à mon secours les mots de Simone Weil : « S'il y a lieu de désirer être compris, ce n'est pas pour soi, mais pour l'autre, afin d'exister pour lui. » Je reconnais au moins cette vertu à l'amitié, celle d'exister en commun et pour l'autre. Je veux exister pour Audrey-Ann[44].

44 A.-A. : J'ai les larmes aux yeux.

On continuait à se voir de temps à autre, mais je la lisais différemment ou on se comprenait mal. Les semaines défilaient. Elle espérait qu'on « réviserait » bientôt. Notre petite dispute était loin derrière, déclarait-elle. Je pressentais toujours qu'elle voulait entendre sa propre histoire, dont je n'avais que des versions préliminaires en stock. J'en tremblais. Les refontes successives du projet, les creux et le zigzag de l'écriture, avaient inféodé sa vie à la mienne. En toute chronologie, on n'existerait pour l'autre que dans le deuxième livre. Et celui-ci, le premier, gonflait, à s'expliquer, à aspirer dans un gros drain le glouglou du quotidien et les couches d'autoréflexion ; je n'en viendrais jamais aux suivants. Il fallait peut-être que j'abandonne le manuscrit. Sa structure, grotesque par son attitude, par ses doublons, m'encombrait. Le temps avait fui. Le spectre de ne pas terminer le récit de notre relation avant qu'Audrey-Ann meure me lancinait.

Pour temporiser, pour la garder en mouvement, parce que j'aurais voulu mieux intégrer sa pensée dans ce livre et la rendre plus prégnante, j'ai envoyé à Audrey-Ann des « petits devoirs de réflexion ». C'est ainsi que j'ai titré mon document ; on est enseignante ou on ne l'est pas. Je lui avais offert les ouvrages de Zig Blanquer et de Marina Carlos, qu'elle avait feuilletés, sans qu'ils sachent toutefois garder son attention jusqu'au bout. J'essayais maintenant des vidéos et des questions, précédées d'une lettre de quatre pages dans laquelle je lui promettais de prendre « le temps d'être patient » et de lui réexpliquer « mon angle, la structure de l'ensemble, mes intentions et la place » qu'elle occupait dans toute cette mélasse. Je ne voulais pas juste lui « imposer le truc » sans qu'elle saisisse « à tout le moins les grandes lignes du projet ». Sa vie n'était « pas qu'un matériau ou un prétexte », oh non, c'est d'ailleurs cette « peur de l'usurper » qui m'avait « gardé à distance de son histoire » jusque-là. Je tenais aussi à ce qu'elle remette en question « mes perspectives » ; elle avait certainement « un rôle à jouer de ce côté-là », peu importe ce que j'entendais par « perspectives ». Je l'entraînais dans une démarche scientifique, on confronterait des théories pigées dans les disability studies à son expérience afin de parvenir, peut-être, à « allier la main à plume et la main à charrue ». C'était le 26 février, trois semaines après notre retour précipité. La relation maître-élève se raffermissait.

11:54
Merci d'être clair et précis dans tes consignes.
Je suis rendue juste à la deuxième page de ton
document et j'ai vraiment hâte de lire la suite.
Peut-être que ça va m'apaiser et m'aider à moins
me sentir roast.
J'aime ton devoir.

Mes questions portaient sur la passion, l'amitié, le courage et l'inspiration. J'ajoutais en complément des conférences

TED sur le handicap et des liens vers les profils de militantes antivalidistes. Je reprenais espoir, j'allais éveiller chez Audrey-Ann la fibre activiste. Je lui promettais des dates pour qu'on s'y remette.

2 mai 2023. Je la rejoins dans sa nouvelle maison. Elle y a emménagé juste avant qu'on parte. Les menuisiers viennent d'installer la rampe d'escalier qui mène à l'étage de Marise, sa mère. Ils ont aussi recouvert une poutre au plafond avec un placage de merisier.

On aura travaillé fort pour que Marise accepte de restaurer le plancher de bois du rez-de-chaussée au lieu de le recouvrir de lino; Audrey-Ann a choisi la même couleur d'huile que chez moi : paprika. Ma vieille maison[45] lui offrait un modèle durant la planification des rénovations, c'était parfois comme si elle voulait vivre ici[46].

45 Entre le début et la fin de ce récit, un sevrage réussi (jusqu'à preuve du contraire) m'avait permis de dégager des économies suffisantes pour effectuer la mise de fonds sur une maison pleine de fourmis charpentières. Je quittais donc mon appartement suffocant de l'avenue de la Cathédrale. Laurence et moi avions solidairement contracté une dette à la banque, car nous voulions vivre avec un chien. D'abord un sublimissime lévrier anglais, mort comme bien des gens peu de temps après avoir atteint sa retraite; puis Rodolphe, ce corniaud encore plus anxieux que nous.

46 A.-A. : Fuck oui, assurément.

Mais presque tout chez elle a dû être changé pour du neuf, adapté : les armoires carrées, épurées ; les serrures, la toilette et les éviers électroniques ; la cuisine d'été détruite à la pépine et reconstruite. Je m'assois à la table de chêne au vernis clair, au centre d'une grande pièce double dont le mur accent est noir mat. Je sors mon ordinateur de mon sac, avec mon cahier et mes plans. Un instant je pense avoir oublié mon téléphone. Je le trouve dans l'étonnement et démarre le dictaphone.

J'entends le stress dans ma voix. J'essaie pour la première fois un transcripteur par intelligence artificielle : « J'ai 5 heures en West 2. Ça fait longtemps qu'on n'y a pas regardé. OK. Trajeté. Oui. Manif sur le mémoire. » C'est de la belle ouvrage. De la poésie pure, qui est une forme artificielle d'intelligence (genèse d'un monde, &c.), mais il faut avancer. Il nous faut avancer. Alors je recopie moi-même cette logorrhée.

— Saint-Laurent Ouest 2. Ça fait longtemps qu'on y a pas regardé, hein.

— T'enregistres-tu ? s'enquiert-elle.

— Oui.

— OK. Je me demandais si ça avait fonctionné.

— Faque la dernière fois qu'on a lu, c'était au Costa Rica. On s'était pseudo-engueulées. Ça me laisse une crainte[47] ; c'est bon, ça m'a forcé à y repenser beaucoup. Je reste avec le démon de cette fois-là, mais c'est plus important pour

47 A.-A. : Merci de l'avoir nommé.

moi que tu comprennes ce que je veux construire et qu'on s'entende sur les directions que ça peut prendre. Je vais te montrer comment j'ai traité tes interventions, la structure de l'ensemble telle que je la conçois maintenant. Tout ce que tu penses, dis-le-moi. Ça m'est ben utile. On peut commencer par ça.

Je déplie un plan que j'ai tracé à la main sur une feuille 11 × 17.

— Sinon je t'avais donné un genre de devoir de réflexion... Ç'a peut-être pris le bord un peu.

Elle opine du bonnet.

— OK. Tu pourras y retourner si tu veux. Ça, ici, ça se trouve à être le projet global. Je l'avais divisé en cinq parties. Les cinq parties, en littérature, c'est assez classique. Cinq actes, on appelle ça la pyramide de Freytag. C'est la structure, mettons, d'une pièce de Shakespeare. Il y a le début, où on expose le problème ; après, l'action ascendante, qui va mettre en scène la plupart des conflits.

Je pointe le troisième livre sur mon plan.

— Ici, la bataille se passe.

Je pointe le quatrième.

— Ici, les gens meurent.

Le cinquième.

— Ici, on épilogue pis on tire des leçons. Bien sûr, on n'est pas Shakespeare.

Une intervieweuse du Salon international du livre de Québec a été très-claire là-dessus il y a deux semaines, ce que je fais n'a rien à voir avec Shakespeare. Rien du monde qui soit un théâtre dans mes mains, dont les fils pendraient du ciel pour agiter tragiquement des pantins sur les paysages de l'ironie. Enfin, elle ne l'a pas formulé comme ça.

— Pour moi, à la base, c'étaient cinq parties d'un seul

ouvrage. Plus j'y pense, plus je me dis : ce serait mieux de penser à une série. Cinq livres.

Peu après qu'Audrey-Ann et sa mère ont acheté la maison, elles ont reçu une lettre de la Ville leur annonçant que la voirie remplacerait l'aqueduc. Il y aurait une mine à ciel ouvert devant chez elles dès le printemps jusqu'à l'automne, et de la poussière, quels que soient les volumes d'EAU NON POTABLE qu'on épandrait sur la caillasse. La maison a vibré toute l'avant-midi et, sur l'enregistrement, nos voix se mêlent au son des bulldozers.

— Quand on lisait là-bas, on était dans la première partie. Le problème qu'on rencontrait, je pense, c'est que cette partie-là est fucking loin de toi[48].

— C'est pas là qu'on s'avait engueulées ?

Son doigt traverse l'air et pointe le quatrième livre sur mon plan. J'indique le premier.

— Le quatrième, je t'en ai pas lu encore.

— Je pensais qu'on avait tout lu le un pis le deux.

— Non. Comme je te dis, c'est long.

Ça nous fait rigoler.

— C'est pour ça que le séparer en cinq livres me semble plus viable. Ça implique que chacun devienne plus indépendant, que chacun ait une vie porteuse de sens, et qu'ils soient tous liés par l'effet de fresque du grand ensemble.

— Je trouve ça vraiment très cool.

— Pourquoi ? Là, t'es pas obligée de me mentir.

— Non, je te mens pas. Je suis honnête à cent pour cent. Je trouve ça cool, comme idée.

— Pis c'est quoi que tu trouves cool, mettons ?

48 A.-A. : Oui, mais j'ai compris.

— Cinq petits livres qui ont du sens de façon indépendante, mais aussi du sens les cinq ensemble.

— Oué. Pis ç'a du sens aussi, je dirais… C'est un projet dans lequel j'éprouve tellement de culpabilité depuis le début…

— Pourquoi ?

— Parce que j'ai l'impression de trahir le travail que j'avais dit que je ferais. Euh… Quand j'écris, je pense toujours à des gens qui pourraient lire. Là je me mets à penser à ta mère, et je suis comme : ostie ! Je veux pas écrire pour quelqu'un en particulier, je veux écrire pour ce que je pense qui est vrai. Je veux pas avoir quelqu'un par-dessus mon épaule qui dit : pourquoi t'écris ça ? J'ai constamment cette peur-là depuis le début. Ç'a du sens de le concevoir en cinq livres, pour rendre son autonomie à celui-là.

Je pointe le dessin de son récit remanié. (Un soleil à son midi.)

— Il peut exister tout seul.

— Enlève-toi cette culpabilité-là des épaules.

— J'y travaille fort. J'y travaille ben fort.

— Mais je comprends pas. Pourquoi entre autres tu penserais à ma mère ?

J'échappe un rire nerveux.

— Je peux la considérer comme lectrice au moins de ce qui serait ton histoire. Je parle de ta mère à titre d'exemple. Autant que, quand j'écris d'autres textes, d'autres personnes me viennent en tête, des personnes que j'ai croisées dans ma vie, qui écrivent. Pis j'ai peur qu'elles me jugent alors qu'elles me lisent juste pas.

— Peu importe ce que tu vas faire dans la vie, les gens vont te juger.

Un temps. Et dehors le temps est gris.

— À la suite du premier livre, nos journées commencent à se mélanger. Le deuxième volet va porter sur l'écriture de ton récit, sur la relation qu'on bâtit par échanges de courriels après que je t'ai recroisée dans le sous-sol du cégep, quand tu travaillais pour la coop. (*Elle rit.*) On se voit au Moussonneur, on parle de ton manuscrit, jusqu'à tant qu'en janvier 2019 je te dise : ben là, crisse, je suis écœuré, je veux pus t'aider. Va ton chemin. Je grossis le trait, là. Ce qui se passe aussi dans cette année et demie là, c'est qu'on sort du cadre de l'enseignement ; je vais te visiter à l'hôpital à Québec, on commence à se voir pour le fun. Pis à un moment donné je récupère une partie de ton témoignage et le point de vue progresse vers le tien.

— Tu sais, mon témoignage, on en avait parlé, maintenant j'ai honte.

— T'as honte de quoi ?

— Ben, le « quand on veut, on peut ».

— Oué. Je l'ai déjà écrit.

— D'habitude, quand je croise une nouvelle personne qui me pose des questions, je dis : va voir mon témoignage sur YouTube, tu vas en apprendre plus sur moi. Pour pas répéter. Maintenant je fais pus ça parce j'ai honte.

Une existence pédagogique.

— J'ai réussi à t'apprendre la honte.

— Ouin.

— C'est mauvais, hein ?

On rit. Même si je redoute ce que je viens de lui dire.

— C'est une entreprise de corruption de ton âme.

— J'ai le goût d'en faire un autre où je dis pas autant de conneries.

— Tu peux en faire un autre qui correspond à ce que tu penses désormais. C'est normal de changer d'idée.

— Tout évolue.

— Ouin. Sinon on est morts.

— OK. Continue, je t'ai coupé.

— Nonon, ça va. Faque à partir du troisième tiers du deuxième livre, c'est toi qui racontes ton hospitalisation. Quant à la fin de l'accompagnement dans l'écriture, tu vas apprendre les raisons qui m'ont amené à cesser de relire et commenter ton texte. Ça correspond au silence qui a suivi l'envoi d'un manuscrit sur lequel je travaillais depuis environ dix ans[49].

— De quoi, le silence ?

— Je l'ai envoyé à l'éditeur, c'était une deuxième version. Là, ça fait quatre ou cinq ans pis c'est rendu une sorte de running gag, pour moi en tout cas, un running gag que j'ai avec moi-même, parce que je travaille pour la maison et on a jamais pris le temps de s'arrêter pour en reparler. À l'époque, je vivais ça crissement dur. Astheure je pense que je l'ai abandonné, ce livre-là. Je sais pas. J'essayais beaucoup de tours qui fonctionnaient pas, j'étais obligé d'imaginer des constructions sans queue ni tête pour les réaliser. Mais dans ça (*je montre mon plan, prodigieux de ce qu'il n'est qu'un plan sur cette page*), beaucoup de ces manœuvres-là pourraient fonctionner naturellement. Par nécessité. Ç'a l'air abstrait ; je veux juste dire que j'accorde beaucoup plus d'importance à notre projet aujourd'hui qu'il y a deux ans, quand l'idée d'écrire sur toi, autour de toi, me semblait étrangère. C'est interminable, un peu à cause de mon shéhérazadisme. Reste que… c'est important pour moi. Autant pour ce qu'on peut vivre ensemble – où l'écriture devient une expérience de la vie –, pour ce que j'apprends

49 A.-A. : Est-ce que l'éditeur peut faire pareil cette fois-ci ?

sur ta vie, que je connais par cœur, avec les numéros de page ; que sur le plan de l'écriture, de l'art du récit et de la difficulté de maîtriser cet art-là. Avant, je voyais pas ses nuances, ses exigences propres. À gosser là-dedans, j'apprends beaucoup. C'est plein de questions que je me serais pas posées si t'avais pas été là. J'aime ça[50].

— Je vais annuler ma préposée. Parce qu'elle va être là dans une demi-heure.

— OK.

Audrey-Ann envoie un message texte.

— Mais je l'ai pas mal pris, la fin de l'accompagnement.

— Non ?

— Je sais pas si t'avais peur.

— J'avais essayé de te le dire de façon assez diplomatique.

— D'accord.

Je lui résume le contenu de chacun des livres, sans savoir si je parviendrai à les boucler. (Pour dédramatiser, parfois, Laurence me rappelle que Foucault, dans son *Histoire de la sexualité,* prend trois cents pages pour annoncer un projet qui, au lieu de faire comme prévu et de remonter vers le contemporain dans le deuxième tome, ira se perdre chez les Grecques et n'en reviendra jamais.) Ce serait l'histoire d'une amitié qui se développe d'un livre au suivant, toute contenue dans ce moment où Audrey-Ann me prête ses archives sur un disque dur pour que j'écrive sa biographie romancée. Elle n'allait pas bien. C'est la première fois qu'elle m'a parlé de l'aide médicale à mourir. Je trouve-

50 A.-A. : Je suis touchée.

rais sur son disque dur, malgré elle, un dossier de plaintes qui me révélerait une société pas si inclusive que ça. Des heurts, des rejets. Des complications sur lesquelles elle ne voulait pas écrire. Moi, en revanche, j'avais la conviction qu'il fallait en parler.

Je lui annonce que le cycle s'arrêtera sur l'épisode costaricain, que ça ne se termine pas très bien.

— C'était un beau voyage, me corrige-t-elle.

— Ben oui, quand même.

Sa capacité à oublier, à passer à autre chose ou à donner dans le déni m'éblouit. J'ignore laquelle des trois expressions est la plus juste.

Il y a eu la beauté, puis la Chute.

Elle et Laurence ne se parlent plus.

— Si on reprend la macrostructure (*et de nous remettre sous les yeux mon plan, qu'à l'évidence j'aime beaucoup*), une histoire dessine une pyramide.

Je trace une pyramide dont le sommet est en haut.

— Ça, ici, c'est le moment de pure intensité, de bonheur, la vie ensoleillée d'Audrey-Ann. J'avais pensé qu'on partirait de la nuit pour revenir à la nuit, à l'échelle de cinq livres. Une journée révolue, que sa nuit cerne : 1) ça va mal dans ma vie ; 3) ça va bien parce que c'est Audrey-Ann pis mon Dieu que c'est ensoleillé ; 5) ça va pas très bien, finalement, pis le monde c'est de la marde. Avec, mettons : 2) l'avant-midi de découvertes et d'espérance. Et 4) l'après-midi théorique de la désillusion. Ces deux-là, ce seraient des interludes, des repositionnements.

— Je suis très d'accord. Je suis emballée de lire.

— T'as-tu des questions ? C'est-tu trop... j'ai l'impression de donner un cours d'astronomie.

Ou d'égyptologie.

— Non, c'est clair. C'est clair pis je tripe.

— Pas de mensonge, là.

— Non, je te jure.

— Là, on va pas commencer à tout repasser aujourd'hui ce que t'as déjà lu.

— Non.

— Mais juste pour te montrer ce que donne l'intégration des commentaires, je les ai surlignés ; tu vois, au début tu commentais full.

Et il y a en effet beaucoup de gris à cet endroit du document.

— Tu m'arrêtais, tu me posais des questions. Ça permet d'inscrire ta présence. On se dit : ils sont en train de lire cela que je lis, pis ils ont une discussion à part. Mais tu vois, au milieu, t'es moins là. T'étais fatiguée, je pense, t'avais mal, tu comprenais peut-être moins et tu voulais pas m'importuner.

— Des fois, je veux pas avoir l'air niaiseuse. Parce que t'es mon ami instruit. Et moi, je le suis moins.

— C'est important que tu comprennes : tu peux toujours m'interrompre. Ce qui me pose problème, c'est qu'on est revenues de voyage avant de finir la lecture. On se retrouve au Québec trois mois plus tard. Et des bouts se sont rajoutés dans le milieu, y en a certains qu'on a pas commentés. Faque soit on... on ment. Soit on précise pas où on est dans l'espace-temps pour que l'ensemble ait l'air plus uni. Ou on évoque l'interruption du voyage en clair. Ou alors je t'invente une présence dans ces passages-là, une espèce de présence obsédante qui me regarde écrire sur moi-même. Je le sais pas trop.

— Moi je dis juste qu'on le précise pas.

— On le précise pas... On fait comme si de rien n'était...

— On ment pas. On fait juste pas le dire.

Je survole avec Audrey-Ann quelques-uns de ses commentaires que j'ai ajoutés au texte. Elle rit, elle pose quelques questions. Je nous prépare des sandwichs avec ce qu'il y a dans le frigo. J'ai apporté des tiramisus. J'avale le mien, elle boude le sien. Au bout de la séance, je viens pour ranger mes affaires dans mon sac. Elle se montre surprise. Elle avait pensé qu'on lirait du nouveau. Tous ces commentaires que j'ai insérés, si elle ne les a jamais lus, elle les a en tout cas prononcés, alors les revoir... Elle est impatiente d'avancer – mais pas de pression. C'est juste qu'elle a hâte. Je propose de parcourir les dernières pages demain ou un jour bientôt.

— Est-ce que tu vas entrer dans le détail de la fin ?

— Ça dépend de quelle fin tu parles.

— La fin du voyage.

— La fin du cinquième livre ? C'est le but. À moins que, rendues là, ça te tente pus. Mais c'est pas cette fin-là qu'on lirait la semaine prochaine, c'est celle du premier.

Vous avez déjà lu cette « fin du voyage » dont elle parle.

— Moi je trouve que ~~deux heures, c'est trop court.~~

— Tu trouves que quoi ?

— Deux heures...

— « Deux heures c'est trop court[51]. »

— Toi, avec ton travail...

— Moi, avec mon travail, c'est en masse. C'est une question d'énergie. Je veux pas qu'on revive le même écueil que l'autre fois. C'est important pour moi qu'on soit dans

51 A.-A. : Bam...

des bonnes dispositions, qu'on ait de l'énergie, qu'on soit pas irritées en partant[52]. Deux heures, ça me semble raisonnable, c'est quand même ma voix monotone qui lit pendant deux heures. Ou on parle. C'est un travail assez éprouvant si on veut le faire consciencieusement.

— Est-ce que tu peux me lire quelque chose que j'ai pas lu ? rien que pour me teaser.

— Pour te teaser...

— Dans le troisième ou le quatrième.

— Dans le fond, tu veux que je te lise les autres livres.

— Je veux juste voir où on s'en va, je suis curieuse.

— Ouin. Est-ce qu'on s'est bien compris que, pour l'instant, on travaille pas sur les troisième et quatrième livres ?

J'entends dans ma voix, sur l'enregistrement, que ça confirme mes doutes.

— Oui.

Je pioche dans mon dossier. Je sais exactement ce qu'elle veut. Tout s'écroule sur moi. Bien sûr qu'elle veut exister. J'ouvre le document.

— Je suis née à Rimouski. C'est une petite ville où j'aime vivre. Enfant, j'allais souvent chez mes grands-parents maternels, Gilberte et Roméo. Ils habitaient un bungalow comme on en voit partout dans le quartier. Il y avait une vaste cour avant, directement sur le boulevard Saint-Germain, mais on nous défendait de jouer là. La sœur de ma mère était morte frappée par une voiture en traversant trop vite, et Mamie en était restée terrifiée. Elle ne voulait pas que ça nous arrive. Elle nous obligeait à jouer dans la cour arrière, qui donnait sur la rue des Tilleuls. Mamie entretenait une longue rocaille tout le tour de sa maison.

52 A.-A. : Sage J.-P.

Elle plantait des belles vivaces et, chaque été, elle s'amusait dans ses fleurs. Papi, lui, nous avait bricolé une balançoire dans le cabanon (*elle rit*). Une balançoire intérieure. Quand on prenait de la vitesse, on pouvait presque toucher le plafond. Et l'hiver papi nous pelletait un iglou sous le sapin.

— Merci.

On n'a pas terminé ensemble le manuscrit. Le projet manquait de complicité. Je n'avais plus envie d'écrire au sujet d'Audrey-Ann, je ne m'en sentais plus capable. Avec l'affolement où l'avait plongée la psychose, qu'elle revivait en boucles changeantes, non fiables, chaque image agitant la couleur de la précédente, elle craignait ses médicaments et de finir « comme son père », sans prise sur la réalité. Les médicaments dont elle jugeait nécessaire de se sevrer ne la soulageaient plus quand elle ne les prenait pas. Sa douleur s'accroissait. Des visites à l'hôpital s'entrecroisaient aux rendez-vous, à la renarration pour une nouvelle intervenante, souvent par ma bouche, du récit de « l'événement » ; d'autres récits du même genre hantaient celui-là. Parfois, en parallèle de ces allées et venues, on tentait de visualiser le rancho où ça avait eu lieu, de le dessiner, de remonter la séquence des actions, de replacer le temps sur les images, de retrouver les violeurs sur les réseaux sociaux, de communiquer avec la voisine au THC. Pour essayer de comprendre l'inconcevable. Je l'interrogeais sur des détails. Elle se sentait prise en étau. Nelson aurait aimé se masturber en vidéoconférence avec su amor. Le dueño Brian lui demandait son adresse par texto, semble-t-il pour lui envoyer des produits naturels qui la guériraient. Je suggérais qu'elle ne donne pas son adresse à un amoureux des fusils dont on ignorait s'il avait pu jouer un rôle dans l'agression. Tout s'emmêlait. Elle allait mal.

À quoi s'ajoutaient des questions d'écriture. Secondaires, quoiqu'existantes. Je savais qu'Audrey-Ann avait raison sans même tenter d'avoir raison. Son corps lui donnait raison – pour une fois. C'est son histoire que j'aurais dû raconter. Tous les signes du monde me le rappelaient que je refusais de lire.

Mon écriture n'avait aucune importance, mais elle demeurait pour moi une manière de nier la vie. Je construisais des labyrinthes pour m'y piéger, un lieu impossible où me retirer du monde, où rire de l'imbécillité, avec l'absurdité, où je versais la colère qui m'inonde, mon insatisfaction, ma faiblesse, et le temps m'échappait enfin, le bureau s'encombrait, les notes partout sur des feuilles, dans le cellulaire et les couvertures des livres par terre à la grandeur, à farfouiller d'un sursaut, les objets futiles qui s'amoncelaient, le désordre dans la maison que je ne parvenais plus à retarder. Je m'étais mis à croire à cette espèce d'ascèse ridicule pour endurer le reste. Tant que j'étais là, je ne faisais de mal à personne. Je me le répète et c'est vrai, c'est faux. Laurence continuait de faire le ménage pendant que je ratais consciencieusement mon grand œuvre. Puis vient toujours un moment où il faut ressortir du bureau et prendre acte du gâchis, serait-ce pour aller à la toilette. Chier, publier. Une expurgation. J'aurais mieux fait de m'inscrire à l'école de la vie. Emmagasiner d'autres expériences qu'un dégoût du monde posé sur le souvenir d'une jeunesse fade.

Audrey-Ann n'avait jamais expressément exigé que je renonce à la liberté de l'écriture. Cela ne m'empêchait pas de me voir dans le rôle du sauveur et de la victime : j'hésitais à lui sacrifier ce geste. Quelque part en dessous, je continuais de penser que j'avais raison. Le problème, c'est que j'avais enfermé Audrey-Ann dans le labyrinthe avant de me changer en bête. Je rêvais d'une fuite, d'une dépense. Pendant un bout de temps, j'ai cru la trouver dans la poursuite obstinée du récit que j'avais en tête au départ. Celui de la Louisiane, où Audrey-Ann n'était pas.

Simone Weil : « La grâce, c'est la loi du mouvement descendant. ¶ Tendance à répandre la souffrance hors de soi. Si, par excès de faiblesse, on ne peut ni provoquer la pitié ni faire du mal à autrui, on fait du mal à la représentation de l'univers en soi. » (*La pesanteur et la grâce*)

24 juin 2023. J'étais épuisé, pour elle d'abord, je commence à l'être pour moi-même. Je cherche des livres sur la fatigue de compassion, je veux comprendre ce que je vis. Je ne trouve que des ouvrages de croissance personnelle. Prendre soin de ma vitalité ? ne pas négliger mon cercle social ? J'ai voulu reconnaître ma vulnérabilité et des fraudeuses tentent d'en tirer profit.

Pour changer, j'écris des choses comme : l'humanité souffre d'un excès d'espoir et s'étouffe avec ses vieilles espérances. Son optimisme l'empêche de penser l'irrémédiable. L'espoir, le vrai, n'existe peut-être que dans le refus courtois de prolonger l'agonie. Cesser de nous reproduire en sons, en sueurs et en singeries, marcher sereinement, main dans la main vers l'anéantissement de la race. Redonner à la vie l'animalité sans conscience qui la rendrait moins souffrante. Il n'y a pas de réconfort à chercher dans un nom, une œuvre ou l'insouciance d'une enfant qui a nos yeux. Tout quitter sans laisser de traces, n'est-ce pas la plus secourable promesse qu'on puisse s'adresser ?

Aussi écris-je ce type de lignes : la littérature ne peut rien. Sa prétention, son avarice la calcifient. Moins communauté qu'exclusivités à la carte, elle échoue devant la violence – quand elle n'en est pas le valet. Elle n'apaisera pas la douleur d'Audrey-Ann, pas plus qu'elle n'a empêché des gens de s'en prendre à elle. La littérature est une divagation. Elle nous amuse en attendant la fin. Au mieux elle nous émerveille, nous instruit, nous édifie, ce qui nous fournira ensuite de bonnes raisons de nous tuer. Cela s'appelle faire œuvre utile.

30 juin 2023. J'envoie le manuscrit. Je dis à Audrey-Ann que je ne veux plus qu'elle m'en parle, que c'est moi qui lui en reparlerai, quand je serai prêt. Puis je cesse d'écrire. (Enfin, je rédige quelques mises en demeure à l'intention d'entrepreneuses en construction, sans que ce soit à proprement parler un acte littéraire.) Première trêve depuis l'adolescence, quelques jours pour me reposer et arracher en famille un mur de lambris. Ma mère s'active avec Laurence, c'est épuisant de les voir aller. Mon père semble plus serein que moi, et disposé aux moments d'introspection. Il me vante d'abord son rabot ; il a apporté les outils qui lui restent et d'autres qu'il a rachetés après m'avoir donné les siens. Il m'avoue qu'on n'a pas eu beaucoup l'occasion de se connaître jusqu'ici. Et là, une maison. On passe quelques fins de semaine à démolir, puis quelques autres à charrier de l'isolant, à sainement souffrir du dos. La fatigue nous

lénifie. À table, le soir, on évite de parler d'autre chose que de rénovations. Chaque fois que mes parents rentrent à Québec, mon père se dépêche de monter dans sa voiture après m'avoir pris dans ses bras. Il a les yeux dans l'eau.

Je passerai encore de longs mois sans écrire parce que ça ne veut plus rien dire. Copieuse leçon de vanité. On désapprend l'emprise qu'on pensait avoir sur le réel. On croit se sevrer de sa cruauté, mais elle reste là qui couve. Munie d'une bouche. Il faut une force d'airain pour revenir se perdre dans des langueurs de poètes lasses. Pour s'embourgeoiser dans l'abîme. Pour manquer le quotidien une journée à la fois.

Audrey-Ann a en général si peur de représenter un fardeau qu'elle sent que ça ne va pas. Je n'ai pas à lui en parler. Elle demande l'aide d'autres amies pour des visites à l'hôpital. Pour m'alléger d'elle. Il n'y aura pas si longtemps qu'elle me l'aura avoué quand j'écrirai ces lignes.

14 décembre 2023. Écrire n'est pas une thérapie. C'est plus près d'une faute de goût ou de creuser un trou.

L'éditeur est arrivé chez moi avec les notes de toute l'équipe. On débat des rapports de pouvoir qui traversent notre relation, à Audrey-Ann et moi. On échange sur les enjeux généraux du manuscrit, sur l'amitié, sur l'art du récit. On apprend un peu à vivre. Ensuite on relit.

On parvient à mettre le texte à distance. L'éditeur chausse les bottes des personnages. Il raisonne dans mes marges et mes versos. On ne parle pas de moi, mais de l'enseignant, du narrateur, de l'ami. On relève les angles morts de tous ces fantoches, leurs manies, leurs illusions. Une petite tendance à agir en procureur de la Couronne (son expression). Ce n'est pas agréable à constater. Ça ne concerne quand même pas que des personnages.

Au soir, on soupe. Il le faut bien.

L'avant-midi du quatrième jour à repasser les lignes, les pages, un fou rire nous prend à la table de la cuisine. Le narrateur est un intraitable explicailleur, avec ses plans et ses structures. On en rit encore.

Souvent dans les dernières années, j'ai voulu renoncer au milieu de l'édition et à la publication. Mais ce dialogue disparaîtrait. Je n'y consens pas.

L'éditeur repart, une boîte de carton remplie de livres dans les mains. Il me laisse avec des notes, mes questions et mes cas de conscience.

Ça me travaille. L'écriture ne procède pas dans l'autre sens.

Un texte gonfle, se contracte, regonfle. Il respire jusqu'à ce qu'on le tue.

## DU HAUT DE MA TOUR : UNE FABLE

*où je fais un voyage d'agrément à la ville de México pour terminer la rédaction de ce petit livre et parfaire mon éducation de gentil-homme*

18 mars 2024. J'attends dans le jardin, au septième étage d'un gratte-ciel de la colonia Juárez, un quartier gai et coréen de México, et peut-être aussi, au nord, une place où l'on brasse des affaires. J'ai rendu ma carte magnétique, je rentre cette nuit. J'affiche une belle confiance pour que la gardienne de sécurité ne m'expulse pas avant la fin de l'après-midi. D'ici, quand le smog et les nuages se dissipent, on voit le panache de fumée au-dessus du volcan Popocatépetl. Je saigne du nez depuis mon arrivée, il y a dix jours.

J'hésitais à voyager. J'avais peur de moi seul et loin. Il a fallu qu'Audrey-Ann me donne l'ultime poussée. Elle a dit : veux-tu que je réserve pour toi ? Elle était certaine que je me dégonflerais, puis tellement contente. Fière, je crois, de me voir enfin partir seul. Je voulais du temps en tête à tête avec le manuscrit. Je ne sais plus quoi penser de cette histoire, de ce projet. Dans mes creux – et il y en a eu pas mal –, des connaissances ont soutenu qu'il ne fallait surtout pas que ce livre s'adresse à Audrey-Ann, qu'elle n'avait pas à accepter mon projet, que je n'avais pas à faire de concessions sur mon art. Et « mon art » m'a tout de suite paru égoïste, même si ces commentaires bienveillants à mon endroit, je l'admets, m'aidaient à relancer une écriture déchirée entre des impératifs contradictoires qu'elle s'était fixés sans s'en rendre compte. Une forme d'intransigeance pédagogique qui, en vertu d'une haute idée de la littérature, avait engagé une entreprise biographique sur le chemin d'une double initiation au militantisme et au travail littéraire.

La question de l'adresse ne se dénoue pas. Dans quelle mesure un texte littéraire doit-il s'adresser à son sujet ? parler au sujet dont il parle ? s'inscrire dans un autre milieu que celui d'où il émane ? Un livre doit-il raconter son histoire à une personne qui l'a vécue ou la mettre au jour pour les publics qui la liront – la donner à voir, à éprouver, pour qu'elle existe en dehors d'elle-même, et donc en elle-même ? Accomplir les deux en même temps, peut-être. Mais épiloguer sur ces vieilles questions n'actualisera pas les effets de la littérature dans le monde. Et c'est ça qui est en crise dans mon corps : ce que peut la littérature.

México est hétéroclite. Les colons espagnols ont renversé l'empire aztèque et asséché un lac pour se la bâtir. Ils ont utilisé les pierres du Templo Mayor pour l'érection d'une cathédrale, désormais enserrée dans des filets de contention, comme celle de Rimouski. Ah, la cathédrale ! ce symbole des humanistes qui louent ce qu'on sait se léguer d'une génération à l'autre. Des édifices en décrépitude, abandonnés, s'enfoncent de plusieurs centimètres par an dans un sol instable, à côté de tours en construction et d'hôtels luxueux. Des Haïtiennes campent dans les parcs de Doctores, non loin d'un vendeur de mangues au tajín et des barricades qu'ont dressées les militantes unies pour les droits autochtones. Une policière assise sur un trône boit un coke en faisant cirer ses bottes. Au Zócalo, malgré le déficit de la réserve nationale d'eau, des ouvriers s'emploient à effacer des graffitis féministes avec des laveuses à pression. Il y en a partout sur les dalles, ça leur prendra quelques jours. ROMPE TODO, brise tout. À quoi obéissent les arbres, qui se gavent de vieux marécages et cassent les trottoirs avec leurs racines. Víctor Alexander Vázquez Espinosa, du collège Nueva Infancia, a remporté la première place aux Olympiades de la connaissance de la zone scolaire 155. La radio crache les mêmes sottises conservatrices qu'au Québec. Elle raconte aussi que les gens s'assassinent beaucoup et disparaissent. Les portraits de personnes disparues tapissent le rond-point de l'Ahuehuete. Un homme vend des parfums Chenale, Blue de Chenale, Boos, Allerv et Forori. Dans un autre campement, sur un terre-plein de la promenade Reforma, on réclame justice pour les quarante-trois étudiants de l'école normale d'Ayotzinapa assassinés il y a dix ans par la police, complice des narcotrafiquantes (censément à la demande du maire d'Iguala et sa femme). Certaines affiches espèrent encore que ces gars-là ont été kidnappés. Quelqu'un a ficelé au tronc des frênes des poupées de plastique qui donnent la sensation glauque d'être dans *Black Hole* de Charles Burns. À la manifestation, sur l'avenue Insurgentes Sud, une septuagénaire refuse d'obtempérer devant un soldat antiémeute qui chiffonne sa banderole. Elle porte une débarbouillette sur les cheveux pour se protéger du soleil. Elle finit par s'enfarger dans sa banderole, tombe et se frappe la tête contre l'asphalte. La débarbouillette vole quelques pieds derrière. Le monde vit au rythme de ses destructions. Ça ne changera pas grand-chose de le dire. Pourtant ici l'art est politique. C'est la première chose que j'ai notée, pas juste en lien avec les muralistes.

Alain Blanc emploie *Porte : 11, rue Larrey,* une œuvre de Marcel Duchamp, pour illustrer le concept de liminalité tel que l'ont développé les anthropologues Victor Turner et Robert F. Murphy. Il écrit : « les personnes handicapées ressemblent beaucoup à la porte de Duchamp. » Je lui dois cette analogie, mais je ne saurais rapprocher un être humain et un panneau de chêne. Je propose cette nuance : on semble avoir invité beaucoup de personnes handicapées à emprunter cette porte. Elle est disposée en coin de manière à fermer alternativement deux trous, un sur chacun de deux murs à quatre-vingt-dix degrés. Clac d'un bord, clac de l'autre. La marcheuse debout pourra se glisser dans l'entrebâillement, la couleuvre aussi ; on devra toutefois refermer le trou B pour passer en fauteuil dans le trou A. Dans ces circonstances, la porte est toujours ouverte et fermée à la fois. Prenons une cousine roulante qui a franchi le seuil dans le but de traverser la pièce. Elle est dans la pièce, oui, prenons-la comme exemple. Elle referme le trou A pour atteindre le B. Elle tombe face à un escalier. Elle jure un bon coup et veut ressortir en A, mais 1) elle y rencontre un lion, ou 2) la porte, clenchée en A, s'est verrouillée de l'extérieur, ou 3) A s'est changé en salle de bain du Day's Inn, trop étroite pour que le fauteuil y circule. Bref, la cousine roulante est prise dans la pièce. C'est plutôt là que je situerais la liminalité, en marge du dispositif de Marcel Duchamp.

Robert F. Murphy, devenu quadriplégique à vingt-huit ans, affirme que le handicap plonge une personne dans un état où elle est incluse à part. Contrairement à la liminarité, qui désigne l'épreuve transitoire d'un rite de passage, la liminalité décrit un horizon reviré comme un gant, où l'on reste sans limite. « Notre société inclusive » t'accueillera, mais quelque chose du contexte, du décor, de notre attitude, s'efforcera toujours de te rappeler qu'on y condescend. Apprendre : dans une classe spécialisée, dans des locaux particuliers. Parler : on parle de toi en ta présence, à l'hôpital, dans ce roman, sans toutefois s'adresser à toi directement. Habiter : à dix-huit ans, tu auras ton appartement d'adulte ; tu logeras dans un foyer pour aînées ; et au lieu d'organiser la mixité en espace de vie transgénérationnel, on te convaincra que tout ce qui t'unit à tes voisines est une « perte d'autonomie » ; on niera que tu partages avec elles une expérience de l'humanité, de l'humanité qui isole, de sa mise à l'écart comme processus de conjuration et d'immunisation.

Des commentatrices de *Porte : 11, rue Larrey* soulignent la force de son ambiguïté, capable de régénérer la pensée sans les binarités. Cette œuvre révèle en effet l'impossibilité de trancher, l'indécidable, voire la nécessité de ne pas trancher. D'où il faut signaler l'ambivalence même de la liminalité, qui débouche sur une relation directe à la communauté (modalité sociale que Turner désigne sous le vocable latin *communitas*), sur la reconnaissance potentielle d'un manque en commun, d'une existence minoritaire, spécifiquement dans cet entre-deux que bornent les structures à l'origine du non-lieu – entendu comme absence d'un lieu à soi au sein du grand ensemble et absence de cause. La liminalité est cette pièce où l'on se retrouve percluses, devant le poison et son antidote.

Ce livre vaut-il au moins cette pièce ? À partir de quel

moment deviendrait-il le strict lieu d'une oppression ? Peut-être s'il ne raconte pas aussi ce formidable jeu d'évasion : 1) le lion, ayant rugi trop fort, vient chercher ses pompes d'asthme dans la pièce, ou 2) un oncle à roulettes franchit le seuil et s'enferme par inadvertance avec la cousine, ou 3) Helen Keller circule sans problème dans la salle de bain du Day's Inn, ou 4) la cousine roulante se retourne tout simplement et constate qu'il y a des gens dans cette pièce depuis le début. Je ne sais pas.

Au théâtre El Milagro, Anna Christina Ross présente *Tempus fugit*. Elle s'adresse à nous, pose des questions, prend les réponses et nous entraîne dans une histoire sans qu'on s'en aperçoive. Elle choisit un quarante-cinq tours, s'assoit parmi le public. Elle réfléchit au temps et à la mémoire. Elle cite Walter Benjamin : « le temps en scène est une perturbation. » Il y a un fauteuil orangé sous une lampe, côté cour de l'espace trifrontal. Une musicienne bruite la mémoire installée à une table de lumière chaude. Au fond. Anna Christina Ross se dit narratrice d'anachronismes. Elle danse et ses histoires se terminent dans un tournoiement, dans un cri, quand sa robe de soie verte vole dans l'air – elle s'effondre. C'est magnifique et, pour cette raison, perturbant.

On est une dizaine de personnes éparpillées sur les banquettes de velours usé du foro Off Spring, dans San Rafael. Sur le mur, une toile blanche affirme en rose, entre quelques cœurs, que le changement est en moi. Depuis que je suis entré dans cette salle, je ne pense qu'à Stéphanie, une camarade qui anime un organisme de théâtre communautaire à Rimouski. Ça fait près d'une décennie qu'elle accompagne des citoyennes. Je ne suis jamais allé voir leurs spectacles et il arrive que le milieu théâtral ne la reconnaisse pas comme une professionnelle, du fait notamment qu'elle travaille avec des « gens normaux ». Deux femmes, juste devant moi, mangent du pop-corn dans un gobelet. Trois rangées plus bas, une fille seule siphonne un ramen à côté d'un couple dans la vingtaine. Il y a deux hommes à ma gauche, les jambes croisées. Ils attendent que ça commence. La première scène des *Paisajes de Pedro Páramo* se passe dans le noir par erreur. La technicienne joue avec les boutons de l'éclairage. Elle plonge au hasard le public dans la lumière. C'est immersif au point que mes yeux chauffent. La fumée vient d'un bâton d'encens planté dans les estrades. J'atchoume. Une femme devant moi me dit salud. Dorotea se met à se caresser, c'est subversif, et pas vraiment. On entend le son des interrupteurs mieux que les voix. Ici tout le monde est l'enfant de Pedro Páramo et on en oublie ce qu'on expie. La pièce se démantibule plus ça avance. À la fin, quelqu'un brasse une grosse lampe au bout de son bras. On applaudit. Celui qui a incarné Juan Preciado porte son chapeau à son cœur et s'incline.

Le directeur de la troupe s'adresse alors assez longuement au public. La femme devant moi ouvre le vidéo de chat que María vient de lui envoyer. Le shhh ! d'une spectatrice arrache un bégaiement au directeur de la troupe, qui a-adapte ce roman de Juan Rulfo depuis quelques années, de diverses manières dont celle-là ; on n'en a vu qu'une itération, se reprend-il. C'est un livre de cent trente pages qui contient l'histoire du monde entier et qu'on peut lire dans tous les sens. Il dit enfin qu'on vit dans une société capitaliste et qu'il ne peut pas échanger un bon moment de théâtre contre un bout de pain chez le boulanger. L'enveloppe qu'on a reçue à l'entrée sert à recueillir une contribution volontaire.

Frida Kahlo écrit : « J'ai souvent éprouvé plus de sympathie pour des menuisières, des cordonnières, &c. que pour tout ce cheptel d'imbéciles soi-disant civilisées et de hâbleuses qu'on appelle des personnes cultivées. » Mes années d'université ont cristallisé ce sentiment en moi. J'en suis sorti avec l'envie de parler des gens qui ne lisent pas. Je ne me suis pas toujours douté que j'appartiens en fait à ce cheptel de hâbleuses et d'imbéciles. L'institution m'a bel et bien rompu et confirmé comme l'hostie dans la main d'un curé. Je résiste au FALC (facile à lire et à comprendre), que revendiquent des associations pour la défense des personnes handicapées. Les lectures, l'écriture, induisent sans que je le veuille un caractère sibyllin à mes textes. Je reste avec l'impression que la littérature, quand elle affirme s'adresser à l'universel ou aux simples gens, se parle un peu à elle-même ou essaie de nous tromper. Les tentatives de désinstitutionnaliser le savoir ou les arts me semblent souvent les plus jésuites ; elles omettent de nommer le pouvoir qu'elles assoient en contrepartie.

Après une polio dans sa jeunesse, Frida Kahlo veut étudier la médecine. Elle revient plutôt à l'hôpital en tant que patiente, quand l'autobus où elle prend place percute un tramway. Elle est empalée et cassée. La guide nous raconte ça avec des churros dans les deux mains et une maîtrise en ethnolinguistique. Frida Kahlo, poursuit-elle, devient alors peintre et communiste. Elle peint au lit. Elle peint le marteau et la faucille sur son corset de plâtre. Elle passe le temps avec Léon Trotski, un coloc qui se muera en voisin et le restera jusqu'à ce qu'on lui plante un pic à glace dans le crâne. Il y a devant son chevalet un fauteuil roulant, vide. Elle n'y est plus. Elle a un lit pour la nuit et un lit pour le jour. Elle explique : je ne peins rien de surréaliste. Tout ce que je peins est réel, c'est ce que je vois et pense. Elle apparaît, réelle parce que je pense à elle et la vois. J'envoie des photos et une carte postale à Audrey-Ann. Frida Kahlo ne lui dit rien.

J'ai passé la semaine à une table de patio dans ce jardin au-dessus des bruits d'un chaos qui l'inquiète à peine. Les locataires, surtout des expatriées, viennent y courir sur une piste rouge, ou le traversent, serviette dans le cou, en direction de la piscine et des exerciseurs. J'ai relu le texte et mes notes, j'ai réentendu les enregistrements du Costa Rica, les écouteurs plantés dans les oreilles. Je comprends que j'ai voulu « faire varier les rôles », sans d'abord réfléchir à ce que ça signifiait. Je pensais à Audrey-Ann, j'aspirais à la changer. Et c'est plutôt moi qui aurais dû cesser de jouer à l'enseignant ou à l'écrivain. J'ai transcrit tout ce que j'avais escamoté le coup d'avant. Un an plus tard seulement, je déchiffre ce qu'elle tente d'articuler après l'épisode de James Bland (p. 270), quand je lui demande ce qu'elle attend de ce livre. Audrey-Ann dit : « notre lien », « de voir notre lien », « de voir notre lien ». Trois fois je ne comprends pas ce lien, ce qu'il a de spécial du seul fait qu'il est le nôtre. C'est là, sous les mots. *Inaudible* désigne aussi une chose qu'on ne peut souffrir d'entendre.

La gardienne a fait quelques rondes. Son pas las ne dévoile rien de sa rigueur ; elle n'hésite jamais à nous interdire de photographier le panorama. Une vengeance, peut-être. Elle passe le reste de ses après-midi à regarder un soap derrière son comptoir à l'entrée de la salle de sport. Aucune exception aujourd'hui. Je repartirai sans avoir achevé ce manuscrit. Je dois en rendre une nouvelle version dans dix jours. On est toujours à dix jours d'une date. Je ne crois pas réussir.

Un slogan antivalidiste me tourne dans la tête : « Rien sur nous sans nous. » L'idée que ce livre ne soit pas accessible à Audrey-Ann en est venue à me paraître d'une ironie cruelle, d'autant que c'était évident pour beaucoup de gens autour de moi qu'il ne le serait pas. Je tiens au moins à ce qu'il la concerne et j'ignore comment m'y prendre. Pourtant j'ai vu l'accident se produire entre mes mains, les choses se corsaient au contact du réel, à l'approche du contact avec le réel – d'une partie du réel, qui échappait à l'entre-soi du texte que j'avais créé. Je ne voulais pas le reconnaître ou je m'entêtais. Et je me demande à présent quoi sacrifier de mes principes ou de la superbe que je suis allé me bricoler dans l'incurable. Il aurait peut-être fallu y réfléchir avant, ou en dehors du livre. On parlerait alors d'une question dont on ne parle pas. J'ai du mal à la résoudre. Elle restera ouverte au moment d'abandonner ce livre. Pas de réponse simple en vue. C'est une question que j'adresse à l'écriture.

Le ciel rosit, puis il noircit une dernière fois. Les montagnes qui cernent la ville de México se mettent à scintiller d'existences banales, oubliées, comme rangées à la périphérie de l'espèce, et je deviens mélancolique – tous les soirs depuis mon arrivée. Je descends dans la rue où la nuit déjà s'active, où ça crie, où ça bouge, où ça mange, où ça pisse sur les murs. Le bruit des motos harcèle les passantes. Encore quelques heures avant de me rendre à l'aéroport. Je cherche une table pour écrire une lettre. Je trouve un café mais pas les mots. Deux filles, entre les vidéoclips sur leur cellulaire, me regardent avec compatissance tandis que je braille en gros misérable. Idéal est le nom d'un charnier où s'entassent les idolâtres. Je le sais, maintenant. C'est ce soir, enfin, que commence à mourir l'image de ce livre.

Anne-Marie Alonzo : « il y a d'inutiles mouvements il y a des heures tuantes il y a trop et tant et des mots qui m'embrouillent il y a toi sur une scène roulante il y a la mort dans chacun de tes pas il y a cela justement qui piétine et des doigts crispés croisés noués oubliés sur des mains pendantes » (*Margie Gillis : la danse des marches*)

Je rembobine la séquence précédente pour voir ce que j'ai manqué d'autre, ce que les émotions ont amputé à la mémoire.

28 avril 2023. Je reçois la capture d'écran d'un courriel d'Ataxie Canada. La fondation annonce l'approbation par la Food and Drug Administration, aux États-Unis, d'un premier médicament pour traiter l'ataxie de Friedreich. « Skyclarys™ (omaveloxolone) 50 mg capsules. » Audrey-Ann ajoute pour tout commentaire : « ?? »

Je vais lire sur le médicament. « Traiter » est un bien grand mot à employer dans le contexte. Des données favorables, mais partielles. Une étude clinique basée sur l'expérience de cent soixante-douze patientes. Et je regrette de le dire : Audrey-Ann est toujours l'exception à la règle, elle donne corps aux plus infimes probabilités d'effets secondaires.

L'actualité médicale liée à sa maladie, assez mince, peut l'intéresser au-delà d'une potentielle volonté de « guérir ».

Je n'ai jamais voulu présumer qu'elle cherchait un remède[53]. Ce serait comme dire que sa vie ne mérite pas d'être vécue, que sa vie est une expérience a priori diminuée et négative. Ce serait faux et méchant de l'affirmer. Elle me donne cependant peu de mots dans l'immédiat pour interpréter le sens crypté de son message.

Je propose de l'aider à remplir des formulaires en vue d'obtenir une autorisation dérogatoire auprès de Santé Canada. Avant qu'elle réponde, je précise : « (si ça t'intéresse) ».

Elle aurait envie d'essayer. Elle semble en outre s'attendre à ce que je lui explique l'action et les effets du médicament. Les données du fabricant indiquent une amélioration relative des résultats au mFARS (modified Friedreich Ataxia Rating Scale, une évaluation propre à la maladie). Je devine un ralentissement de la dégénérescence, mais je ne saisis pas tout le jargon des mitochondries, et la recommandation d'un médecin sera nécessaire. Je propose qu'on prenne rendez-vous avec son neurologue.

17 mai 2023. Le neurologue nous reçoit à son bureau, au deuxième étage de l'hôpital, dans l'anse étroite d'un couloir en U. Sa mère l'a stylé avec la collection Le 31 de chez Simons, il porte un beau pantalon beige. Il admet d'entrée de jeu que ça fait longtemps qu'il n'a pas vu Audrey-Ann. Je crois qu'il la comprend quand elle parle.

53 A.-A. : Merci. Tout le monde fait ça pis ça gosse. Prétendre que je veux ça.

Il enlève lui-même les bas de sa patiente pour lui examiner les pieds.

Il oublie qu'elle a les chevilles fixes et force contre le métal.

Il la tapoche un peu partout avec son marteau.

Il pose un diapason sur ses bras et sur ses jambes.

Le corps d'Audrey-Ann reste inerte. Le neurologue ordonne :

— Touche ton nez avec ton doigt.

Elle se met à rire d'un fou rire très-fou et n'y arrive pas. Il finit par avoir ce qu'il faut pour remplir le dossier de suivi et se rassoit derrière son bureau. Il consigne ses notes à la main, en cassant le poignet. Il ne nous a toujours pas demandé ce qu'on vient faire là.

— On pourrait essayer de se voir une fois par année, ou aux six mois.

Il a l'air un peu ennuyeux pour se magasiner une relation stable. On dirait un rôle que François Létourneau se serait écrit. Et à vrai dire on venait chercher de l'info sur le médicament. Skyclarys truc.

Il n'en a pas entendu parler.

Il va sur internet.

Faut-il bien un doctorat pour opérer un moteur de recherche.

Il lit le communiqué du fabricant.

Il conclut que le médicament ne peut rien pour elle. La maladie est trop avancée.

— Est-ce qu'il y avait autre chose ?

Autre chose n'était pas l'idée. Mais tout compte fait elle a eu quelques pics de fièvre dernièrement, elle se sent couver un virus. Elle s'étouffe souvent en mangeant, ce qui dans son cas peut mener à des pneumonies. Ce qui dans son cas peut la tuer. On ressort de là avec des prescriptions pour des tests sanguins et urinaires, et une autre pour une radiographie des poumons.

Quand je la laisse dans son lit, en fin de matinée, elle dit :

— Tsé, ça me dérange pas. Je m'attendais à rien.

Elle a quand même voulu me rassurer. Ou se décharger d'une idée. Elle doit y avoir songé beaucoup en rentrant. Ça me rappelle ce passage ambivalent de son témoignage : « Ma façon de faire est que je ne base pas ma vie sur l'attente de guérir. *Si ça arrive,* tant mieux, mais je fais ce qui me rend heureuse maintenant. » (Je souligne.) L'espoir reste tapi quelque part. Cette question n'est pas réglée.

23 mai 2023 à 6:30
Je suis prête mais dans mon lit
Mon corps veut pas être debout
Tu viens me chercher à quelle heure ?

6:32
à quelle heure tu veux partir ?

Elle ne répond plus. Je prends une douche et vais virer. Sa rue est creuse, ménagée au marteau-piqueur et à la dynamite dans le sous-sol schisteux de Rimouski. Une palissade de bacs à recyclage en garde l'entrée, les pelles mécaniques travaillent quelques portes au-delà de ma destination. Ouin, ouin, ouin. Y a moyen de passer. Des ouvrières ont improvisé un parcours d'hébertisme dans la cour arrière d'Audrey-Ann, avec des retailles de plywood et des vis de trois pouces, pour qu'elle puisse surmonter les boyaux d'alimentation provisoires et escalader le terrain attenant et atteindre la rue adjacente. Je n'ai pas envie de me plier le dos pour haler le fauteuil dans le gazon jusqu'à la rue adjacente ; j'ai des poussées inflammatoires que j'endure mal. Je brave donc l'interdit des panneaux.

| | | |
|---|---|---|
| RUE BARRÉE | CIRCULATION LOCALE SEULEMENT | DÉTOUR ← |

Je circule localement, je circule localement. Mon audace ne rencontre aucune opposition. Je traîne dans les trous et les bosses le beding-badang du vieux char à Laurence – la Pontiac Wave m'ayant hélas précédé dans la tombe – jusqu'à constater que je manque d'angle pour attaquer la pente de terre pas tapée qui prolonge l'allée. Ça lui fait une maison juquée comme une cabane à moineaux. Je m'ensable deux fois avant d'abandonner. Je me stationne de travers dans le fond du ravin, à côté d'un tuyau de béton.

J'entre et la trouve sous sa douillette au paisley rouge et bleu. Elle s'est rendormie. Ses yeux et les rideaux sont clos. Je pense la laisser dormir, je pense à notre programme.

— Qu'est-ce tu fais là ? demandé-je.

Je tire les rideaux. Elle a une face d'iguane.

— Aimes-tu mieux continuer de dormir ?

Elle fait non de la tête. Je m'approche en contournant son fauteuil, au ras le lit, et j'ouvre ses draps. Elle est tout habillée, les docs dans les pieds, avec une veste aux motifs aztèques démodés qu'elle a achetée dans une friperie de San Francisco quelques semaines avant.

— C'est rigolo de constater que tu t'habilles de plus en plus comme moi. Ce modèle de docs là, ta veste. Les pulls.

Il y a un effet d'émulation, je suppose. Je dégage la barre-poteau (son expression pour désigner le poteau d'appui pivotant). Je prends ses jambes et les tire hors du lit, puis les mets entre les miennes. Cela s'appelle *tirer le cadavre* (toujours son expression).

— On dirait que j'avais même pas remarqué que t'avais une chemise de même.

— C'est probablement ça que je porte sur toutes les photos depuis quinze ans. C'est une chemise que ma mère m'a achetée chez Simons quand j'étais au secondaire.

Elle rit. Je glisse un bras sous son épaule gauche, j'aplatis ma paume contre le bas de sa nuque. On la tourne face à moi, assise sur le bord du lit, en passant mon autre bras sous son épaule droite.

— Mais elle est rendue toute déchirée, c'est vrai que je la porte moins.

Je joins mes mains derrière son dos. Elle s'accroche à mon cou. Elle inspire. La verticalité s'avale par étapes. C'est physique.

— OK, dit-elle.

Je fléchis les jambes, elle se contracte et on se redresse. Cela s'appelle *prendre une grosse boîte* (ça aussi, c'est de son cru). Un quart de tour vers la droite nous aligne avec son fauteuil, où on la dépose. Cela s'appelle un *pivot*, et j'affirme que quiconque a baptisé cette manœuvre manque d'humour. Renommer ces gestes banals. Parce qu'ils sont là, parce qu'ils lui appartiennent. On va répéter cette séquence onze fois de plus d'ici la fin du chapitre.

— Je peux-tu juste me rebrosser les dents, avant ?

La morphine lui moisit la bouche. Je pousse ses pieds avec mes pieds, ses genoux avec les miens, pendant que j'écarte les deux parties de la boucle de ceinture. Elle se cale au fond du siège. Je l'attache.

— Je vais retourner tasser l'auto pendant ce temps-là.

Je rentre une quinzaine de minutes plus tard. Ç'a été toute une épopée de grimper l'allée avec l'auto. Une enseignante de maternelle traînait sa trâlée d'un cratère à l'autre, peut-être pour l'accent circonflexe. Je me suis ensablé une fois de plus à reculons. J'ai dû attendre, pénitent, que sa ribambelle d'Emma et de Nathan achève son jeu dans les raccords d'égout. Puis ç'a été le ballet de machinerie. J'entends, venant de la salle de bain :

— Devine quoi.

— T'as pas eu le temps de mettre ta pâte sur ta brosse à dents ?

J'ai pensé en sortant que j'aurais pu la lui étendre, comme d'habitude. On a manqué de synchro.

— Est-ce que tu voulais qu'on écrive ta lettre pour le Centre-Femmes ?

Elle fait signe que oui, ayant profité d'une ellipse où j'ai enfin étendu la pâte pour se fourrer la brosse dans la bouche. Elle offre ses services de comptable.

On s'installe à son bureau de mélamine blanche, devant le gros ordinateur qu'elle veut me donner en héritage. Je déverrouille l'écran. Elle a l'air gênée du vidéo qu'elle a mis en pause. Ça ne me dit rien. J'ouvre une fenêtre de traitement de texte.

— On écrit quoi ?

— Je veux travailler trois heures par semaine.

— Tu veux-tu être payée ?

Je comprends que c'est pour s'activer et se sentir utile,

mais je ne veux pas sous-entendre que son travail ne vaut rien[54].

— J'aimerais ça qu'ils me paient en cartes-cadeaux.

— Ils feront pas ça… d'après moi, il faut que le salaire puisse être comptabilisé en salaire. Pis une comptable qui demande à ce qu'on la paie en dessous de la table, je sais pas si ça fait ben sérieux…

— OK, d'abord je veux être payée.

— C'est pas un problème avec le BS ?

C'est toujours un problème avec la très tatillonne aide sociale, dont la surveillance intrusive cherche à communiquer aux prestataires qu'elles descendent d'une lignée de profiteuses, de fainéantes et de criminelles endurcies. Les agentes regardent sans doute trop de séries policières. Suspicion, intrigue et homme fatal. Elles épient vos relevés bancaires, interrogent le voisinage et, quand elles arrêtent une décision défavorable, elles inversent le fardeau de la preuve.

Je compte en marmottant et conclus comme elle :

— Si c'est deux cents, le max par mois, ça donne environ trois heures par semaine.

— J'avais juste calculé une avant-midi.

Audrey-Ann ne peut pas travailler à temps complet, ça lui est physiologiquement impossible. À supposer qu'elle perçoive plus de deux cents dollars de salaire en un mois, on amputerait sa prestation et tout se compliquerait davantage. Appels, recalculs, formulaires, lettres explicatives, rapports médicaux. C'est ce que j'ai pu apprendre en la payant pour relire ce livre.

— Si tu demandes une job à un organisme qui cherche

54 A.-A. : Amen.

pas d'employée, je pense qu'on devrait procéder de façon formelle et écrire une vraie lettre de motivation. Pas juste un courriel sur le bord de la table, même si je te promets d'y mettre beaucoup de style.

Elle a un moment d'hésitation. Je joue mon jeu pour qu'elle me laisse écrire qu'on cherche surtout à se mettre en mouvement avec des personnes stimulantes, et qu'on souhaite procéder par troc. Le Centre-Femmes tient une journée de cuisine collective par semaine. Si Audrey-Ann pouvait repartir de là avec quelques repas, elle serait comblée.

— Dans le fond, ce qu'on a écrit, c'est encore mieux que je pensais.

J'ai tellement attendu ces mots-là.

On sort de la maison sur le patio temporaire, et on descend dans l'allée via la rampe de bois temporaire. Il y aura bientôt un ascenseur permanent, malgré l'objection de la RAMQ, qui ne l'estime pas nécessaire. Ces bureaucrates instituent leurs opinions en normes, ce n'est pas assez haut selon elles.

Dans mon petit rodéo, j'ai immobilisé l'auto sur le bord de la dalle de béton qui achève l'allée, la moitié de la roue en suspension dans le vide. Le fauteuil ne passe pas entre la rampe et l'auto, ni derrière ni devant. Il faut que je tasse Audrey-Ann pour à nouveau me tasser. Le seul espace où la garer est entre le compost et les poubelles ; une ouvrière a apporté le recyclage au bout de la rue.

— Je te range là en attendant, parmi tes semblables.

Elle rit. Je la pousse entre les deux bacs. Je monte dans l'auto. J'ai commencé à l'appeler mon petit bac à vidanges la semaine d'avant ; j'allais la chercher pour aller à la piscine et elle m'a écrit que sa mère irait la mettre au bord du chemin.

Les inutiles commises à l'accueil de l'hôpital ont disparu depuis la fin de la pandémie. Elles ont laissé leurs petites tables dans le désordre, maculées du reflux des bouteilles de désinfectant, entre les plexiglas écréanchés et les distributeurs de masques. Avant leur désertion, des horodateurs de stationnement sont apparus dans le hall ; la principale utilité des commises inutiles a consisté à nous écœurer pendant des mois avec cette phrase : avez-vous une voiture dans le stationnement ? Elles enrageaient quand on répondait non, comme si on niait leur existence même, et autrement nous dirigeaient vers les horodateurs, où l'on s'apercevait qu'on avait oublié de mémoriser sa plaque d'immatriculation. On ressortait en colère, on rentrait et on reprenait tout du départ : avez-vous une voiture dans le stationnement ? Les inutiles commises ne disposaient pas plus que nous de mémoire à court terme. On avait autrefois une barrière automatisée à l'entrée du stationnement, et une autre à la sortie, plantée dans une guérite où attendait un homme trapu coiffé d'un chignon. On s'en accommodait parfaitement. Mais le gouvernement a décidé de convertir ses stationnements d'hôpitaux à la grandeur de la province et de les propulser dans l'univers du numérique. À l'annonce de la nouvelle, j'ai cru qu'on pourrait se stationner dans le métavers et payer en cryptomonnaie. Sont plutôt apparues huit horodateurs, une appli et trois agentes de stationnement qui valident une à une les plaques d'immatriculation.

— Je sais pas si on a le temps de faire tes radios avant le rendez-vous ?

Être en retard ne l'inquiète jamais.

— C'est sans rendez-vous ? affirmé-je.

Je propose qu'on aille voir. La clinique de la douleur nous recevra à onze heures. Il est dix heures quarante.

La secrétaire en radiologie appelle notre numéro depuis l'arrière d'un bureau en demi-lune. Elle reconnaît Audrey-Ann.

— Parce c'est moi qui a rentré ta prescription.

Je me demande comment la prescription a pu lui permettre de s'imaginer le visage de la patiente. Et pourquoi elle tient à dissimuler qu'elle l'a plutôt reconnue parce que tout le personnel de l'hôpital la connaît[55].

— Vous pouvez attendre à la porte GRAPHIE 2 3.

Il y a une seule personne dans la salle d'attente. Une auxiliaire l'appelle dans la salle 2 dès qu'on arrive.

— On va mettre une jaquette ?

Une fois, au triage de l'urgence, j'ai remarqué que je prenais ce *on*. Un *on* comme si moi aussi j'étais tombé dans la salle de bain, comme si on avait toutes les deux une douleur de douze sur dix aux ovaires[56].

— J'ai pas de soutien-gorge.

— Quand est-ce t'as déjà mis un soutien-gorge ? Faque pas besoin de jaquette.

55 A.-A. : LOL. Et elles m'appellent « la petite qui vient toujours nous voir » ou « la sœur de Marie-Pier, l'inhalo ».

56 A.-A. : Ton *on* est important pour moi. Je sens que tu partages ma douleur, que tu es investi. Tu es rassurant pour moi.

— Non.

— On va enlever ta veste, d'abord.

Elle porte un col roulé en dessous, comme sur mes photos d'auteur.

— Oui, pis j'ai une chaîne. J'aimerais ça que tu me l'enlèves.

Un technicien vient se présenter. Il s'appelle Billy et ressemble à un Billy. Il agrippe Audrey-Ann par le fauteuil et l'entraîne dans la salle d'examen. Je peux rester dehors ou attendre derrière les ordinateurs. J'ai déjà vu l'intérieur de son pied sur les ordinateurs du TACO – avec les vis et les broches, on dirait un jeu de mikado. Je n'ai jamais vu l'intérieur de ses poumons sur les ordinateurs qui affichent les rayons X. Je me serre dans le cockpit pour les regarder. Les images apparaissent à l'écran. Je distingue mal ses poumons, à la rigueur son petit cœur diaphane : une poche d'écus prête à contenir tout l'or des civilisations précolombiennes. Sa colonne vertébrale, elle, a la forme d'une tête de violon. Un violon de bois, pas une crosse de fougère. Assez de me prendre pour Guy de Chauliac.

Il est dix heures cinquante-six quand on ressort de là. C'est une bonne journée pour le système de santé québécois.

La secrétaire de la clinique de la douleur se cache quelque part derrière l'hygiaphone A-1014, une fenêtre de plexiglas percée d'un guichet d'aluminium, sur laquelle on a apposé trois feuilles rose fluo de format lettre. La première va ainsi :

INSCRIPTION ICI POUR :
RHUMATOLOGIE
ET
CLINIQUE DE LA DOULEUR
SEULEMENT

La deuxième exactement ainsi :

POUR TOUTE AUTRE INSCRIPTION :
ORL
OPHTALMOLOGIE
MÉDECINE INTERNE
DERMATOLOGIE

VEUILLEZ VOUS RENDRE AU A-1039
(AU BOUT DU CORRIDOR À DROITE

La troisième :

→

Un écran d'ordinateur occupe tout le reste de la fenêtre. C'est derrière cet ordinateur que se cache la secrétaire. Elle s'étire au-dessus, à côté de l'écran, cherchant son point de vue. Sa tête émerge pour nous accueillir.

— Vous venez pour ?

— On a rendez-vous à la clinique de la douleur.

— C'est pour Audrey-Ann Bélanger ? allez vous assire proche de la porte vingt-six.

Entre la porte vingt-six et la porte vingt-cinq, il y a deux affiches.

LA FACE CACHÉE DES OPIOÏDES

| Les opioïdes d'ordonnance sont efficaces pour soulager certaines douleurs, mais ils doivent être utilisés avec précaution. | Les opioïdes du marché noir ou ceux consommés sans ordonnance causent un décès par jour au Québec. |
|---|---|

ON PEUT AGIR POUR SAUVER DES VIES.

Québec.ca/opioïdes

Une mise en garde aussi franche a dû sauver beaucoup de vies. L'autre affiche est un message conjoint de la SPAQ et du CISSS, qui nous invitent à télécharger l'appli Parkedin sur App Store ou Google Play. J'en suis à me demander, pour la vingtième fois car c'est un couloir que je fréquente beaucoup ces derniers temps, comment un gouvernement aussi nationaliste, et francophile au point de financer des campagnes télévisées où il associe l'avenir du français à la survie du faucon pèlerin, a pu adopter un tel nom niaiseux pour son concept niaiseux de stationnement niaiseux ; une tête émerge de la salle vingt-cinq. Ce couloir ressemble à un jeu de tape la taupe.

— Vous pouvez venir.

— C'est un véritable coup de théâtre, on vous attendait à la vingt-six.

L'infirmière sourit par politesse. Elle nous tient la porte, et on entre.

C'est toujours la même équipe dans cette petite salle de deux lits avec un fil de téléphone au coin du mur, qui descend du plafond suspendu. Trois femmes qui font leur possible pour en soulager d'autres. Il y a deux infirmières et Marie-Claude, une anesthésiologiste que, succombant à l'invite œdipienne, je voudrais avoir pour mère et marier. Elle a toutes sortes de bons médicaments pour vous plonger dans le bien-être. Vous la voyez et vous avez aussitôt envie qu'elle prenne soin de vous. Elle est gentille, patiente, douce de voix. Elle porte souvent un bonnet médical sur lequel il y a un imprimé de chiens. Elle s'informe d'Audrey-Ann et de moi, elle s'excuse de n'avoir pas pu passer à la pendaison de crémaillère. On s'installe sur le lit. Je relève son col roulé pour découvrir son dos.

— Je vais te garder en observation quelques minutes, aujourd'hui. La dernière fois t'avais fait une petite baisse de pression...

On vient presque tous les mois depuis un an environ. Le soin s'appelle communément des points gâchettes. Assise en permanence sur sa scoliose, Audrey-Ann développe des tensions musculaires. Marie-Claude injecte de la bupivacaïne dans ses muscles pour les relâcher. C'est douloureux. Mon rôle consiste à flatter ses cheveux, et mon poste se situe près d'une fenêtre d'où l'on voit, par-dessus les bâtiments hideux de Rimouski, le fleuve et l'île Saint-Barnabé. La peinture jaune lève en galettes tout le tour de la fenêtre. Marie-Claude repère les points de tension à tâtons pendant que je cherche lointainement les voiliers. Elle vise souvent juste du premier coup – Audrey-Ann sursaute –, et marque la cible au feutre. Elle aseptise la peau. Le feutre pâlit. Pour s'orienter dans la chair avec l'échographe et éviter le poumon, elle applique du gel. Cette fois-ci, elle en a trop mis.

— Peut-être que je prendrais tout de suite une gaze.

C'est sa manière de demander les objets à l'infirmière. Le problème est que la clinique ne possède pas d'échographe. L'infirmière doit chaque fois l'emprunter d'un autre étage, qui se le réserve jalousement. Quand elle revient bredouille, Marie-Claude doit monter, toute choquée, et je l'imagine avec sa petite voix : j'aurais peut-être besoin de l'échographe, si ça vous dérange pas. Aujourd'hui l'appareil est déjà sur place. Il porte une étiquette où on lit : PAS DE VIROX SUR L'ÉCRAN. La communication semble être un enjeu capital dans le milieu de la santé. Je glisse mes doigts dans les cheveux d'Audrey-Ann. Marie-Claude remplit sa seringue d'anesthésique.

— C'est des nouveaux tubes, ils sont gros. Un CC, ç'a l'air de presque rien, là-dedans. Je les aime pas.

— Les aiguilles, c'est des quoi ? demande Audrey-Ann.

— Des vingt-cinq. Plus c'est un gros chiffre, plus elles sont petites.

— Dix-huit, ça fait mal.

— Oui. C'est gros, dix-huit.

Elle pose la sonde dans le gel sur l'omoplate.

— Ça pique.

Elle pique. Un spasme secoue Audrey-Ann, qui laisse tomber sa tête dans les barreaux du lit. Je flatte plus fort. J'ai du mal à interpréter l'écran. On voit les épaisseurs de peau ou de muscles. L'aiguille les traverse. Quand elle arrive à la bonne profondeur, Marie-Claude attrape la sonde et la seringue d'une seule main et pousse le piston avec l'autre. On voit les fibres musculaires s'espacer sur l'écran. Une bulle se forme dans l'interstice. Six ou huit fois cette douleur pour en chasser une autre. La douleur s'accroît dans la journée, puis le soulagement, relatif, ne dure pas tout à fait un mois.

Je retiens Audrey-Ann devant moi dans la pente du trottoir. Elle est toute tordue dans son mal. La fatigue l'envahira. Un beau soleil plombe sur le stationnement de l'hôpital de Rimouski. Passé le brouillard des clopes à neuf mètres des portes, on peut humer le pétrichor qu'exhale le bitume chaud[57].

— Qu'il est donc bon de vivre, dis-je, avant d'emplir mes poumons.

J'ai proposé à Audrey-Ann de l'emmener dans une boutique de matériel d'artiste. Ça l'excite, elle n'y est jamais allée. Elle commande tout en ligne. On monte en voiture, je mets le billet de stationnement dans mon portefeuille avec l'intention de le transformer en signet, le fauteuil en trois morceaux sur la banquette arrière. Je m'installe et on part, fenêtres baissées, à l'aventure. Saint-Louis, Saint-Germain. On parcourt le boulevard René-Lepage, entre le fleuve et le dos des immeubles. Tous ces grands hommes nous mènent aux frontières du parc industriel.

57 Il y a quelques semaines, deux peintres ont refait les lignes du stationnement, ensuite quelqu'un s'est chargé de refaire l'asphalte, ensuite les peintres sont revenus tracer les lignes. Puis deux maçons ont arraché l'asphalte neuf et le béton, à l'entrée du bâtiment principal, pour remouler la pente du trottoir. Un matin, je marche vers le cégep et le peintre est en train de marquer le sol. Je reviens, en après-midi : il a écrit DÉBARCADAIRE. Je repasse, deux jours plus tard, il est en train de gratter son ouvrage avec une grosse machine qui lui brasse les joues. Je reviens, en après-midi : il a recouvert son grattage de goudron. Ça sèche, ça reste comme ça jusqu'à la semaine suivante, quand il écrit enfin DÉBARCADÈRE. Deux mois et les roues des voitures auront effacé ce conte.

Là-bas, on entreprend de franchir le seuil de l'étroit portique en L. Un client rapplique. Il s'avoue incapable de nous aider mais repentant. Je l'absous. Il retourne content à ses achats.

La boutique n'est pas grande, appendice à un service d'imprimerie et d'encadrement. J'y ai commandé la reproduction sur toile d'une photo du Costa Rica, pour la fête d'Audrey-Ann ; je n'ai pas encore eu le temps de revenir la chercher. Je la réclame au proprio. C'est un géant à casquette d'environ quarante ans qui m'a raconté sa vie et vanté l'iridescence de son pick-up lors de ma visite précédente. Il a lui-même recouvert la carrosserie d'un polymère déniché sur internet. Le lettrage, cependant, est de sa main. Il s'apprêterait semble-t-il à répéter l'exploit sur le char de sa blonde et ne se rappelle pas de moi. Il me demande « mon petit nom ». Il fouille dans ses commandes. Il finit par me remettre un cadre recouvert de papier kraft. Je le déballe. Un seul coup d'œil suffit à constater le travail d'un parfait cabochon.

— Merci.

— Ça fait plaisir, qu'il répond.

Il est sincère et, à vrai dire, presque ému de me voir avec une handie. Le mauvais calibrage des couleurs évoque le pimpant bolide du farcisseur d'andouilles qu'il devient à mes yeux. J'adore ça. En tendant la toile, il a renvoyé au verso une partie de ma tête et le couteau que je tiens dans ma main gauche. C'est le fameux couteau émoussé de la Secret Garden Villa, pièce maîtresse de cette photo que j'ai prise en appuyant mon cellulaire contre un ananas sur la table de vitre sale. Nos deux faces, une de chaque bord.

Moi qui grimace parce que j'haïs les photos. Audrey-Ann qui sourit dans un rai de soleil. C'est bien nous. À ne pas s'y tromper, c'est ce qu'on aura été[58].

Le proprio n'est pas long ensuite à partir dîner. Son commis, depuis qu'on est entrées dans la boutique, parle avec sa collègue de l'assiette brunch qu'il va commander au Normandin. Elles ont l'air d'avoir un plan pour se sauver ensemble. Il vient nous demander si on a besoin d'aide, parce qu'elles ont normalement des réunions sur l'heure du dîner. . . . . . Je lui promets qu'on va se dépêcher. Audrey-Ann fauche deux pots de vernis avec ses poignées dans le dos. Je les récupère sous le présentoir. Elle me demande d'attraper trois tubes de peinture et une toile, je tape sa carte sur le terminal et on ressort en manœuvrant par-dessus le seuil de porte. On est encore à grimper dans la voiture que le commis et sa collègue quittent le stationnement en trombe.

— Je sais pas ce que t'avais de prévu, dit-elle, mais moi j'ai faim.

On arrête se chasser un repas, et à la maison prendre Rodolphe, et on va manger chez elle.

Il est treize heures environ. On a descendu toutes les trois la maudite pente gazonnée depuis la rue adjacente, mangé et passé sur le pot chacune à sa manière. Rodolphe a senti et marqué un par un les arbustes décoratifs du voisinage.

Audrey-Ann me demande de lui appliquer de l'onguent d'arnica dans le dos. Je lui en étends et l'étends dans son

58 A.-A. : En effet. Si seulement on pouvait revenir à ce moment, tout aurait été différent.

lit sur son sac chauffant, sous un tas de couvertures. Elle mène une existence en chaud-froid, moite et camphrée.

Rodolphe lui lèche les oreilles et le nez. Elle grimace. Il s'éloigne.

— Est-ce que je ferme les rideaux ? je comprends jamais pourquoi tu fermes les rideaux.

Ça m'inspire toujours *Tu m'manques* de La Chicane.

— Non. Laisse-les ouverts.

Je vais pour rejoindre Rodolphe, qui comate debout sur le tapis d'entrée, et m'en retourner chez nous. Elle ajoute :

— Est-ce que tu vas avoir besoin de moi bientôt ? pour le livre.

Je prends le ton de qui exagère des vérités afin qu'elles s'entendent comme des blagues.

— Non. Pus jamais. J'abandonne.

— Pour vrai ?

— Ben non. C'est juste... j'y travaille activement. Je... Je cherche une nouvelle méthode qui pourrait mieux fonctionner.

Je soutiens son regard en silence un moment. Je veux conclure :

— T'as-tu tout ce qu'il te faut ?

— Est-ce que tu peux fermer les portes ?

19 juin 2023. Le complexe glaces-piscines de Rimouski est un entrepôt de tôle qui abrite deux glaces et deux piscines. Il y a de longues planches de cèdre au plafond, une dizaine de mètres au-dessus des bassins. Les points de vue possibles sur la scène sont multiples : les estrades, en haut à gauche ; les bureaux de l'administration, en haut à droite ; la baie vitrée du hall, contre laquelle une petite patineuse s'écrase le nez ; les fenêtres du côté parvis. Mais dire ça, c'est vous mettre dans mes yeux.

Audrey-Ann est face à moi dans l'eau, ses avant-bras dans mes mains. Je lui ai envoyé ce matin le nouveau premier jet du livre. Une version avec de longs passages louisianais et sans la prescience du moment présent. Elle l'a sillonné un peu, en commençant par la fin, pour sauter au milieu.

— J'ai vu comment tu t'es senti mal. Je m'excuse d'avoir été insistante.

— Ça va. J'ai compris le message.

Ç'a mal sorti, on dirait que je lui demande de me sacrer patience. Ce n'est pas ça.

— Quoi, « compris le message » ?

— Dans le sens : je comprends ce que tu attends. Tu

veux te voir apparaître, tu veux que ton histoire existe. Je vais m'y remettre.

Je n'arrive pas à nuancer ma première réponse.

Elle flotte presque debout, ce qui dans son cas menace toujours de lui faire prendre une tasse d'eau. On est rendues côté cour, près des fontaines en forme de quenouilles qui arrosent les enfants.

— Qu'est-ce qui arrive si je meurs avant que tu finisses ?

— Je me tue.

— Pour vrai ?

— Oué. De toute manière t'as l'air d'être sur une bonne lancée pour me survivre.

— Je sais pas. Je pense pas. Je parle-tu trop de moi ?

— Parle, parle.

— C'est parce que je sens mon père proche, ces temps-ci.

— Comment ça se manifeste ?

— Son odeur.

— Il sent quoi ?

— La clope.

— Tu sens la clope...

— L'autre jour je me suis mis du vicks dans le nez pour pas le sentir. Je suis bizarre, hein ?

Ce désir d'être bizarre chez cette fille si normale. Et pourtant l'inverse est aussi vrai.

— Tu m'as habitué à tes idées ésotéricomagiques. J'accueille ça.

— Merci de pas me juger.

Elle me demande de la prendre par derrière, c'est-à-dire

sous les aisselles, avec les mains contre sa poitrine, par-dessus sa veste de flottaison. On a dépassé depuis longtemps la signification sexuelle de l'expression *prendre par derrière,* qu'on utilise pour son efficace – et comme résidu de gauloiserie. Elle a attendu qu'on ne s'ait plus dans les yeux. Elle précise qu'elle ne pensait pas m'avoir à ce point traumatisé lors de notre dernière séance de lecture au Costa Rica. Je lui avoue que c'est plutôt ma réaction qui m'a terrorisé ; cette espèce de colère sourde que j'échappe parfois, j'essaie de l'apprendre et de la maîtriser. Je m'en veux de ne pas y arriver. Elle ajoute qu'elle ne comprenait pas comment j'insérerais ses commentaires. Moi-même je l'ignore encore.

Revenues dans le vestiaire, où la nudité est interdite. Audrey-Ann a de la misère à parler. Souffle court. Comme la fois précédente. Ça s'était arrangé dans la soirée. J'espère que ça s'arrangera au plus tard dans la soirée. Elle n'a pas avalé d'eau. On s'embarre dans la cabine pour handies, cette boîte aux murs de céramique blanche. Je lui enlève son maillot. Elle a un fleuron tatoué entre les seins, si vous voulez tout savoir. Elle dit :

— Peut-être que je suis égoïste pis narcissique.

— Pourquoi ?

— Parce que je veux me voir apparaître. Pourquoi j'ai aussi hâte de voir le livre trois ?

— Je pense que c'est normal. Ça me rappelle les gens qui publient en revue. C'est quoi la première affaire qu'ils font quand ils la reçoivent par la poste, d'après toi ?

— Je sais pas, ils l'ouvrent.

Mes exemples littéraires ne résonnent pas chez elle. Je ne me dompte pas. Je n'en ai pas d'autres.

— Ils cherchent leur texte et leur nom.

Son visage s'illumine.

— C'est vrai !

— C'est con, quand même. J'essaie de battre ce réflexe-là, c'est pas facile. Il reste qu'on veut se voir. On veut exister, j'imagine.

Et exister, c'est être vue.

Je devrais peut-être formuler une parole réconfortante comme ça va bien aller ou une promesse du genre je t'écrirai une vie heureuse.

Je suis incapable de prononcer l'affection.

— Rappelle-toi, t'écrivais dans ton témoignage que tu voulais laisser de quoi derrière. T'as peut-être juste envie de savoir ce que tu vas laisser.

Elle reste pensive pendant que je plie les serviettes.

Exercer un contrôle sur sa mort, sur ce qui sera après sa propre mort, n'est-ce pas l'enjeu. Chez moi, en tout cas. Comme chez cette amie qui, déjà quand je l'ai rencontrée en 2017, étiquetait et triait ses « boîtes de la mort ».

Les néons s'éteignent avant qu'on soit prêtes à sortir. À qui de droit : gros problème avec les détecteurs de mouvement dans cette cabine. Et je ne parle même pas de la toilette, qui a flushé au moins six fois sans raison durant ces quelques lignes de dialogue. Peut-être parce qu'on chiait dans nos culottes.

26 juin 2023. Je marche vers les Bains publics avec Audrey-Ann. Elle peint des femmes « bleutées ». Je lui ai suggéré d'exposer ses toiles. On va voir la salle. On traverse le stationnement de l'hôpital de Rimouski, puis celui du cégep. L'ouvrière d'entretien a mal rincé un graffiti sur la brique extérieure du centre sportif. En lettres pâles, filigrane au vide qu'on a voulu imposer : TA COLÈRE PEUT NOUS GUÉRIR. L'univers se joue de moi.

6 février 2024. Je lisais hier *The Minority Body* d'Elizabeth Barnes. La philosophe y défend l'idée selon laquelle le handicap n'est ni bon ni mauvais, plutôt une différence quelconque. Elle y réfute un certain nombre de modèles qui désignent le handicap comme une déficience, une faute, un manque, et notamment l'idée naturaliste selon laquelle le handicap créerait un éloignement de la norme de l'espèce, du cours naturel des choses. La nécessité de recourir à une norme, à un idéal, à un absolu (même statistique), suppose beaucoup de généralisations outrancières, dont Barnes pointe les failles.

À mi-chemin de sa démonstration, elle s'intéresse aux bénéfices du handicap et donne crédit aux témoignages des personnes handicapées. Il appert que le handicap ne conduit pas si souvent quelqu'un à détester sa vie – qui serions-nous pour tenter de lui faire dire ou croire l'inverse ? Elle cite notamment Dostoïevski, qui n'aurait changé pour rien au monde l'état de plénitude orgasmique qu'il atteignait à l'approche d'une crise d'épilepsie. Plus loin, une femme vivant avec la sclérose en plaques évoque son « sclerotic laugh ». Elle rit dans des circonstances qui n'appellent pas le rire, mais n'en savoure pas moins un état d'euphorie réel, générateur d'endorphines. Elle rit souvent et très intensément. En français, on parle du syndrome pseudobulbaire. Il peut aussi se manifester par des pleurs, ce qui semble objectivement moins drôle. Ce trouble mal documenté apparaît dans le développement de diverses maladies neurologiques.

J'ai lu ça et je me suis tapé le front aussi fort qu'un Gaston Miron découvrant le mot *natal* dans le dictionnaire (cf. *Les outils du poète*). J'avais passé tellement de temps dans ce texte avec la voix d'Audrey-Ann, à traduire en mots ses rires sur l'enregistrement, répétitifs, sans nuances dans l'écriture. Toutes ces fois où on m'a dit qu'il y en avait peut-être trop, qu'on pourrait élaguer. C'était une évidence. Je lui en ai parlé tantôt, au souper.

Je rentre chez moi et j'ai un message. Elle a oublié comment le truc s'appelle. Je lui envoie un article de *La Presse* sur le rire du Joker.

> 21:47
> ils sont pas mal négatifs au sujet d'un truc
> pas tellement négatif.

21:57
Ça fait tellement de sens J.-P.
Les fois où il me pogne des estie de fous rires
dans des situations inappropriées
Mon fou rire à chaque fois que le neuro me fait
faire doigt-nez

22:02
je te comprendrais autrement si c'était ça.
je veux dire : ce n'est pas toujours que tu
trouves ça drôle.

22:02
Moi qui braille et que parfois je ris aux éclats en
braillant

Elle consulte d'autres sites qui traitent du syndrome pseudobulbaire, les commente et conclut :

22:31
C'est toutes mes problèmes
Merci J.-P.
Je vais aller dormir en pensant à toutes les
situations inappropriées où j'ai ri
Ou rêver que je recule en croisé en patinant

22:35
je te souhaite le patin
je pourrais remplacer ton neurologue plate,
peut-être.

22:36
Bonne idée

Je ne m'explique pas que personne dans le milieu médical n'ait pris le temps de lui en parler, d'évoquer l'existence de ce « symptôme ». Sa mère aussi y verra une révélation. On le mentionnera lors de la prochaine hospitalisation – et le neurologue, sans revoir Audrey-Ann, confirmera mon diagnostic. Ça réécrit toute sa vie à mes yeux, toutes ses relations sociales. Elle-même a toujours ressenti ses rires comme sincères, sans s'apercevoir qu'elle n'était pas strictement qu'un rire. Ce rire caractéristique participe à la rendre attachante, mais il n'aura pas toujours aidé à ce qu'on la lise bien. C'est au-delà du rire nerveux, c'est un rire pathologique. Bizarre trouvaille à faire pour le clown que je suis. J'ignore ce que je serais devenu si tout ce temps j'avais su qu'elle ne riait pas.

Havi Carel : « Il manque un but final, ou *telos,* à la vie humaine, que possèdent le fruit mûr et le roman terminé. » (*La maladie : le cri de la chair*)

Hôpital de Rimouski, le 25 mars 2024

Ma chère amie,

Je t'écris parce que je sens que ce livre, entre nous, a besoin d'un bilan. Je ne t'en ai jamais reparlé depuis juin de l'an passé. J'avoue que sa proximité avec l'échec, que je connais un peu, m'a donné le vertige. Mais, vois-tu, je ne vais plus le tordre pour qu'il devienne ce qu'il n'est pas. Je ne vais pas tenter de le réparer. Le résultat est un processus, une expérience. Il est ce qu'il est, un bricolage un peu dystonique. J'aime penser qu'il nous ressemble à sa manière. Tu m'interromps. Tu dis :

— Veux-tu gratter le fond comme une grand-mère ?

Je t'écris les yeux dans les yeux ou presque, pendant qu'en face de moi, dans ton lit de l'urgence, tu t'étouffes avec ton petit yogourt. On est venues vers quatre heures pour éviter la cohue, comme si on partait en voyage à Old Orchard Beach. Ce matin tu me laisses te donner à manger. D'habitude tu refuses, tu ris trop pour que je fasse l'avion. Je te gratte le fond et te donne tes dernières bouchées. Je demande :

— La grand-mère, c'est moi ou c'est toi ?

Tu dis que c'est moi. J'imaginais l'inverse. Peut-être parce que je pense à mon père, dont la mère est morte avant-hier. Le voilà orphelin à soixante-quinze ans. Après cette lettre, je dois écrire l'éloge funèbre d'une femme qui avait rejeté ma sœur et dont je m'étais sciemment éloigné. Mon père avait appris à retourner les rôles, à la nourrir, à se soucier de son hygiène. Ce soin lui avait d'abord paru étrange, lui qui ne l'avait jamais prodigué à ses enfants, fatal saisissement de la circularité du temps, de son retour à l'envers. Il s'était habitué à l'aider, à ce qu'elle l'oublie. Ma grand-mère voulait mourir depuis dix ou douze ans, sans doute plus, sauf que son corps et les médecins ne voulaient rien savoir. Sa déchéance ne lui avait pas fait la grâce d'une sénilité suffisante pour qu'elle oublie son existence. Dire que c'est un soulagement qu'elle soit morte est un cliché qui nous comble ; malgré pour mon père la rupture, le vide, les papiers à régler. La vie lui a appris à prendre soin des autres. Il a perfectionné sa façon maladroite de manifester son affection et sa bienveillance. Il laisse poindre le peu du trop qui l'habite.

Je me rappellerai toujours cette fois chez Mira, tu étais au centre d'un cercle d'intervenantes assises sur des chaises de plastique. J'observais ce qu'on filmait aussi. Beaucoup d'yeux à trancher là. Tu passais des tests ou, dans leur jargon, on te passait des tests. L'ergothérapeute qui t'évaluait a tiré sur ton bras et déclaré :

— Tu es faible.

On aurait juré qu'elle le disait pour que tu le sois. On s'est retrouvées dans notre chambre de la pension Mondou, dans le ressac d'un temps mort. Tu pleurais. Tu pleurais beaucoup. Il y avait la mauvaise santé de Tomiko et le fauteuil électrique dans l'air ; au train où ça allait, on voyait bien où ces deux histoires finiraient. Je ne savais pas où me mettre. Les larmes me désarçonnent. Je suis sans moyens devant des larmes. J'ai vu ma main trembler dans l'air jusqu'à tes cheveux. Je ne savais pas trop ce que je faisais. Je pense que c'est la première fois que je les touchais.

— Merci, t'as dit.

— Merci de quoi ? j'ai demandé.

— De me faire sentir que j'ai le droit de pleurer, t'as répondu.

Je ne sais pas si mon malaise s'est éternisé ou si de faire le bon geste, pour une fois à peu près au bon moment, l'a dissipé. Ce « droit », personne n'avait à te l'accorder. Je ne me rappelle pas si je me suis senti bon d'une action qui aurait dû aller de soi, qui n'avait rien d'extraordinaire, de louable, de généreux. Si je me suis senti bon injustement. Tout ce que je sais, c'est que ce jour-là ce geste est devenu une possibilité. Malgré la réflexion qui précéderait chacune de ses répétitions, longuette, longue, moins longue.

Tu as mal. Ça me donne des occasions de me pratiquer. Ta douleur fait mal et parler disparaît. Tu as peut-être l'impression que ton corps se referme sur toi. Tu me dis souvent ces dernières semaines que personne ne te comprend. C'est vrai même si je tente parfois de te suggérer des nuances. Personne ne sait ce que ça fait de souffrir dans ton corps. Tu es seule à souffrir dans ton corps. Tu ne veux pas te plaindre. J'imagine que ç'a un lien avec ce que tu écrivais dans ton témoignage : « si ma vie est ainsi, c'est que je suis assez forte pour la traverser la tête haute. » Je n'interroge pas la conception religieuse qui sous-tend cette idée du prix à payer pour la faute, je te la concède même : cette traversée est à toi. J'espère juste que ce n'est ni une épreuve de force ni une épreuve individuelle. J'espère qu'il ne te faut pas cacher ta douleur pour garder la tête haute, la porter seule pour sauver ton honneur. Même les plus féroces pirates prenaient un équipage, tu sais. Cette souffrance, tu as le droit de l'exprimer. Tu as le droit de la communiquer en dehors des bureaux des médecins qui n'écoutent pas toujours. Tu as peut-être même la responsabilité de nous en donner une image ou un son pour qu'on s'approche, pour qu'on regarde avec toi là où ça fait mal, pour qu'on se donne une chance, ensemble, de se comprendre. Doux Jésus, je sonne comme un slogan politique. Je veux dire que la tristesse et la douleur n'ont pas à se vivre dans la solitude. Tristesse et douleur ne sont pas le monopole de « l'ostie de fille lourde ». Ta colère peut nous guérir. Il faut en finir avec le stéréotype de l'handie méchante. On n'est pas que des stéréotypes. L'existence passe de ceci à cela, elle avance entre deux points en mouvement, toujours à côté des couleurs pures. J'aurais voulu que ce livre dise la douleur en forme d'abysse dans ton rire. J'aimerais refuser avec toi un monde qui t'oblige à sourire quand tu as mal.

Si tu ne partages pas ma manie d'aller relire nos messages, tu as peut-être oublié que, pas très longtemps après notre visite traumatique-fondatrice chez Mira, tu m'écrivais : « Peux-tu me psychanalyser et me dire pourquoi je pense ça : pour moi, les fins s'apparentent aussi à des deuils. » C'était pour un cours de psychosocio. Ma réponse à l'époque a été mollassonne, je te dis que c'est pas mal la même chose, le deuil et la fin. Je me demande pourquoi personne ne nous a jamais reprises là-dessus, pourquoi personne ne nous a agrippées par les épaules pour nous brasser comme des danseuses-des-vents et nous dire que c'est plus compliqué que ça. Parce que ça nous pousse à affirmer que chaque étape de la maladie est un deuil, avec les mots plates d'un certain registre médical : la dégénérescence est une perte. Ta question comportait à vrai dire un sous-texte : l'arrivée probable du fauteuil motorisé dans ta vie. Et moi je ne pouvais que réentendre ton père, que je n'ai pourtant pas connu : ma fille va avoir un fauteuil manuel le plus longtemps possible, sinon elle va perdre trop d'autonomie. Voulais-tu encore que je te psychanalyse ? Ce n'est pas une approche que j'aime beaucoup. Pourquoi est-ce que personne n'a jamais suggéré, en remplacement de la notion de perte, que les fonctions du corps connaissent une perpétuelle transformation ? Ce n'est pas de la novlangue, c'est une ressaisie de la vie dans son ensemble. On voyage vers ce que l'on est, c'est-à-dire autre chose. Les hantises de ton père n'ont pas à être les tiennes. Les « fins » ne sont qu'une manière de structurer l'horizon de la vie avec des dates. L'espace du deuil est symbolique ; qu'on enlève ses bornes il est mouvant, incertain. Qu'on resignifie ses bornes et c'est un rituel.

J'ai voulu dire une société de la vitesse et de l'efficacité qui t'assaille avec les images qu'elle a produites pour symboliser l'autonomie. Dire que ce n'est qu'une construction, une valeur accordée à un certain type de geste individuel. Tu corresponds de moins en moins à cette image de l'autonomie. Tu le sens. Tu n'aimes pas ça. Tu fixes depuis longtemps tes limites à l'avance : quand ce sera le fauteuil motorisé, alors ; quand ce sera le lève-personne, alors ; quand je ne soufflerai plus mot, eh ben. Ces limites avancent et reculent, ce sont des appréhensions devant des images qu'une société de la vitesse et de l'efficacité a chargées de dégoût pour que tu n'en veuilles pas, pour te dire qu'un être de ce côté-là appartient à la mort. Je te l'avoue, j'ai mal chaque fois que tu refuses l'état promis de ton corps. J'ai mal parce que j'ai la profonde certitude que c'est un enjeu de l'imaginaire et que l'imaginaire est une question littéraire. J'ai l'impression d'avoir échoué. J'aurais voulu te parler de communauté du geste, de collectifs de soin, de solidarité en remplacement du geste individuel efficace, de l'isolement programmé et des CHSLD. J'aurais voulu trouver les mots, l'espace, l'audace de purger avec toi les récits de la dépendance et de l'incapacité. J'aurais voulu m'opposer avec toi au dégoût que le mépris du vivant et la peur du vieillissement ont chargé dans ces images.

Comment te dire que tu rayonnes dans l'activisme de ton lit défait ? avec ton corps qui refuse le cours débile d'un monde usé, avec ta face de marmotte aplatie, tes cheveux sales entre mes doigts, et les commissures toutes gommeuses comme un être humain au réveil. Comment te dire, chaque matin qu'une publiciste n'invente pas pour toi, que je suis heureux de te retrouver. Que tu es drôle quand tu abandonnes ton assiette juste parce que tu es lasse de manger, et encore plus quand tu la termines et rotes et te déclares « pleine comme une pute à l'aube ». Rire, « s'en torcher ». Oublier ce qu'il faut dire, ne pas dire. Goûter le silence, son sucre. Accumuler les billets de stationnement dans mes livres. Laisser le temps se perdre au quatrième étage de l'hôpital ou du Concorde, avec une vue sur les modules d'air climatisé. Dépasser une interminable file de festivalières sur les plaines d'Abraham grâce à l'entrée pour handicapées, see ya losers ! et se faire ranger dans une nouvelle file. Danser, ne pas danser : tirer ensemble sur tes bras, mon amie, pour qu'ils s'agitent dans les airs avec leurs doigts secs. Là, juste là dans ton lit d'hôpital, abrier la défunte à identifier ; et t'entendre encore rire comme un porcelet sous le drap. Il est une vertu à ce qui ne s'explique pas : l'amitié, être là ensemble sans raison, vivre. Ne pas vivre.

Tu veux mourir. Parce que tu n'as plus d'énergie. Parce que tu as mal d'un mal vrai et constant. « Car vaut toujours mieux quitter un party quand c'est encore cool. » Mourir parce que tu as dit que tu mourrais. Mourir pour donner tes organes, pour sauver des vies, par ultime sacrifice. « Donner au suivant », « être utile », « c'est dans mes valeurs », écris-tu dans une lettre que tu m'as fait porter à ton neurologue ennuyeux. Parfois tu veux aussi mourir parce qu'on n'arrive pas à t'offrir les soins dont tu aurais besoin. Pour ne pas être un fardeau à tes propres yeux. Je ne sais pas si tu me crois quand je dis que je suis en paix avec ton désir de mourir. Tes motivations, quelles qu'elles soient, sont légitimes. Tu n'as pas à me les démontrer. Rappelle-toi cependant : je ne suggère pas que tu devrais choisir la mort étant donné ton état de santé ni que l'aide médicale à mourir est ta seule voie vers la « dignité ». Choisir la mort n'invalide pas ta vie ni l'état dans lequel tu la quittes. « Mourir dans la dignité » est une expression mesquine et violente, qui s'en prend à toutes les personnes qui choisissent de vivre la chorégraphie du corps humain ou qu'on juge inaptes à choisir la mort. Cioran écrit qu'il n'aurait pas pu vivre sans l'idée du suicide. C'est cette idée précisément qui rendait à la vie sa qualité de choix. On choisit de vivre ou de mourir. C'est une liberté immense.

Que tu choisisses alors de mourir cet automne, il y a deux ans ou l'an prochain « gros max », je ne te retiendrai pas. Tu le sais, je te l'ai souvent dit. Ce ne sera jamais honteux de changer d'idée en cours de route, de dire je vis encore un peu ou un peu moins ça suffit. On retournera remplir les papiers autant de fois qu'il le faudra, comme une tasse de café le matin. Et quand ce sera le temps, si je ne suis pas encore mort déchiqueté par une souffleuse en sortant mon bac à vidanges, je te flatterai les cheveux pendant qu'on t'injectera le midazolam, et même si tu auras déjà oublié ma main pendant qu'on t'injectera le propofol, puis le rocuronium. Ma main se détachera de tes cheveux pour la dernière fois et on te glissera dans un grand sac à pain pour aller te faire brûler. Je ne comprendrai pas trop ce qui me sera arrivé. Je me redirai l'étrangeté de cette rencontre qui ne devait pas avoir lieu. Cette rencontre qu'une sorte de Guillain-Barré merveilleux avait provoquée, qui s'inscrirait dans la durée à la faveur de ta persévérance. Qui me changerait, qui me change. Qui m'a fait connaître l'amitié et m'en enseignera les dernières subtilités par sa perte.

Je ne sais plus si ce livre s'inscrira dans un cycle ou s'il existera seul avec ses défaillances. Je suis fatigué. J'ai envie d'aller manger une crème glacée avec toi sans m'obliger à l'écrire et à le symboliser narrativement. Je m'illusionnais. À différer l'écriture de ton histoire, une part de moi espérait t'enfermer dans une parole infinie, et sur laquelle j'aurais conservé la maîtrise. Je m'aperçois trop tard qu'aucun livre ne nous rendra éternelles. Ce n'est pas réglé, on verra. Dans tous les cas, d'un cycle, c'est sans doute le seul livre que tu aurais le temps de tenir dans tes mains. Je voudrais faire la paix avec cette idée. Ce n'est pas réglé, ça non plus. C'est rare que tout soit dénoué quand les gens meurent. Peu importe le soin qu'on aura mis à classer ses affaires, il reste de l'incertain.

Peut-être que je t'écrirai encore demain, pour subvertir

l'ordre temporel, la nécessité des fins et des dates, parce que je le ferai de toute manière.

Je t'écrirai d'abord un éloge funèbre en morvant sur mon clavier. Je ne serai pas le seul à pleurnicher, à écrire, à rappeler ton souvenir le plus heureux. Nous dirons toutes combien tu étais splendide, généreuse, sensible. Nous dirons combien tu as compté pour nous, comme tu souriais et nous as remplies de bonheur, et maintenant de chagrin. Nos mots te feront réapparaître un moment. Nous parlerons de toi et de ce que tu continueras d'être en nous.

Je t'écrirai peut-être ensuite des lettres. Comme tu crois à la magie, tu les recevras là où tu seras.

Puis j'aurai besoin de toi comme figure lumineuse pour t'opposer à mon obscur pessimisme. Je passerai des fils à tes mains et à tes pieds, et tu sautilleras d'un bord à l'autre de la page. J'écrirai des histoires drôles. Tu riras, là où tu seras. Je t'écrirai aussi toutes sortes de choses que tu ne voudras pas lire, de longs essais politiques, peut-être l'histoire sociale du Mexique. Juste pour te faire chier, petite gueuse, et ça te fera chier. Tu rouleras des yeux. Ton nez se plissera entre tes fossettes. On se divertira bien, comme ça, jusqu'au jour où je mourrai. Pas trop vieux idéalement, avant Laurence, ce serait dans l'ordre des choses.

Alors je descendrai te rejoindre harnaché de grosses ailes de fer, sous un assemblage de courroies et de poulies, en prenant garde à ne pas m'accrocher dans les palmiers comme un cerf-volant. Je te trouverai allongée au milieu d'un jardin de pavots somnifères, la tête d'un chien noir sur tes hanches sans douleur, et ton dos sans douleur contre le tronc d'un manguier.

— Salut mon pote, tu diras.

Je reconnaîtrai Tomiko. Haletant et gras, très gras de

voler depuis l'éternité sans fin les petits pains POM du Malin. Il se lèvera d'un bond, affolé en retard par les couinements de mon appareillage mal huilé. Tu souriras pour toujours en le voyant m'apporter ton téléphone ou une paire de bas. Il parlera une langue universelle et dira les fruits mûrs. Il se tortillera comme une truite tout le temps que je taponnerai après la maudite ceinture de char pleine de sable de mon machin volant. Tu me diras de calmer mes angoisses métaphysiques.

— On s'habitue à ce lieu, me consoleras-tu.

Car tu en connaîtras tous les mystères qui t'intrigueront encore. Tu me tendras un bouquet de pavots. J'en boirai le latex avec toi. J'achèverai enfin de me défaire des sangles qui me relient à l'autre monde. Je passerai mes bras sous tes épaules, tu contracteras tes jambes et on te posera dans ton fauteuil. Une paire de diablotins en auront enfin réparé le dossier. Tu seras assise ben à ton aise. Alors on partira, Tomiko libre à nos côtés, pour tes rendez-vous médicaux. On enchaînera quelques espiègleries, quand ça s'y prêtera. Tu seras en tenue d'Ève et moi d'amish, avec une belle quichenotte qui me rehaussera le teint.

Sur le chemin du retour, s'il n'est pas trop tard dans l'après-midi et que le temps le permet, tu iras me montrer l'étendue de ton domaine et les tableaux que tu auras peints pour l'agrandir. Tu auras donné à Bosch deux ou trois cours d'acrylique, vous aurez ensemble un petit atelier dans la rue Des Bienheureuses. Tu me montreras combien mieux les fruits poussent dans la tiédeur du printemps éternel que dans la froideur des cieux. Les délices seront aussi innombrables que tes amies. On se baignera dans une oasis pas trop chlorée, quoique saisissante à la hauteur de la taille et des mamelons, parfois dans la nuit noire pour regarder les étoiles. On se réchauffera auprès du feu qui brûlait dans tes nerfs, avec des couvertures frais sorties du four comme à l'hôpital. Le temps aura le goût des fraises de ton enfance. Et le jour reviendra, et le soleil sur ta peau sera comme le chiendent sur tes pieds, piquant, nouveau de tes sensations renouvelées, et tu danseras, mon amie, tu danseras comme tu en rêves la nuit, parce que les rêves seront réalité et la réalité une chimère qui les dissimulait.

Cette époque de la vie viendra, j'en suis presque sûr.
Puisses-tu d'ici là ne jamais oublier
que je t'aime et serai toujours
ton indéfectible pote,
x j. x
😘

## REMARQUES LINGUISTIQUES

→ Les ouvrages théorisant le handicap sont encore rares en français. J'ai choisi d'employer le terme *validisme* parce que c'est celui que la plupart des militantes emploient à l'écrit. Plus récemment, les milieux universitaires français tendent à l'adopter. On lui préfère parfois *capacitisme* au Canada ; je pense par exemple à certains travaux menés à l'Université d'Ottawa (mais à très peu de recherches faites ailleurs). Ce n'est pas plus mal, en ce qui me concerne. Ces différentes traductions du mot anglais *ableism* ont vu le jour en même temps, au début des années 2000 : *validisme,* en France ; *capacitisme,* au Canada. Elles n'ont suscité que peu de débats jusqu'ici. Dans les deux cas, on parle d'une organisation sociale qui opprime les personnes handicapées (je schématise).

Selon Michelle Nario-Redmond, la première définition du concept d'*ableism* apparaît en 1981, dans une lettre ouverte publiée par le magazine féministe *Off Our Backs.* La décennie suivante verra cette expression supplanter les néologismes *handicapism* et *disableism,* pour devenir le point de ralliement des militantes et d'un champ de recherche qui prendra le nom de *disability studies.* Je résume cette histoire telle qu'Adrien Primerano la raconte au fil d'un article intitulé « L'émergence des concepts de ‹ capacitisme › et de ‹ validisme › », publié en 2022 dans la revue *Alter* et disponible en ligne.

→ Dans le présent livre, les titres cités en langue étrangère renvoient à la version consultée, auquel cas les traductions sont de ma main.
→ L'emploi du féminin générique n'a d'autres fins que celle d'alléger le texte.

## SUGGESTIONS DE LECTURE

AUERBACHER, Elisabeth, *Babette, « handicapée méchante »*, Paris, Stock, coll. « Stock 2 », 1982, 166 p. ¶ L'autrice a cofondé le journal *Handicapés méchants* (Paris, 1974–1980). Elle raconte ici la difficulté, comme handicapée, de dire la colère qui découle des privations et abus. Elle reprend les thèmes essentiels du journal de mobilisation (charité, pouvoir médical, désexualisation, devenir-monstre) pour revendiquer le handicap comme identité et lutte politique.

BARNES, Elizabeth, *The Minority Body : A Theory of Disability*, Oxford, Oxford University Press, 2016, 218 p. ¶ La thèse est qu'on doit reconnaître la neutralité du handicap. Ni bon ni mauvais, il serait une différence quelconque, une existence minoritaire. L'approche analytique de ce livre repose largement sur la réfutation, notamment d'une perspective naturaliste qui a défini le handicap comme éloignement de la norme biologique. La philosophe prétend pouvoir se passer de la distinction entre handicap et déficience, ce qui ne convaincra pas tout le monde. Les exemples sont clairs, bien que répétitifs. Les tentatives de systématisation en formules sont indigestes. Il n'est pas interdit de les sauter.

BLANC, Alain, *Considérant le handicap*, Grenoble, Presses universitaires de Grenoble, coll. « Handicap, vieillissement, société », 2023, 464 p. ❡ Recueil de textes d'intérêt inégal, parus entre 1999 et 2022 : les sujets couverts vont de la réparation des corps à l'inclusion. On aurait dû omettre la partie sur la culture (assez faible) et l'ensemble aurait profité d'une révision linguistique, mais Blanc parvient à illustrer l'actualité de l'interactionnisme et la grande pertinence du concept de liminalité dans l'étude du handicap.

BLANQUER, Zig, *Nos existences handies,* Nantes, Monstrograph, 2022, coll. « Bootleg », 134 p. ❡ Recueil rassemblant des essais autobiographiques, un manifeste et un entretien parus en revue entre 2004 et 2017. Ces textes traitent tous du validisme, concept dont l'auteur a probablement inventé le nom en France. Ils tentent de mettre au jour des dynamiques de pouvoir et, en un sens, de libérer les existences handies des angles morts et des hypocrisies des valides. Écrit dans un style vernaculaire très limpide, ce livre constitue une excellente porte d'entrée.

CLARE, Eli, *Exile and Pride : Disability, Queerness, and Liberation,* Durham, Duke University Press, 1999, 216 p. ❡ Dans ces essais, Clare revoit certains épisodes traumatiques ou fondateurs de sa vie pour démonter les topos de la résilience, de l'inspiration, de la super-handie et du freak show. C'est une tentative impossible de réconcilier l'origine avec la théorie politique. L'aspect critique de ces textes n'a d'égale que leur empathie. Cet ouvrage figure parmi ceux qui ont ouvert la voie.

COOPER JONES, Chloé, *Easy Beauty,* New York, Avid Reader Press, 2022, 288 p. ❡ Cooper Jones relate le voyage qui lui a permis d'émerger de l'abstraction philosophique et de penser à nouveaux frais son rapport à l'expérience esthétique. Elle réfléchit à ses rôles de fille, mère, amie, amoureuse, enseignante, et aux tabous qui enferment le sens d'un corps dans le handicap et la maladie. Un livre intelligent, puissant, écrit dans une prose vive et pleine d'humour.

DUFOUR, Pierre, *L'expérience handie : handicap et virilité*, Grenoble, Presses universitaires de Grenoble, coll. « Handicap, vieillissement, société », 2013, 152 p. ℭ Le sociologue met en cause la bionormativité et examine les relations qu'entretient le handicap avec les imaginaires validiste et viriliste. Il conclut que la communauté du geste permet de penser l'autrement (plutôt que le défaut) du geste individuel efficace. De nombreux récits d'expérience nourrissent la réflexion et révèlent tantôt une incapacité à se percevoir comme père ou compagnon, tantôt une inventivité joyeuse des pratiques quotidiennes.

KAFER, Alison, *Feminist, Queer, Crip*, Bloomington, Indiana University Press, 2013, 258 p. ℭ Kafer analyse différents types de discours (de la publicité aux canons féministes) pour montrer leurs angles morts et pour révéler une volonté latente d'éradication du handicap, auquel elle invente en riposte une place dans les imaginaires du futur. Les exemples troublants qu'elle convoque illustrent l'impact concret et délétère du validisme. L'autrice formule un appel aussi bien à l'action directe qu'à l'union des luttes. C'est une lecture obligatoire.

NISHIDA, Akemi, *Just Care : Messy Entanglements of Disability, Dependency, and Desire*, Philadelphie, Temple University Press, 2022, 264 p. ℭ Au-delà de son introduction, qui m'a paru interminable, ce livre est d'une clarté impressionnante quant à sa description de la nécropolitique, qui débilite les soignantes et les soignées. L'autrice conçoit, envers et contre un ordre néolibéral et néocolonial (elle le martèle un peu), la possibilité de donner et de recevoir des soins comme une relation qui doit s'affranchir de l'échange marchand et de la réciprocité. Sa participation à des collectifs lui permet de réfléchir aux implications souvent politiques de ce type particulier de relation et au désir, parfois controversé, de dépendre de l'autre.

PANZARINO, Connie, *The Me in the Mirror,* Seattle, Seal Press, 1994, 260 p. ℂ L'autrice donne un aperçu de ce qu'a pu être la violence médicale des années cinquante à quatre-vingt-dix aux États-Unis, avec son ignorance et son mépris du corps handicapé. Au fil de souvenirs aux aspects romanesques, elle se rappelle les traitements, l'école, l'exclusion et les rencontres, la possibilité de s'aimer et d'être aimée, et un lesbianisme auquel elle s'ouvre sur le tard (pour la joie de ce slogan de manif devenu iconique : « Trached dykes eat pussy without coming up for air / Les gouines qui ont une trachéo bouffent des chattes sans reprendre leur souffle »). On y assiste aux balbutiements de la lutte pour les droits des personnes handicapées. Un classique, s'il en est.

PIEPZNA-SAMARASINHA, Leah Lakshmi, *Care Work : Dreaming Disability Justice,* Vancouver, Arsenal Pulp Press, 2018, 263 p. ℂ Ce recueil rassemble récits, essais, entretiens et rubriques de conseils pratiques écrits entre 2010 et 2018. Il donne accès, souvent par l'anecdote, à une vaste expérience des collectifs militants et des réseaux de soins, plus spécifiquement dans les communautés queers, trans et PANDC. Il a l'honnêteté d'aborder les problèmes rencontrés par ces initiatives et formule des recommandations. L'ouvrage milite en faveur de la justice plutôt que pour des droits, ce qui lui permet d'étendre la lutte intersectionnelle aux sans-droits et de rêver des solutions autogérées. Son style conversationnel est direct et batailleur, avec quelques textes amoureux.

PUISEUX, Charlotte, *De chair et de fer : vivre et lutter dans une société validiste,* Paris, La Découverte, coll. « Cahiers libres », 2022, 168 p. ❡ L'autrice raconte le parcours qui l'a menée à prendre conscience des mécanismes sociaux qui excluent les corps comme le sien. Elle nous invite à suivre sa politisation et son devenir en tant que militante, jusqu'à la reprise du contrôle sur son image et sur ses aspirations grâce à la lutte antivalidiste. Elle évoque à la volée certains enjeux qui ont animé le champ du handicap dans les dernières décennies, dont la parentalité. Si elle récuse le transvalidisme, elle plaide néanmoins pour une intersectionnalité queer, féministe et crip.

REYNOLDS, Joel Michael, *The Life Worth Living : Disability, Pain, and Morality,* Minneapolis, University of Minnesota Press, 2022, 216 p. ❡ Socrate et Criton affirmaient qu'une vie dans un corps malade ne vaut pas la peine d'être vécue. Reynolds y voit un malentendu inaugural, qui empêche la philosophie occidentale de penser le handicap. Il démystifie un amalgame validiste qui fait du handicap une maladie à éradiquer – au sens moral, puis au sens de la loi – afin de poser les bases d'une société plus juste. Malgré des répétitions lexicales irritantes et une écriture épicène entortillée dans ses formulations bancales, l'ouvrage produit une excellente synthèse des théories du handicap. Reynolds pose aussi un regard éclairant sur les significations de la douleur.

SCHALK, Sami, *Black Disability Politics,* Durham, Duke University Press, 2022, 224 p. ❡ Schalk analyse deux mouvements militants afro-américains : le Black Panther

Party et le National Black Women's Health Project. Elle y repère des modes d'organisation non normatifs qui, sans se nommer tels, favorisent l'assistance, le soin et l'inclusion des personnes handicapées. Des interludes pratiques accompagnent ces portraits. L'autrice y tire des leçons d'histoire, propose des pistes pour corriger les faux pas, actualise ce qui offre un potentiel d'action au présent. La dernière partie présente une enquête auprès d'actuelles militantes et travailleuses, et permet de dégager des lignes de continuité dans les pratiques. L'autrice trouve l'équilibre entre son militantisme et son rôle de chercheuse. Elle offre un livre curieux de son sujet et nuancé, un modèle pour l'examen d'autres mouvements.

## REMERCIEMENTS

Et il arrive parfois ce qui arrive à présent : je remercie Audrey-Ann, sans qui ce projet n'aurait jamais vu le jour. Certaines tautologies portent un sens indépassable. Elle est, au jour le jour, cette personne qui me pousse dans le cul et m'engage dans le réel. La confiance qu'elle m'a témoignée en mettant ses archives et son journal à ma disposition est à l'image de l'amitié dont elle me comble, généreuse de son temps et de son écoute, patiente quand je ne comprends pas des choses simples. Ce n'était certainement pas facile, ni naturel, ni toujours joyeux, d'aborder ses « zones d'ombres » avec nous. Je la remercie pour son ouverture, pour cette mise en partage de ce qu'elle est profondément, pour l'esprit candide (au meilleur sens du terme) et pour la sensibilité qu'elle a su offrir à ce texte. Par un singulier concours de circonstances, qu'il faudrait bien un jour raconter, Audrey-Ann m'a fait découvrir les foisonnantes subtilités des écritures de soi. Elle a aussi été, par ses interrogations, par ses demandes fermes et ses appréhensions, par ses suggestions, par ses attentes, l'architecte insoupçonnée de ce livre labyrinthique et tout en escaliers. Un livre qui aura radicalement transformé mon rapport à l'écriture.

Je remercie Laurence de me lire, de m'endurer et de m'accompagner dans le quotidien. Elle reste là, elle me pardonne tout le temps, elle croit en moi, elle m'encourage, elle console mon lyrisme. Son intelligence du monde et de la littérature ouvre sur un dialogue que j'espère sans fin.

Je remercie l'équipe éditoriale du Quartanier pour ses lectures lucides et nourrissantes, au service du texte et de la pensée, pour ce soutien renouvelé que je ne m'explique pas toujours, et pour ses visites à domicile, qui feront des jalouses parmi mes collègues écrivaines des régions ressources.

Je n'ai pas très bien cité mes camarades d'infortune. Disons, pour simplifier les choses, que je n'ai rien inventé de ce qui précède. Je me suis contenté de faire du bricolage. Je vous prie, sœurs humaines, de n'avoir point le cœur endurci contre moi et d'y voir, plutôt qu'une friponnerie, une sorte de jeu de piste où il fait bon se perdre.

J. P. CHABOT enseigne la littérature et le français au cégep de Rimouski. Il a publié les romans *Voyage à la villa du jardin secret* (2024), *Le chemin d'en haut* (2022) et *Le livre de bois* (2017), et le livre de poèmes *Comment finissent les arbres* (2017).

AUDREY-ANN BÉLANGER est née en 1992 à Rimouski. Elle est technicienne comptable et, dans ses temps libres, elle nage et elle peint.

« SÉRIE QR »
*Extrait du catalogue*

ARSENAULT, Mathieu, *La vie littéraire*
ARSENAULT, Mathieu, *Le guide des bars et pubs de Saguenay*
ARSENAULT, Mathieu, *La morte*
BÉDARD, Laurie, *Ronde de nuit*
BÉDARD, Laurie, *Les univers parallèles*
BÉLAIR CLÉMENT, Sophie, *Tandis que la fleur d'une hydrangée posée sur le sous-main en cuir résiste à la décoloration*
BERGERON, Mathieu, *La suite informe*
BIRON, Charlotte, *Jardin radio*
BLAIS, M. K., *Tabloïd*
BLAIS, M. K., *Ornithologie*
BOILY, Mathieu, *Cœur tomate*
BOILY, Mathieu, *Jieux*
BOILY, Mathieu, *À l'eau froide les ombres*
BORDELEAU, Érik, *Foucault anonymat*
BORDELEAU, Érik, *Comment sauver le commun du communisme ?*
BOUCHARD, Hervé, *Mailloux*
BOUCHARD, Hervé, *Parents et amis sont invités à y assister*
BOUCHARD, Hervé, *Numéro six*
BOUCHARD, Hervé, *Le faux pas de l'actrice dans sa traîne*
BOUCHARD, Hervé, *Le père Sauvage*
BOUDREAULT, Dany, *Corps célestes*
BREA, Antoine, *Méduses*
BREA, Antoine, *Roman Dormant*
BREA, Antoine, *Récit d'un avocat*
BREA, Antoine, *L'instruction*
BREA, Antoine, *L'Enfer de Dante mis en vulgaire parlure*
BRISEBOIS, Patrick, *Trépanés*
BRISEBOIS, Patrick, *Chant pour enfants morts*
BRISEBOIS, Patrick, *Le modèle de Nice*
CHABOT, J. P., *Le livre de bois*
CHABOT, J. P., *Le chemin d'en haut*
CHABOT, J. P., *Voyage à la villa du jardin secret*

CHABOT, J. P., *Cap à rien*
CHARRON, Philippe, *Supporters tuilés*
CHARRON, Philippe, *Journée des dupes*
CHARRON, Philippe, *Superballe*
CLICHE, Anne Élaine, *Jonas de mémoire*
CLICHE, Anne Élaine, *La pisseuse*
CLICHE, Anne Élaine, *Tu ne te feras pas d'image*
CLICHE, Anne Élaine, *La sainte famille*
CLICHE, Anne Élaine, *Le danseur de La Macaza*
COMTOIS, Marie-Ève, *La consolatrice des affligés*
COMTOIS, Marie-Ève, *Marie comme toi*
COPPENS, Carle, *À qui se méfier*
CORBEIL, Guillaume, *Trois princesses*
CORBEIL, Guillaume, *Le meilleur des mondes*
COURTOIS, Grégoire, *Révolution*
COURTOIS, Grégoire, *Suréquipée*
COURTOIS, Grégoire, *Les lois du ciel*
DE GAULEJAC, Clément, *Le livre noir de l'art conceptuel*
DE GAULEJAC, Clément, *Grande École*
DE GAULEJAC, Clément, *Les artistes*
DESMARAIS, Nelly, *Marche à voix basse*
DESMEULES, Anne-Marie, *Nature morte au couteau*
DESMEULES, Anne-Marie, *Envies*
DIMANCHE, Thierry, *Cercles de feu*
DIONNE, Charles, *La main invisible*
DIONNE, Charles, *Navettes*
DUFEU, Antoine, *AGO, autoportrait séquencé de Tony Chicane*
FARAH, Alain, *Quelque chose se détache du port*
FARAH, Alain, *Matamore n° 29*
FARAH, Alain, *Pourquoi Bologne*
FARAH, Alain, *Mille secrets mille dangers*
FLEURY, Sara-Ànanda, *Western spaghetti*
FRICKE, Lucy, *Les occasions manquées*
(trad. de l'allemand par Isabelle Liber)
FRICKE, Lucy, *La diplomate*
(trad. de l'allemand par Isabelle Liber)

FRITZ, Marianne, *Le poids des choses*
(trad. de l'allemand par Stéphanie Lux)
FROST, Corey, *Tout ce que je sais en cinq minutes*
(trad. de l'anglais par Christophe Bernard)
GAGNÉ, Louis, *Une mouche en novembre*
GAGNON, Renée, *Des fois que je tombe*
GAGNON, Renée, *Steve McQueen (mon amoureux)*
GAGNON, Renée, *Emparée*
GENDREAU, Vickie, *Testament*
GENDREAU, Vickie, *Drama Queens*
GENDREAU, Vickie, *Shit fuck cunt*
GIGUÈRE, Nicholas, *Freak Out in a Moonage Daydream*
GIGUÈRE, Nicholas, *Effets de réel*
GIRARD, Rodolphe, *Marie Calumet*
GUO, Angelina, *Comparution*
HARRY HORACE, *La bouche ouverte de mon père*
HUYGHEBAERT, Céline, *Le drap blanc*
LAFLEUR, Annie, *Rosebud*
LAFLEUR, Annie, *Bec-de-lièvre*
LAFLEUR, Annie, *Ciguë*
LAFLEUR, Annie, *Puberté*
LALONDE, Catherine, *La dévoration des fées*
LALONDE, Catherine, *Cassandre*
LALONDE, Catherine, *Corps étranger*
LALONDE, Catherine, *Trous*
LAMBERT, Vincent, *Mirabilia*
LAMBERT, Vincent, *La troisième à partir du Soleil*
LAMOUREUX, rachel, *à quoi jouons-nous*
LAMOUREUX, rachel, *le plancher des vaches*
LAPERRIÈRE, Charles-Philippe, *Barbare amour*
LAPERRIÈRE, Charles-Philippe, *Gens du milieu*
LEDUC, Simon, *L'évasion d'Arthur ou La commune d'Hochelaga*
MACKAY, Xavière, *Pont Rhodia*
MACKAY, Xavière, *Contrées*
MALLA, Pasha, *Nos grands-pères les fantômes*
(trad. de l'anglais par Christophe Bernard)
MESSIER, William S., *Le miraculé*

MORIN, Alexie, *Chien de fusil*
MORIN, Alexie, *Ouvrir son cœur*
MORIN, Alexie, *Scénarios catastrophes*
NATHANAËL, *N'existe*
NATHANAËL, *Underground*
NATHANAËL, *Le cri du chrysanthème*
NICHOL, bp, *Trois contes de l'Ouest,* précédé de *Tête de plage* (trad. de l'anglais par Christophe Bernard)
NICOL, Patrick, *La nageuse au milieu du lac*
NICOL, Patrick, *Vox populi*
NICOL, Patrick, *Les manifestations*
NICOL, Patrick, *J'étais juste à côté*
OUELLET TREMBLAY, Laurance, *La vie virée vraie*
PIERROT, Emmanuelle, *La version qui n'intéresse personne*
PLAMONDON, Éric, *Hongrie-Hollywood Express*
PLAMONDON, Éric, *Mayonnaise*
PLAMONDON, Éric, *Pomme S*
PLAMONDON, Éric, *1984*
PLAMONDON, Éric, *Donnacona*
PLAMONDON, Éric, *Aller aux fraises*
RIOUX, François, *Soleils suspendus*
RIOUX, François, *Poissons volants*
RIOUX, François, *L'empire familier*
ROBERT, Jocelyn, *In Memoriam Joseph Grand*
ROBERTSON, Lisa, *La fractale Baudelaire* (trad. de l'anglais par Jeannot Clair)
ROCHERY, Samuel, *Tubes apostilles*
ROCHERY, Samuel, *Mattel*
ROCHERY, Samuel, *Label Ventriloquie*
ROCHERY, Samuel, *Tubes et Odes*
ROCHERY, Samuel, et SAVAGE, Steve, *Lutterie électrique : sur une certaine façon de se conduire en poésie*
ROUSSEL, Maggie, *Les occidentales*
ROUSSEL, Maggie, *À l'œil nu*
ROY, Patrick, *Pompéi*
RYCKEBUSCH, Lucille, *Le sang des pierres*
SAVAGE, Steve, *2 × 2*

SAVAGE, Steve, 2 × 2 (nouv. éd.)
SAVAGE, Steve, *mEat*
SAVAGE, Steve, *Nathalie*
SAVAGE, Steve, *Mina Pam Dick*
SAVAGE, Steve, *DDA*
SAVAGE, Steve, *I D*
SAVAGE, Steve, et ROCHERY, Samuel, *Lutterie électrique : sur une certaine façon de se conduire en poésie*
SCHÜRCH, Franz, *Ce qui s'embrasse est confus*
SCHÜRCH, Franz, *De très loin*
SCHÜRCH, Franz, *Comédie*
SOLEYMANLOU, Mani, *Neuf (titre provisoire)*
SOLEYMANLOU, Mani, *Zéro*
TRAHAN, Michaël, *Nœud coulant*
TRAHAN, Michaël, *La raison des fleurs*
TRAHAN, Michaël, *Vie nouvelle*
TRUDEAU BEAUNOYER, Karianne, *Je suis l'ennemie*
TURGEON, David, *Les bases secrètes*
TURGEON, David, *La revanche de l'écrivaine fantôme*
TURGEON, David, *Le continent de plastique*
TURGEON, David, *Simone au travail*
TURGEON, David, *À propos du style de Genette*
TURGEON, David, *L'inexistence*
TURGEON, David, *La raison vient à Carolus*
TURGEON, David, *Le roman d'Isoline*
VAILLANCOURT, Jean-François, *Esprit de corps*
WREN, Jacob, *Le génie des autres* (trad. de l'anglais par Christophe Bernard et Éric de Larochellière)
WREN, Jacob, *La famille se crée en copulant* (trad. de l'anglais par Christophe Bernard)
WREN, Jacob, *Riches et pauvres* (trad. de l'anglais par Christophe Bernard)
WREN, Jacob, *La joie criminelle des pirates* (trad. de l'anglais par Christophe Bernard)

## NOTICE TYPOGRAPHIQUE

*Voyage à la villa du jardin secret* est composé en Terza Reader, dans un corps de 10 points sur un interligne de 13,5 points. Terza tire son nom de la *terza rima,* ou rime tierce, inventée et utilisée par Dante dans *La Divine Comédie.* Cette famille de caractères s'inspire des polices Bembo, Centaur et Poliphilus, toutes basées sur des caractères gravés par Francesco Griffo au début du XVIe siècle, et dont elle constitue une variante plus noire, aux hampes et aux jambages raccourcis. ❡ À la demande de l'imprimeur et éditeur vénitien Aldo Manuzio, Griffo conçoit un caractère étroit et incliné, proche de l'écriture cursive, appelé *aldine* (en référence à Manuzio et aux Presses aldines) et plus tard *italique* (d'Italie). On en trouve un des exemples les plus achevés dans la première édition de poche de *La Divine Comédie,* où le poème est donné à lire sans son appareil de notes et de commentaires savants – une nouveauté à l'époque. Édité par Pietro Bembo et intitulé « *Le terze rime* di Dante », ce livre in-octavo de très petit format est publié à Venise en 1502 par Manuzio. Les ouvrages des Presses aldines, très recherchés, seront contrefaits à travers l'Italie, ainsi qu'en Allemagne et particulièrement en France, par les imprimeurs de Lyon ; les italiques de Griffo se répandront dans toute l'Europe, et leur influence se fera sentir jusqu'à aujour'hui. ❡ Créée par Greg Gazdowicz et publiée en 2023 par Commercial Type, Terza se décline en trois modes, en trois *vitesses,* de la plus rapide à la plus lente, de la plus immersive à la plus distanciée : Reader, Author, Editor. Chaque sous-famille correspond à un rapport spécifique à l'écrit : la lecture (de textes longs) pour Reader, un romain ancien modernisé, de faible contraste entre les pleins et les déliés ; l'écriture pour Author, qui élargit et aère le dessin, plus dépouillé, à mi-chemin entre un romain synthétique et un caractère de machine à écrire électrique ; et, enfin, l'édition de texte, le traitement de données et la programmation pour Editor, un caractère à chasse fixe. ❡ Né en 1988 en banlieue de Gaithersburg, dans le Maryland, GREG GAZDOWICZ a été designer graphique avant de se spécialiser en dessin de caractères. Chez Commercial Type, il a entre autres créé, avec Paul Barnes, Thorowgood Egyptian et Ionic Modern.

Achevé d'imprimer en février 2025
sur les presses de Corlet
à Condé-en-Normandie (France)

N° d'impression : 25020105

—

*Imprimé en France*